信長の首

加野厚志
Kano Atsushi

文芸社文庫

目次

第一章　魔王信長

一

室町幕府が滅亡した。

新たな覇者となった織田信長は、年号を『元亀』から『天正』に改元して政体の一新を図った。しかし、足利義昭《あしかがよしあき》が征夷大将軍の職を失ったわけではない。名家の威光に守られ、からくも西国の毛利領へと落ちのびていた。

（十五代続いた足利世襲政権も……）

義昭の代をもって終焉を迎えるだろう。

京の有力町衆である長谷川宗仁《はせがわそうにん》は、世の趨勢《すうせい》を敏感に読み取っていた。

次代の天下人はだれなのか。

それを峻別できねば、戦火の絶えない都で生きのびることはできないのだ。利にさとい商人なら、なおさら先読みは必要であった。

茶人としても名高く、画業もこなす宗仁の目には、【天下布武】の大志を抱く信長こそ新時代をきりひらく覇王と映る。

（まさに疾風迅雷！）

織田信長の言動は、激しい魔風にのった雷神のごとくであった。

五年前の永禄十一年、三十路なかばの信長は大軍をひきいて入洛し、次々と新たな施策をうちだした。まっさきに諸国の関所を撤廃して商人らの活動を援助した。その一方、畿内の寺社や貿易港に税を課して既得権益を強引に剥がし取った。

石山本願寺に五千貫。

自治都市の堺には二万貫。

多額の矢銭を要求し、圧倒的な武力で威嚇したのである。

本願寺がわはすぐに矢銭を支払ったが、堺衆は町の周囲に壕をめぐらせ、鉄砲やぐらを築いて独立自尊の気概を示した。

（しかし、どれほど逆らっても……）

しょせん商人は武家には太刀打ちできない。

そのことは、作り笑顔で商いをしてきた宗仁も深く身にしみている。堺衆も抗しきれず、翌年には屈服して織田木瓜紋《もっこうもん》の旗に下にひれ伏した。

信長との仲介役は、堺の茶人今井宗久《いまいそうきゅう》であった。旧知の長谷川宗仁も下京総代として交渉の場に同席した。

式典に精通した宗久は、その日のうちに二万貫の矢銭を二条城に運び入れ、さっさと書面をとりかわした。堺を囲む壕を埋め、鉄砲やぐらを取り壊し、南蛮船との独占取引をも放棄したのである。

腰を低くして求めたのは、町人自営の経済活動だけだった。

それは信長に対する全面降伏といえる。

当日、奥書院で信長に初めて見《まみ》えたとき、宗仁は両膝の震えがとまらなくなった。

痩身で凄いほどの美男だった。

けれども、冷酷な薄茶色の瞳には一片の情もなかった。肩衣に袴、それに黒羅紗《くろらしゃ》の胴服を合わせた斬新な略装が目に痛かった。

「本日は大儀であった」

信長の口から発せられたのは女人めいたかん高い声だった。

一瞬、この場で斬られるのではと感じた。

末座の宗仁は身震いしながら床に額をこすりつけた。そして覇王が奥書院から出ていく軽快な足音だけを聞いていた。

店の暖簾がサッとさばかれ、帳場にいた宗仁は想念からさめた。

京の盛夏はあぶら照りである。湿気混じりの猛暑の中、しゃれた身なりの宗匠が下京の仏具店に訪ねてきた。

「ごめんくださりまし。源三郎どの、お邪魔いたします」

宗仁を通り名で呼ぶのは師匠筋の二人しかいない。堺の豪商今井宗久と魚問屋の千《せんの》宗易《そうえき》である。両者は共に武野《たけの》紹鷗《じょうおう》門下で珠光《しゅこう》流を学んだ高弟で、茶の湯の普及につとめていた。

紹鷗の女婿に迎えられた今井宗久が一歩先んじたが、畿内の武将たちはそろって千宗易の人柄に魅せられて門下生となっている。

宗仁が仕事がらみで懇意にしているのは宗久だが、最近では侘びの精神を説く千宗易につよく惹かれていた。

「宗易さま、ようこそおいでやした」

算盤を机に置いて帳場から立ち上がった。

シャラシャラと涼しげな足音を鳴らし、千宗易が穏やかな笑顔で店へ入ってきた。竹皮などで編んだ露地草履は、宗易好みの小判型でほどよい滑りかげんが特徴だった。すべての所作がきわだっている。

汗ひとつかかず、宗易が軽く一礼した。

「お仕事の手をとめさせ、申しわけありません」

「まずはお上がりやす。こんな暑いさなか、炭をいこして茶をたてるわけにもいかんし、井戸で冷やした瓜でも差し上げますよって」

「いや、今井宗久さまよりの言伝《ことづて》なれば玄関先でけっこう。とかく座敷での男の長話は愚痴におちいりがち」

「おそれいります。では、お互い声を低めて手短かに」

「某日、足利義昭公は堺港から出港され、瀬戸内海から西下されました」

「なるほど。船の手配をしたのは宗久さまというわけですね」

「さよう。この件はしっかりと腹におさめられよとのこと」

「承知いたしました」

宗仁は深ぶかと頭を下げた。

脇汗がとまらない。

もし『義昭出港』の報が信長の耳に入れば、堺衆だけでなく宗仁も側杖を食って厳罰を下されるだろう。天下の覇権を争う両者に、商人ふぜいが二股をかけることはゆるされない。

今井宗久の表の顔は薬問屋である。しかし、堺に寄港する南蛮船から仕入れるのは人体を治す漢方薬ではなく、人体を破損する火薬であった。自前の商船も所有しているので、再起をめざす将軍義昭を毛利領へと送り届けたのだろう。

察した千宗易が、いたわるように言った。

「源三郎どの、お気を付けて。政商は一寸先が闇にて」

それは痛烈な皮肉ともとれた。

茶の湯に没頭する千宗易からみれば、権力者とつるんで蓄財に励む宗久一派は俗物たちの集団にすぎまい。

宗仁は目を伏せて言った。

「お言葉、肝に銘じておきます。やはり売り買いには潮時があり、それを見誤ると自滅することに」

「おもしろい。義昭公は売り、信長さまは買いですな」

臆することなく、ずばりと言い切った。

俗事に染まらぬ茶の湯の宗匠は、錯綜する戦国絵図が鳥瞰できるらしい。たぐいまれな織田信長の資質を、宗易はしっかりと見通していた。

尾張《おわり》の田舎大名にすぎなかった信長は、駿河《するが》の今川義元《いまがわよしもと》を桶狭間《おけはざま》で急襲して敗亡させ、天下に名をとどろかせた。その後、隣国の美濃へ侵攻して斎藤一族を葬り去り、尾張から京への回廊を急速にのばしていった。

その勢力圏は、東は三河《みかわ》から遠江《とおとうみ》、西は近江《おうみ》をこえて山城《やましろ》へと拡大。ついには畿内を平定して、瀬戸内ぞいに播磨《はりま》から毛利領に手をかけようとしている。

各地から有力武将らを召し抱え、信賞必罰の掟の下に熾烈な出世争いの中へ放りこんだ。直臣の柴田勝家《しばたかついえ》や羽柴秀吉《はしばひでよし》たちだけでなく、美濃の明智光秀《あけちみつひで》、山城の細川藤孝《ほそかわふじたか》、摂津の荒木村重《あらきむらしげ》などの外様衆も予想以上の働きをみせた。

織田軍団が手中にした領国は二十三か所。

総石高は四百五十万石。

動員兵力は十万人をゆうに超えている。

そして有力武将の大半が、茶の湯の席では千宗易を師匠として崇めていた。

（もしかすると宗易さまのほうが……）

政商の宗久よりも影響力を持っているのかもしれない。

現に千宗易門下の『十哲』と呼ばれる茶人たちは、明智光秀を筆頭にすべて信長側近の猛将たちだった。

信長は幸運児であった。

窮地に陥っても、かならず敵の放つ矢は外れる。

この年の四月十二日、天下獲りの障害となっていた武田信玄が上洛途中に信州の駒場で急死した。三河の徳川家康を撃破した武田騎馬軍団は主の喪に服し、進軍を止めて馬首を自領へとめぐらせたのである。

『信玄死す！』

日をおかず、急報は諸国に届いた。

三方ヶ原《みかた》で大敗を喫し、脱糞してまで城に逃げ帰った家康は祝杯をあげたという。

信長もまた狂喜した。

戦国最強と呼ばれる騎馬隊を指揮する信玄は、たえず信長の上位に立ってきた。若い信長へ送りつける書状には、《天台座主　沙門信玄》と末尾に記して圧迫した。

信長も負けじと、返書に《六天魔王信長》と書いた。

（まさしく地獄の魔王！）

敵に対する無慈悲さは言語に絶するものだった。そして、武田信玄という重石《おもし》のとれた信長の動きは一気に加速した。

まず傀儡《かいらい》政権の将軍義昭を見限って畿内から追い払った。続いて北近江で敵対する浅井・朝倉勢への総攻撃を開始。将兵だけではなく荷駄を運ぶ商人までかり集めた。

多数の戦死者が出ることが予想され、葬儀に詳しい仏具商の宗仁も召集された。後方で待機する役目だが、自身が流れ弾に当たって落命することもあるだろう。

宗仁は思わず知らず吐息した。

「来月には信長さまの北近江攻めに同行せねばなりません」

「源三郎どの、少し深入りしすぎましたね」

「はい、まさに一寸先は闇でございます。なまじ狩野派の絵師として名も知られ、僧席もありますので、戦場の絵図面作りや敵将の獄門まで任されまして」

「おや、早くも愚痴がでましたな」

「道を踏み外したのかもしれません。しかし、今となれば信長さまの家臣として生きていくしか道は残されていないのかも」

「それもまたよろしいではないですか。お互いに入道しても経すら読まず、頭髪だけ剃ったかたちだけの僧体なれば」

きれいに剃り上げた禿頭をつるりと右手でなで、千宗易がしみとおるような笑みを浮かべた。

宗仁は微笑みを返した。

「いや、宗易さまとは中身がちがいすぎます」

「とにかく御身大切に。では、これにて」

立ち去ろうとする千宗易を小声で呼びとめた。

「お待ち下され。一つだけ問うてもよろしゅうございますか」

「なんなりと」

「侘びの心とは……」

「文字どおりの人偏《にんべん》、人が家の中で頭《こうべ》をたれている図。おのれの存在をひたすら単純化する精神にて」

それだけ言って、茶の湯の達人は露地草履をシャラシャラ鳴らしながら表通りへと出て行った。

二

天正元年八月二日。細川藤孝を先鋒とする討伐隊は、反信長派の石成友通がこもる淀城を攻め落として岐阜へ凱旋した。

帰陣すると、早くも敵側が内部崩壊しはじめていた。

浅井家の重臣阿閉《あつじ》淡路守《あわじのかみ》が織田がたに寝返ったのである。そのほか北近江の支城を守る武将らが次々と降って城門を開け放った。

浅井長政が守る小谷城は孤立してしまった。

友軍の朝倉義景が二万の将兵をひきいて近江入りしたが、織田の鉄砲隊に撃ちまくられて越前へと退却。浅井・朝倉連合軍は完全に分断された。

北近江攻めには京や堺の鉄砲鍛冶たちも同行している。破損の多い銃器の修繕がかれらの役目だった。

茶人の今井宗久も信長にかりだされ、火薬の補充係として堺から戦場へ荷駄を運んでいた。

『火薬がなければ、最新兵器の鉄砲も長い鉄棒にすぎぬ』

それが武器商人としての宗久の口ぐせだった。

かつて堺衆の総代として信長にすり寄った宗久は、但馬の生野銀山の利権奪取を持ちかけた。信長はあっさりとこれを受け入れた。大量の弾薬を製造するには鉱山を確保する必要があったのだ。宗久が但馬入りする際、気心の知れた長谷川宗仁も同道した。

貿易港の堺は日本最大の商都だった。相次ぐ戦乱で疲弊した京の商人たちは、心ならずも堺衆の下位に甘んじている。

（……時代の流れには逆らえぬ）

誇り高い京都衆の宗仁も分際をわきまえていた。

幾たびも上洛したが、信長は何故か都に長居はしなかった。

足利一族のように公家風に染まるのを避けたのかもしれない。そして短い滞在期間中に何度も茶会を催した。

東福寺の茶会においては下京の町衆が招かれ、接待役を任された今井宗久が茶人としての力量を存分に発揮した。茶席では身分の差はない。下京の総代であった宗仁は、初めて信長と言葉をかわした。しかし、身体の震えがとまることはなかった。

上機嫌の信長は、今井宗久に《茶頭《さどう》》の地位を与えた。それは茶の湯の名人上手の証しであり、茶会をひらく権利を意味している。

一介の堺商人は、生野銀山の権益を得ただけでなく、茶人としての名声を博したのである。

現世では火薬製造で巨万の富をたくわえ、静謐の茶席では善美を求める。相矛盾した生き方は、乱れた時代の鏡でもあった。

(茶頭の宗久さまは、すなわち華麗なる死の商人……)

そして、自分もまたその一味なのだ。

口には出さないが、宗仁はそう認識していた。

同月十四日。織田軍団は敗走する朝倉勢を追って敦賀に陣を敷いた。その夜、禅寺の仮宿舎でひさしぶりに今井宗久と懇談した。

弾薬をあつかう政商にとって、戦は多大な利益を生み出す好機ともいえる。

講堂の片隅で、宗久が自嘲ぎみに言った。

「源三郎どの。武器庫と変じた寺内で、いまさら二人して茶を喫することもできぬな。まことに心苦しいかぎり」

「将兵らが求めているものは、茶より飯でございますれば。戦場において、われらは茶人にはあらず、死を招く冥土の飛脚にて」

「されど、血なまぐさい戦場にはたっぷりと金銀が埋まっておる」

「そのことは、宗久さまに充分に教わりました」

「もはや後戻りはならぬ。信長さまの武運長久を信じて進むしかあるまい。今後も助力を願いたい」

「なんの。名器《松島の茶壺》を上様に献上し、今では二千二百石取りのご身分ではありませんか」

「いやはや、古い茶壺が城一つに化けるとは」

宗久が慨嘆するのも無理はない。

今や茶器の値段は天井知らずである。信長が都で茶会をひらくたびに茶道具の価値は跳ね上がった。異国の庶民らが飯時に使う安価な雑器が、日本に渡来すれば黄金以上の宝物となった。

（命知らずの武士たちも……）

やはり教養を求めるらしい。

茶人が表看板の宗仁は、茶道具集めに狂奔する武将たちを皮肉まじりに見ていた。

古くから、志を抱く者は和歌をたしなんできた。御所勤めの女官だけでなく、警護を受け持つ北面の武士たちも、歌が詠めることが仕官の必須条件だった。平安時代に『源氏物語』を書いた紫式部や、『山家集』を著《あらわ》した西行もそうした歌人のひとりであった。

だが、戦国乱世で身をけずってきた武将たちは和歌の素養がない。ろくに読み書きもできない者もまじっている。式典や会席において一首吟ずるには、積年の修練と才能が必要だった。

（自尊心の高い信長さまは……）

努力を重ねず簡易に習得できる茶の湯に目を向けたようだ。

今井宗久の編みだした茶会での形式は《菓子の会》とも呼ばれていた。菓子だけを出して接待し、主客共に名茶碗を愛でるという流れだった。

これなら無教養な田舎武将でも茶会に出入りできる。

闊達な参加者たちは数寄者《すき》と呼ばれ、身分をこえた付き合いを重ねた。

信長の狙いは文化面での支配であった。茶会の主催者として、和歌が中心の公家社会に対抗した。

戦功をあげた武将たちに知行を与えるのと同様に、名高い茶器を下賜して茶会をひらく名誉も授けた。このため、野良育ちの羽柴秀吉までが茶の湯にのめりこみ、茶器蒐集に血道をあげていた。

宗仁は、背後に積まれた火薬箱をちらりと見やった。

「まことにもって物騒ですな。こうして同行しておりますが、いつ火がついて爆発してもおかしくない」

「ご安心めされ。敵将の朝倉義景どのは、旧臣たる明智光秀さまが見捨てたほどの軟弱者。近江での緒戦に大敗して意気消沈。再発火する恐れはありますまい」

「では、すでに勝敗は決していると」

「商いと同じく、戦は数値で決まります。織田軍は六万超、対する浅井・朝倉勢は三万余。しかもわが軍は千挺の鉄砲と数十門の大筒を有し、数万発の弾を敵陣へ撃ち込める」

「膨大な火薬が売れ、堺の蔵が金銀で埋まりますな」

「ほどなく浅井と朝倉一族は壊滅し、京で獄門にかけられることになるでしょう。敗者に対し、信長さまは苛酷なれば」

「わたくしめには、それが一番の難題」

葬儀の段取りには慣れている。だが一国一城の主を、強盗のようにさらし首にするのはやはり気が重い。

今井宗久の引きで生野銀山の経営に参画して以来、宗仁は下京総代として町衆から課税を徴収する立場にあった。奉行所での活動に手を染めるうち、いつしか信長の家臣として汚れ仕事までこなすようになってしまった。

手燭の薄明かりの中、対座する宗久が痛ましげに言った。

「イエズス会司祭のオルガンチーノさまも、わが国の刑罰のむごたらしさには目をそむけておられる。あれほど他者に親切で、あたたかいもてなしの心を有する人々が、ひとたび殺人の大罪を犯すときには容赦なく女子供まで皆殺しにして、さらには手酷い痛苦を加えるのかと」

「宗久さま、壁に耳有りでございますよ」

「そうさな。口は災いのもとなれば」

ふくよかな面体の政商は、袂で軽く口元をふさいだ。

宗仁も居住まいを正した。

「早く茶の湯の世界に戻りとうございますな」

「さよう。それがわれらの本分なれば。このまま戦場に身をおいては心も濁るばかり。善美をめざし、親切丁寧をつらぬかれた紹鷗師匠に、あの世で合わす顔もない」

「まさに美の巨人にて……」

門下の末端に連なる宗仁は、偉大な故人に思いを馳せた。

武野紹鷗の遺文には、『茶の湯はひたすら親切に交わること』とある。茶会においては招待客に知識を吹聴せず、その場にいない他者を批難することなく、ゆったりと相手の気持ちをなごませる。

それが長年禅を学んで到達した紹鷗の境地であり、門弟たちに遺したゆるがせにできぬ作法であった。

女婿の宗久はじめ、侘び茶の完成に精進する千宗易も師の教えをしっかりと守っている。この二人に加え、堺の財閥津田宗及《つだそうぎゅう》が紹鷗門下の三賢人であった。

（……紹鷗さまの功績はとてつもなく大きい）

孫弟子の宗仁はそう認識している。有能な茶人たちを数多く育て上げただけでなく、それまでの茶の湯の風体を独力で一変させた。

元名は新五郎と言い、堺の裕福な皮革商だった。さほど商才はなかったが、なみはずれて美意識は高かったらしい。

京都に遊学した新五郎は公家文化に憧れ、三条家に出入りして和歌や連歌を一心に学んだという。さらには珠光流茶道を藤田宗理らに教授され、参禅も重ねて幽玄の見識を深めた。そして三十一歳で剃髪し、みずから『紹鷗』と号した。

慎み深く、正直に生きることを紹鷗流茶道の根幹と定めた。

華美を避けて簡素な四畳半の茶室を建て、土風炉や袋棚、竹細工の茶道具などを創案して茶の湯の世界を広げていった。

まさに不世出の茶人であった。

端座する宗久が、思い出した風にぽつりと言った。

「逢う人には親切丁寧か。心せねばのう……」

一度の機会しかないという茶会のもてなしは、いつ落命するかわからぬ戦乱の世のはかなさにぴったりと合っていた。

三

信長の猛追はとまらない。

越前に撤兵した朝倉勢を刀根坂でとらえ、激しく銃弾の雨を降らせた。

朝倉家の有力武将らは次々と狙い撃ちされ、馬ごと坂下へ転げ落ちていった。二万の兵数は千五百にまで削ぎ取られ、形勢挽回はもはや無に等しい。

織田軍の追撃はきびしい。

「義景を殺せ！　残党どもを殺しつくせーッ」

馬上の信長は、かん高い声で狂ったように叫んでいた。

全軍の総指揮官でありながら、信長は危険をかえりみず殺戮の場に立つことをやめなかった。荷駄係として従軍した宗仁は、震えながら見守っていた。

「撃てーッ、撃ちまくれ！」

飛び道具の鉄砲を使うのは足軽身分と決まっている。

だが、最前線に立った信長は六匁玉筒を構え、敗走する朝倉兵を笑いながら狙い撃ちした。

戦闘を観望していた宗仁は、覇王の狂気を感じとった。

信長の陰惨なまなざしは、くっきりと殺人嗜好の性癖を宿していた。しかし、百鬼夜行の乱世で行き残るには荒ぶる戦神についていくしかない。

美点も多くある。

配下への信賞必罰はきわめて公正だった。

戦場での働きぶりをきっちりと見定め、信長は自分の領地を削ってまで知行を家臣たちに配分した。安全な後方で戦死者を弔う役目の宗仁も、それなりに充分な扶持《ふち》を得ていた。

けれども、織田軍の圧勝をすなおに喜ぶことができなかった。

（……暗愚な武将とさげすまれる朝倉義景さまだが）

越前の地元民にとっては名君であったろう。

若くして都の文化にふれた義景は、自領の風紀を京風に染め変えた。農民への課税もゆるく、商人らを手厚く庇護した。また高名な絵師や連歌師を城下へ招き、宴会で惜しみなく銀子を分け与えた。

接待された狩野派の絵師仲間の言によれば、義景は男色の気があり、美男の小姓たちをはべらせて酔い痴れていたという。

（公家文化の軟風に溺れたら……）

そこが戦国武将の死地となる。

京都の町衆は、そうした転落劇を何度も目にしてきた。

かつて流浪人の明智光秀が朝倉家へ仕官できたのも、和歌や国学を充分に修得した教養人だったからだ。そして光秀がすばやく織田信長のもとへ走ったのも、主君義景の軟弱ぶりにきっぱりと見切りをつけたからに相違ない。

光秀が持っていたものは教養だけではない。かけがえのない切り札を懐にしっかりと握っていた。

それは室町幕府の将軍職を継げる立場の者である。

奈良一乗院の僧侶覚慶は、突如として政変に巻きこまれた。兄の十三代将軍足利義輝が、逆臣松永久秀らに襲殺されたのだ。

足利の血を引く実弟なので、傍観すれば命が絶たれる。

覚慶は還俗してみずから足利義昭と名乗り、各地の有力者を頼った。そして朝倉義景のもとに身を寄せた。そこで知勇兼備の明智光秀を見いだし、彼を参謀役に据えて足利政権の復活をめざしたとも言われている。

(……あるいは、ずっと以前から両者は)

深い悪縁でつながっていたのかもしれない。

宗仁はそんな気がしてならなかった。

光秀の歴程は微妙に入り組んでいる。美濃の守護土岐《とき》氏の流れをくむ明智一門は、新たな国主となった斎藤道三《どうさん》の臣下となり、明智城の城主にまでのぼりつめた。だが、道三の嫡男義龍《よしたつ》が父を追い落として美濃一国を奪い取った。

道三の忠臣であった明智一族は、義龍と一戦交えたが惨敗。居城から落ちのびて諸国を流浪したという。

明智家再興を託された光秀は、長いさすらいのなかで好機を辛抱強く待っていたらしい。やっと足利義昭という最上の切り札を手中にし、天下獲りの策を練ったようだ。

名門の義昭が必要としたのは強大な武力だった。

うってつけの若い荒武者がいた。

天下布武を高言する織田信長である。若年時は『尾張の大うつけ』と蔑称され、何ら才気の片鱗を示さなかった。

そのため家督相続の折も、織田家の重臣らは同母弟の織田信行がわにつき、長男の信長を廃嫡にしようと謀った。いまは織田家の筆頭家老である林通勝《はやしみちかつ》も、当時は織田信行に味方していた。

大うつけの信長は実母にまで背をむけられ、血縁者や臣下の裏切りのなかで必死にもがきまわっていたらしい。

情を捨て、目の前の敵を斬り殺すしか打開策はなかった。

凄惨な内部抗争の末、結局は実弟信行を処刑して尾張二郡の領主となった。

（あの暗く根深い猜疑心は……）

激しい家督争いのなかで刷り込まれたのだ。

宗仁は、そう確信している。

その後、新規召し抱えの武将は増大したが、信長はけっして心をひらかなかった。親衛隊の小姓たちを使って各将の身辺を探らせ、少しでも不審な動きをみせるとただちに処断した。

動員兵力三千余にすぎなかった織田勢も、いまや十数万の将兵を抱える大軍団となっている。その一翼を担っているのが、新参者の明智光秀であった。

光秀は茶人としても一流だった。宗仁も茶会で顔を合わせる機会が多く、二人は昵《じっ》懇《こん》の仲になっている。

苦労人なので、口調も穏やかだった。本人からそれとなく聞いた話では、信長の正室濃姫《のうひめ》は光秀の従姉妹《いとこ》だったらしい。足利義昭の参謀となった光秀は、その縁をたぐって剛胆にも信長に言上したという。

「将軍候補の足利義昭さまを奉じ、いちはやく織田の大軍をもって上洛し、織田木瓜紋の御旗を都に立てましょうぞ」と。

光秀と接見した信長は、尾張なまりで即答したという。

「あいわかったでや、すぐにやらにゃ」

それらの逸話は、光秀と親好のある茶人や連歌師たちの会席で広まり、信長の寵臣としての立場をより鮮明にした。

朝倉義景の旧家臣である光秀は、今回の北近江攻めでは後方支援にまわっていた。それは信長の気配りではなく、いつ心変わりするかも知れぬ流浪人を警戒したためであろう。

鋭敏な明智光秀は、これまで大恩ある朝倉義景に背を向け、将軍足利義昭までも見放している。

（裏切り者は何度でも裏切る）

根っからの京都人で、他国者にきびしい宗仁は、美濃浪人明智光秀の変わり身の早さを冷ややかな目でみていた。

そして信長はさらに疑り深い。

織田家直臣の柴田勝家を先鋒に据え、逃げまどう朝倉勢を容赦なく粉砕した。義景は一乗谷をめざして落ちのびたが、付き従う家来はわずか十数名ほどだった。

からくも義景一行が自領へたどりつくと、留守役の将兵らはことごとく逃亡していた。義景は居城一乗谷を放棄し、山路を越えて平泉寺へと向かい、僧兵たちに召集をかけた。だが逆に僧兵らに寝込みを襲われ、夜道を走って賢松寺に逃れたという。

宗仁は荷駄隊を引き連れ、織田軍の後方をついていった。

幸い味方の死者が少なく、葬儀役としての出番はほとんどなかった。しかし、路傍には血まみれの朝倉兵の遺体が無数に転がっていた。

敵を手篤く葬る慣習は織田軍団にはない。

（……戦国無情）

山野に散らばる無惨な屍《しかばね》を見捨て、宗仁は無言のまま進んでいった。

八月十八日。織田勢は一乗谷に乱入した。

逆らう者は皆殺し。それが信長の掟である。主君の激しい殺意を押しとどめることは誰にもできないのだ。

「すべて焼き払え。領民らを殺し尽くせ！」

信長の狂気は兵卒らに伝播した。

高揚しきった織田軍は城下の寺社や商家を見境なく焼き払い、逃げ遅れた町人たちをなぶり殺しにしていった。

納屋に隠れていた女たちを見つけると、よってたかって凌辱し、無抵抗の老人や幼児までも撲殺した。

絵師でもある宗仁は、現世の《地獄絵図》を目の当たりにして悪寒に打ち震えた。

難儀はそれだけではすまなかった。

同月二十日。追いつめられた朝倉義景は賢松寺で自害し、その首級が宗仁の手にあずけられたのである。

　陣屋で首実検をすませた信長は非情な命令を下した。

「朝倉義景の首級を獄門にかけよ。大罪人として京の一条戻橋《もどりばし》にさらせ」

「仰せのとおりにいたします」

「都人らが大勢集まるであろう」

「きっとそうなります」

「肉が腐って髑髏《どくろ》になるまで放置し、しかるのちに箔濃《はくだみ》を施せ。御所の公卿らに展覧せねばならぬでな。いずれ浅井長政めも同じ処置にいたす」

「はい、すべて承知」

　無念げな表情の生首を、宗仁はうやうやしく押し頂いた。

　信長の下知は絶対である。機嫌を損ねないため、どんな無理難題も即座に受け入れるしかない。

　箔濃とは薄くのばした金箔を物に貼り付ける作業である。

　高価な絵や文箱にウルシを塗って金箔などを施すことはあるが、非業の死をとげた敵将の髑髏を箔濃にするなど痛ましすぎる。

　だが、そうした前代未聞の罰当たりな飾り付けをこなせる葬祭業者は、絵師上がりの宗仁しかいない。

（これは信長さまの酔狂な思いつきではなく……）

最初から朝倉義景と浅井長政を獄門にかけ、異様な金箔髑髏を作成する腹づもりだったのかもしれない。

そう考えると、ひたすら恐ろしい。

風雅な茶人とは名ばかり、獄門専門の汚れ仕事に励むしか生き長らえる道は残されていない気がした。

四

四日後。従者と共に帰京した宗仁は、堀川に架けられた戻橋に朝倉義景の首をさらした。物見高い都人が押し寄せ、織田軍の大勝利は各地に知れ渡った。

これまで多くの葬祭をあつかってきたので、宗仁の仕切りは隙がない。獄門の横に高札を立て、義景の罪状を箇条書きにして世に喧伝した。

さらに、朝倉家の縁者が闇にまぎれて主君の首級を持ち去ることを警戒し、交代制で夜番たちに見回らせた。

（万が一、さらし首が盗まれたら……）

こんどは宗仁の首が胴から離れる羽目になる。

一条戻橋は京洛の霊場である。『平家物語』に記された妖変奇談が、いっそう戻橋に霊気をこもらせたらしい。

宗仁も、幼いころから魔物退治の話を聞かされて育った。

生暖かい深夜、荒武者として名高い渡辺綱《わたなべのつな》が、愛馬を馳せて戻橋のたもとへさしかかった。すると絶世の美女に声をかけられ、「一人では恐ろしいので自邸まで送ってほしい」と懇願される。

怪しみながらも馬の背に乗せると、背後で獣くさい臭いが漂った。たちまち美女は醜悪な鬼に変身し、渡辺綱のまげをつかんで宙空へと飛び上がる。ひるむことなく綱は太刀を抜き、鬼の片腕を斬り落として危難から逃れる。

恐ろしい鬼女の怪談をくりかえし聞かされ、子供のころは夜間に戻橋を渡ることができなかった。

（……だが、地獄の鬼よりも怖いのは）

のうのうと娑婆《しゃば》で生きている人間にほかならない。

敵将の髑髏を箔濃にするなど鬼の所業を超えている。

命令とはいえ、それを丹念に仕上げる自分もまた非道な俗輩にちがいなかった。

獄門の手配をおえた宗仁は、五摂家の一つである近衛前久《このえさきひさ》邸を訪れた。有力宮家への報告も奉行所勤めの一環だった。

近衛前久卿は和歌や書道に秀で、茶の湯にも通じた俊才であった。越後の名将上杉謙信とは親密な仲で、彼の上洛をひそかに期待しているらしい。最近では軽薄な足利義昭を毛嫌いし、見栄えの良い織田信長に肩入れしていた。

朝廷内では数少ない信長びいきだった。

血気盛んな近衛卿は、輿《こし》に乗るより駿馬で駆けることに熱中していた。対本願寺戦にも従軍し、『陣参公家衆』の呼び名が高い。

（貴い公卿ながらも……）

風狂な数寄者であった。

流行りものに目がなく、いつも先物買いをしたがる。

近衛卿は血のつながった御所の公家たちよりも、闊達な武将や談話に練達した茶人たちと同席することを好んでいた。

「宗仁どの、よう参られた。麿《まろ》は待ちかねたぞよ。つもる話もあることやし、風通しのよい離れ座敷で語らいましょう」

「では遠慮なく」

公卿らは、自身のことを麿と呼ぶことが多い。信長はそれに対抗してか、余という一人称を使っていた。

屋敷の玄関口で露地草履を脱ぐと、近衛卿が目ざとく言った。

「おや、しゃれた履き物やな。だれぞのまねごとですかいな」

「おそれいります。夏場はこのほうが足元も涼しいので」

「雪駄履《せったば》きの本家本元が何とおっしゃいますやら。これは見ものや」

「もしや千宗易さまが……」

「離れ座敷でお待ちです。さらにもう一人……」

思わせぶりに言って、近衛卿がにたりと笑った。

前もって訪問日を告げていたので、政情報告の場に茶人たちを呼び寄せたらしい。

近衛卿に先導され、離れ座敷に歩を進めた。

千宗易の手が入っているらしく庵風の造りである。渡り廊下の先に竹製の魚籠《びく》が置かれ、青く芳しい桔梗《ききょう》の花が生けてあった。秋の七草の一つで、八月下旬に青く鮮麗な鐘形の花弁をひらく。

勘働きのするどい宗仁は、もう一人の先客をすぐに読み取った。

桔梗を家紋とする人物は、侘び茶の千宗易に師事し、《十哲》の筆頭と目されている明智光秀しかいない。

朝廷との結びつきが深い光秀は京都奉行職も兼ねている。下京の町人たちから税を徴収する宗仁にとっては上司であった。

四畳半の離れ座敷に入ると、やはり千宗易と明智光秀が着座していた。

狭い空間なので上座も下座もない。

高位の近衛卿がさりげなく宗仁の横合いに回った。方丈の座敷で、四人はそれぞれ四辺にすわって一礼した。

「あ、これはどうも……」

一瞬、宗仁は言葉につまった。

会合には慣れているが、三者とは位がちがいすぎる。五摂家の公卿と茶の湯の達人、それに仕事上の上役だった。

茶席では身分の差はないとはいえ、どうしても心身が硬くちぢこまってしまう。

近衛卿が座の雰囲気をときほぐすように言った。

「暦の上では早くも立秋。流れる雲や風の音も、なにやら涼気を含んでまいりましたな。まずは干菓子などを食しながら、北近江から戻りし宗仁どのから報告を。世俗の話を先にすまし、あとでゆるりと千宗易師の侘び茶を喫しましょう」

「はい、この場にふさわしくない事例ばかりでございますが」

宗仁は小声で応じた。

すると無腰の光秀が生真面目な顔で口をはさんだ。歓談の場なので刀を帯びず、単衣の着物の襟元をきっちりと合わせていた。

「拙者も宗仁どのと同じく戦場帰り。浅井一族への総攻撃にあたり、兵糧米などの補給のため京へ舞いもどっただい」

「諸国を馬で駆けまわってこそ真の名将。そなたの昇進ぶりは、まさに昇り龍のごとくにて。御所でも評判になっておるぞ」

近衛卿が光秀への期待感をにじませた。朝廷にとって、礼節を知る智将は得難い逸材なのであろう。

日ごろ寡黙な千宗易までが、弟子筋の光秀をほめたたえた。

「身につけた教養は、どこにあってもしぜんにあらわれます。その上、光秀どのは武勇まですぐれておられますので」

両者の言葉は過大ではない。

明智光秀は、武人としても上昇機運に乗っていた。

戦場での光秀は、信長と同様に苛酷だった。比叡山延暦寺の焼き討ちにおいては僧侶たちを容赦なく斬殺し、さらに今年の二月末には反信長派の本願寺勢がこもる今堅田城を攻め落とし、門徒三千を皆殺しにした。そして、その大功により信長から近江滋賀五万石を授けられた。

住む家もない流浪人から一国一城の主へ。

まさに夢のような話だった。

新参の外様衆ながら、美濃浪人の明智光秀は織田軍団内の出世頭であった。

座がなごんだところで、宗仁は声を低めて語りだした。

「朝倉義景さまのご最期は無惨なものでありました。百年にわたって栄華を誇った一乗谷の城下も戦火に焼け落ち、焦土と化してしまいました。古今の絵師たちの描いた名画や、由緒ある神社仏閣もことごとく燃え尽き、瓦礫のなかをさまようのは人肉を食らう野犬のみ。地獄とはあの有様なのでありましょう」

「して、信長公の差配ぶりは」

戦談義の好きな近衛卿が話をふってきた。

宗仁は、さらに小声になった。

「明智さまもご存じのごとく、上様の勇猛ぶりは配下の武将たちを遙かに凌駕しています。後方で指揮するだけではおさまらず、朝倉勢を追走した折には最前線に立ち、笑いながら敵将らを六匁玉筒で撃ち殺しておられました」

「なんと剛胆な」

「いや、そうとも思えませぬ。おそばに仕える護衛の小姓たちはあわてふためき、冷や汗を流していたほどで」

「さもありなん。桶狭間で今川義元を討ち取った際も、信長公は将兵らの集結を待たずに一騎駆けされたとか。できることなら、麿もその場に居合わせたかった」

「矢弾の中にいる時ほど、生き生きとされております。常人のわれらには、とても上様の気持ちがつかみきれません」

それは宗仁の本心だった。

勇気と無謀は紙一重である。

猜疑心の固まりのような信長だが、時折まったく無防備な状態におちいる事が何度もあった。

(やすやすと人の誘いに乗って……)

危険きわまりない指定場所へと出向いてしまうのだ。

かつて濃姫との婚儀の際もそうだった。

実父斎藤道三は、婿の信長を自領内へと招き入れた。道三は『美濃の毒蝮《どくまむし》』と悪名高い策謀家だった。

少人数の供連れで国境を越えれば、その場で討ち取られる恐れがあった。しかし信長は何の警戒心も抱かずに美濃入りし、義父道三と歓談したのである。

幸運としか言いようがない。信長を尾張の大うつけと侮っていたので、策士道三も謀殺しなかったのであろう。

また十数年前、実妹のお市が嫁いだ浅井長政に招待され、飄然と佐和山城を訪れたこともある。たとえ相手が同盟を結んだ義弟とはいえ、わずか二百の馬廻り衆しか連れず、のこのこ他領へ入りこむのは自殺行為に等しい。

（それは悪癖というより……）

根深い破滅衝動なのかもしれない。

いつか敵が仕掛けた罠に落ち、あっさりと横死するのではないだろうか。

宗仁だけでなく、近臣たちもそんな懸念を抱いていた。

両親の愛情を受けずに育った信長は、四十路になってもどこかしら幼児性を残している。初見の相手に興味を抱き、何の警戒心もなく対面することが多い。だが、けっして無邪気というわけではない。自分の意のままにならぬと、玩具の人形の手足をひきちぎるように他者を破砕してしまう。

そばで見ていても、五体が引き裂かれるほどのすさまじい憤怒だった。感情を見境なく解き放って、怒りを爆発させるのだ。

そこには大人の分別などみじんもなかった。

信長の寵臣たる光秀が、よく通る声で言った。

「まことに勤めがいのある主人でござる。武勇は信長さまに、叡智は千宗易さまに教わり、なんら憂いなどありませぬ」

「わたくしも明智さまと同様にて。先ほど座敷の入口で桔梗の花を拝見いたしました。釣った魚を入れる魚籠も、千宗易さまの手にかかれば風雅な花入れとなる。しかも清冽な桔梗は明智さまの紋所。さりげない趣向に心も癒やされて」

宗仁が話を合わせると、対座していた千宗易にやんわりとたしなめられた。

「源三郎どの。最近は目はしが利きすぎますぞ」

「申しわけありません。つい先日、宗易さまに政事《まつりごと》ばかりに目を向けすぎだと意見されたばかりですのに」

「いや、自戒の念をこめて言っておるのです。初秋のころ山野にひっそりと咲く可憐な桔梗花も、すぐに人の目につくようではあざといばかり。侘び茶の精神とは大きくかけはなれ、わたくしもまだまだ修業が足りませぬな」

そう言って、千宗易は例のしみとおるような笑顔を見せた。

この日、四人は親しく茶の湯を喫した。

まさか十年後に、《本能寺の変》でそれぞれが重要な役割を演じることになろうとは、だれひとり予想できなかった。

第二章　秀吉台頭

一

朝倉一族を敗滅させた信長は、全軍を結集して浅井長政がこもる小谷城へ総攻撃を開始した。

一条戻橋での獄門を終えた宗仁は、番頭の辰次を引き連れて主戦場の北近江へと馬を走らせた。

（……いずれにせよ）

浅井長政の死はすでに確定している。

その遺体を京へ運び、首級を朝倉義景のそばに並べるのが宗仁の任務であった。いったん信長からの下命を受ければ、どんな汚れ仕事も忠実にこなさなければならない。

義景を獄門にかけて以来、宗仁の覚悟は定まった。

信長は城攻めの得意な羽柴秀吉を戦の中軸に据えた。働きどころを与えられた秀吉は本領を発揮した。次々と浅井がたの砦を落とし、その一方で敵将長政に厚情の手紙を送ったのである。

書面の内容は、正室のお市とその娘らの助命であった。

お市は信長の妹であり、三人の幼い娘たちは姪っ子だった。このまま小谷城が落ちれば、戦火の中で浅井一族は全滅してしまう。政略結婚で浅井家へ嫁いだお市も夫に殉ずるしかない。

秀吉は必死にそれを回避しようとした。

（上様の狙いも同じく……）

妹の救出にあったのだろう。

宗仁はそう感じとった。万事そつのない配下の秀吉は、主君の心情を思いやって迅速に行動したのだ。

肉親縁者にも非情な信長だが、妹のお市に対してだけは何故か度をこえたやさしさを示してきた。

たぐいまれな彼女の美貌は、どうやら兄の信長までも虜《とりこ》にしているらしい。

信長の思いは敵将にも通じた。

誠実な浅井長政は妻子を秀吉に託し、父久政と共に城中で潔く自害したのである。

だが、信長の加虐癖はおさまらない。義弟だった浅井長政の獄門は実行されることになった。そればかりか、さらなる難題を宗仁は押しつけられた。

織田兵に捕らえられた浅井長政の側室が、陣屋へ引き出された折、ひるむことなく信長の悪辣な行状を罵った。

逆上した信長は彼女を足蹴にし、長い黒髪をつかんでひきずりまわした。

そして、そばに控えていた宗仁に無惨な仕置きを命じた。

「こやつを磔刑《たっけい》に処せ！」

宗仁は、戸惑いながら聞き直した。

「側室まで処断するのですか」

「憎き女なれば、すぐには殺すなよ。両手の指を毎日一本ずつ切りおとし、指がぜんぶなくなったところで衣服を剥がしてはりつけにせよ」

「して、磔刑の場所は」

「女が恥じて苦しむように、近江の目立つ城下がよい」

「心得ました」

顔色も変えずに承諾した。

けれども宗仁の胸は荒涼としていた。

主君信長の残虐さは魔王そのものだった。人として一片の情もなく、自分に敵対する者たちを地獄の炎で焼きつくすのだ。

宗仁の任は葬儀の段取りと死者の飾り付けである。

生きた女を拷問するのは足軽たちにまかせた。気丈な側室は歯を食いしばって指切りの痛苦に耐えたが、二日目に出血死した。彼女にとっては幸運であったろう。

長く京の仏具店で働いてきた番頭の辰次が、血まみれになった側室の死体を洗い清めながら言った。

「旦さん、お武家の世界はきびしいもんどすな。おなごまでが争いごとにまきこまれ、こないにむごたらしいご最期を」

「辰次、すまぬ。狩野派の絵師をめざしていたお前を、店に雇い入れたまではよかったが、はりつけ獄門の手伝いまでさせて」

「かめしまへん。これも画業の修業の一つでっしゃろ。美女の死顔を見る機会なんぞ、めったにあらしまへんし」

「そやな。心ならずもむごい仕置きにたずさわって以来、わたしも何やら写実の筆が上がった気もする」

それは絵師としての実感だった。

滞りなく磔刑をすませた宗仁は、女傑とも言うべき側室の遺体を浅井家の菩提寺である徳勝寺に葬った。

獄門を職務とする者としての、せめてもの償いだった。

数日後、こんどは落ち武者狩りで杉谷善住坊《すぎたにぜんじゅぼう》が捕縛された。甲賀衆で鉄砲の名手である善住坊は手だれの刺客だった。

『一殺銭百貫』

多額の金銭で雇われ、敵将を鉄砲で仕留めるのが善住坊の稼業であった。その腕と度胸は都にまで鳴り響いている。

宗仁も彼の歴程の一部を知っていた。

かつて信長が五十人ほどの馬廻り衆を引き連れ、近江から千草の山路を越えようとしたとき、樹間にひそんだ善住坊に狙撃されたことがある。

自身の命に無頓着な信長の悪癖が死魔を招いたのだ。

名狙撃手の放った二発の六匁玉は、見事に鞍上の信長に命中した。一発は黒羅紗の胴着に当たり、脇腹には銃創が残った。

残る一発は信長の頭部を射抜いた。

だが目深に編笠をかぶっていたので、必殺の銃弾は信長の側頭部を焦がし、笠を吹き飛ばしただけに終わった。

疾駆する馬上の標的は、射撃の名手といえどもやはり仕留めるのが難しい。幸運児の信長は、またも命びろいした。

陣屋へひきだされた善住坊は不敵な薄笑いを浮かべていた。

「わしが撃ちそんじたのは信長どのだけだ。命冥加《いのちみょうが》なことよ」

それだけ言って稀代の刺客は両目をとじた。

信長も冷たく笑い、配下の宗仁へ事務的な口調で下知した。

「よく聞け、宗仁。これより善住坊にふさわしい刑罰をあたえる。名高い豪勇なればどんな激痛にも耐えられよう。地中に埋めて首だけ出し、のこぎり引きにせよ」

酷薄な信長は、憎い敵の死に対していつも趣向をこらす。

宗仁はごくりと生つばをのみこんだ。

「上様。まさか、生きたままでございますか。おそれながら、それがしの任務は死者の弔いとそれにまつわる儀式なれば」

「たわけめ。重罪人をやすやすと死なせてたまるものか。のこぎりの刃を潰して鈍くしておけ。近江街道の辻に善住坊を埋め、通行人にはかならずのこぎりを三度引かせろ。首は徐々に切断され、三日は苦しむであろう」

「はい。しかとうけたまわりました」

「よいか、こやつに水をあたえることを忘れるな。延命させ、生き地獄のなかで苦しむのを見届けよ」

「すべて承知」

かすかに震えながら宗仁は平伏した。

その場に列席していた織田家の家臣たちも、残虐非道な主君を正視できず目を伏せていた。

ただ一人、忠勤を励む羽柴秀吉だけが笑顔を絶やさなかった。

信長の妹お市を無事に救出した秀吉は、勲功随一と賞され、すでに浅井家の旧領今浜を下げ渡されていた。

（……猿面冠者が、笑みを押し隠せぬのも無理はない）

秀吉は茶会にもよく出入りするので、宗仁も親しい仲だった。愛嬌のある猿づらで、だれに対しても心配りのできる人物だった。

しかし、氏素性は不明であった。

夜盗だという噂もあった。

本当は乞食だったのだと侮る者もいた。

真偽のほどはどうあれ、信長にひろわれた足軽上がりの小男は、琵琶湖北岸の土地を拝領し、明智光秀と肩をならべる城将にまで成り上がったのである。

信長は二人を競わせようとしているらしい。教養人の光秀と術策にたけた秀吉は、いまや織田軍団の両翼であった。

けれども、それは臣下としての能力である。

両人ともに天下を揺るがす英傑とは思えない。光秀には迷いぐせがあり、決断力にとぼしい。一方の秀吉は有能だが、あまりにも出自が悪すぎる。

覇王信長と比べるべくもなかった。

出世を争う秀吉と光秀も、いつかは盤上の手駒として使い捨てられるのは目に見えている。

善住坊の仕置きを、信長の指示どおりに準備した。

宗仁の右腕として働く辰次も、さすがに顔をしかめていた。

「こんなきつい仕置き、よう考えつきますな」

「辰次、めったなことを言うではない」

「すんまへん、口がすべりました。せやけど肝の小さい通行人たちが、生きてる罪人の首を切れるとは到底思えまへんけどな」

「死ぬまでに日数がかかり、よけいに苦しむことになる。のこぎりの刃はあまり潰さず、少しは切れるようにしときなはれ」

「心得ております。それが人の情けなれば」

だが、のこぎり引きの残酷な処刑は思いがけぬ結果となった。

なんと多くの通行人が現場につめかけ、両手を合わせて拝みながら善住坊の首を少しずつ切っていったのである。

口では「すまぬ、すまぬ」と言いつつ、人々は嬉々として伝説の大罪人をのこぎり引きにした。

二日と保たなかった。一日目の夕刻に頸動脈が破裂し、善住坊は悶絶死してしまった。

（西洋の宣教師たちが指摘するように……）

いつも礼儀正しく、だれよりも憐れみの心を抱く日本人は、いざとなると平然と他者を虐殺してしまうようだ。

そうした野獣めいた精神は宗仁自身も有している。

信長の下で磔刑や獄門にたずさわるうち、しだいに気持ちが擦り切れ、むごい行為にも慣れてしまった。

都では何食わぬ顔で茶人としてふるまっているが、本質は死体の飾り付け職人ともいうべき冷血漢にすぎないのだ。

押し寄せる深い空虚感の中で、宗仁が心を癒やせる場所は一つしかなかった。それは、侘び茶の完成に生涯を捧げる千宗易の茶席である。

静かに澄みきった侘び茶の空間は、世俗の穢れを洗い流してくれる。庵で二人して談笑するときだけ、覇王の呪縛から逃れることができた。

信長から授かる報酬は大きい。けれども、その分だけ精神が摩耗していくことは確かだった。

精神面で、信長に拮抗できるのは千宗易しかいなかった。信長は青ざめたするどい白刃であり、千宗易は樹間を吹き渡る心地好い涼風であった。

生死転瞬。

武将たちが茶の湯に没頭するのもわかる気がした。

（……いっそ上様が急逝してくだされば）

そんな思いが何度も心をかすめる。

一介の刺客にすぎないが、善住坊の存在は大きかった。

二連銃から放たれた六匁玉のわずか一寸のずれが、その後の歴史を大きく塗りかえたのはまちがいない。

（もし、千草越えの山路で信長さまが射殺されていれば……）

その後、だれが天下の覇権を握っていたのだろうか。

善住坊の遺体を前にして、宗仁はしばし想念にひたった。

天正元年の秋において、甲斐の武田信玄はすでに病没している。しかし、川中島で何度も信玄と激突した上杉謙信は健在だった。

戦上手な謙信は越中全土を平定後、能登から加賀へと侵攻して上洛も視野に入れているらしい。近衛前久卿が推奨する名将謙信なら、次代を担う覇者としてふさわしいのかもしれない。

さらにもう一人。

遠江《とおとうみ》で静まりかえる徳川家康の存在が不気味だった。

三河領主の松平宗家の世継として生まれた家康は、幼いころから辛苦を重ねてきた。そうした逸話は、茶の湯をたしなむ本多忠勝から会席で何度も聞かされている。

松平家恩顧の家臣たる忠勝は、少年時から家康の太刀持ちをつとめ、その後も共に戦場で闘ってきた一徹者だった。

「家康さまほど困難な道を歩まれた器量人はおりませぬ」

それが忠勝の口ぐせだった。

忠臣が語る苦労話は、いつも主君の幼児期から始まった。

下克上は戦国の慣《なら》いである。

下位の者が力で上位を打ち倒す。戦乱の世においては、臣下が主筋を討つことはけっして悪行ではない。

松平分家の者たちが宗家のっとりをくわだて、織田勢に内通して岡崎城へ攻めこむ気配を示したという。

家康の実父松平広忠は追いつめられ、隣国の今川義元にすがった。公家文化に染まる義元は快諾した。彼には天下統一の野望があり、諸大名に先んじて上洛の日程さえ練っていたらしい。

それには三河から尾張へ回廊をつなぎ、京への進路を整えねばならない。三河の松平宗家へ恩を売り、敵対する尾張の織田勢を撃破すれば、おのずと道はひらかれるのだ。

家康の幼名は竹千代。

彼の身にふりかかった重圧は、人が耐えうる限度を遙かに超えていた。政略の道具とされた竹千代は、すでに実母とも生き別れていて、甘える相手がそばにいなかった。父の広忠は松平宗家の『三河安泰』と引き換えに、嫡男の竹千代を人質として今川がたの駿府へ送りだした。

だが、その中途で思いがけぬ危難に遭った。

六歳になったばかりの幼君は、五十人ほどの護衛を従えて岡崎城を出立した。すると国境の浜辺で外祖父にあたる戸田康光《とだやすみつ》が出迎え、駿府まで船で送ると申し出た。

一行は疑うことなく手配された輸送船に同乗した。

幼君の道程は最初から険しい。康光たちと共に田原の浜辺から出港した船は、くるりと帆をひるがえした。

なんと船首は、敵領の尾張に向けられていた。裏切りに気づいたときにはすでに遅かった。竹千代付の重臣たちは船内で次々と刺殺され、船べりから海中へ突き落とされた。

六歳の竹千代は、特異な大目玉をむいて叫んだ。

「康光、卑劣なり！」

「さにあらず、竹千代。血のつながらぬ孫など、どこが可愛いものか。弱肉強食が現世の掟じゃ、とくと憶えておけ」

胸を張り、康光は傲然と突っぱねた。

外祖父までが孫を拉致するのが、乱世の生き残り策であった。

田原城主戸田康光の娘は、後妻として松平広忠のもとへ嫁いでいた。先妻の於大《おだい》が生んだ嫡男竹千代は、かえってめざわりな存在であったろう。

さらに康光は恩着せがましく言った。

「安心しろ、そなたを殺しはしない。生きていれば松平宗家嫡子として高く売り払える。悔しいと思うなら、我慢を重ねて実力をたくわえ、このわしの首を獲ればよい」

「……いつか、かならず」

大きな聡い黒目を伏せ、竹千代は唇をきつく結んで、この世の厳しさを噛みしめたという。

（どんな艱難辛苦《かんなんしんく》にも耐える徳川家康の特性は……）

このとき芽ばえたのかもしれない。落涙しながら語る本多忠勝を前にして、宗仁はそう思った。

同時に家康が内に秘める熱い闘志は、信長に匹敵するものがあるとも感じとった。

成り上がりの秀吉や光秀とちがい、初めから大名の世継として生まれた家康には君主としての風格があった。

幼い日の激苦は、いつか実を結ぶのではないだろうか。

禍福はあざなえる縄のごとしである。吉凶は微妙によじれ、人の運命は変転する。外祖父に拉致されたことも、今となっては貴重な体験となっているはずだ。

本多忠勝の話は核心に迫った。

この誘拐劇によって、家康は信長にめぐり逢ったのだという。皮肉にも両者を結びつけたのは悪党の戸田康光だった。

戦国武将の行動は、すべて損得勘定に支配されている。なんら悪びれることなく、康光は捕らえた獲物を織田がたへ売りつけた。

永楽銭で千貫文。

それが竹千代の価であった。先主の織田信秀にとっては安い買い物だったろう。

織田がたは、さっそく松平宗家への恫喝外交を開始した。

「今川義元と手を切り、織田に臣従せよ！」

さもなくば、嫡男竹千代の首をはねると脅したのである。

実父広忠は苦肉の策をくりだした。

「一子竹千代を生かすも殺すも勝手。当方は今川にも織田にも付かず、松平宗家として岡崎城を死守するのみ」と。

哀れな竹千代は、ついに実父にも見捨てられてしまった。

交渉は決裂し、竹千代の斬首は決定した。

だが、織田信秀は支払った銭千貫が惜しくなった。敵の嫡子を手元に囲っておけば、いつの日か役に立つこともある。

戸田康光と同じく損得勘定が働いたらしい。人質の竹千代を、織田家の菩提寺である万松寺《ばんしょうじ》に軟禁した。後になって、そのことが家康の立場を好転させた。

尾張の大たわけと呼ばれていた織田家の嫡男が、八歳年下の囚人に興味を示し、万松寺へ遊びにくるようになった。

そして、二人は孤独を共有したようだ。

それは運命の出逢いだった。

個性の異なる両者は何故か波長が合った。従順な竹千代が気に入り、兄貴株の織田信長は菓子などを分け与えて面倒をみた。

そうした二人の上下関係は、二十数年後の今も続いている。

幼なじみは損得抜きでつきあえる。信長はどれほど軍事力を強めても、家康の領土には侵攻しなかった。自分に臣従することも強要せず、遠江を守る家康を連盟者として遇してきた。

家康もまた信長の厚情にこたえ、戦の最前線に立って武田信玄の上洛を死にものぐるいで防ぎきった。

（……受け身の強さはだれよりもまさっている）

野戦に強く、守りはしぶとい。

何よりも強敵に負けることを恐れてはいなかった。

あの武田騎馬軍団の猛攻に耐えて遠江の居城を守りぬいた。思わぬ足止めを食った武田信玄は上洛が遅れて陣没し、武田家衰退の主因となったのだ。

狷介で病的に疑り深い信長だが、幼なじみの家康に対してだけは鷹揚な態度をみせる。

だが、それは油断にほかならない。

（あの家康どのが、もし好機をとらえて立ち上がれば……）

天下を手中にすることも可能なのではないか。

慎重居士の家康がその気になれば、単騎駆けを好む信長を罠にかけて襲殺することもできよう。

そう考えれば、ちがう局面が宗仁には見えてきた。

雪深い日本海側に在する上杉謙信は、自軍を動かせるのはいつも春以降であった。

陽の差す東海を拠点とする徳川家康のほうが、都へ攻め上るにはすべてに有利だった。

鈍重で老成した家康の顔を思い返すたび、宗仁は危惧せずにはいられなかった。表の顔はどうあれ、戦国武将らはみんな《天下獲り》という見果てぬ夢を追っている。苦労人の家康もその例外ではない。

流れ者の光秀や秀吉も同様であろう。下克上がまかり通る乱世において、何が起こっても不思議ではないのだ。

善住坊の無惨な遺体を前にして、さまざまな妄念がわきあがり、思わぬ方向へと広がっていく。

「いかん。そんなことはあってはならぬ」

口に出して言い、宗仁は自分をいましめた。

二

天正二年正月、織田信長は岐阜城で年賀の宴を催した。

配下の武将たちだけでなく、京の公家なども参集して酒をふるまわれた。信長は酒のさかなに趣向をこらした。

それは三つの髑髏《どくろ》だった。

丹念にウルシを塗り、金粉をちりばめた頭蓋骨が膳の上に載っていた。浅井長政と父の浅井久政、そして朝倉義景の首級が変わり果てた姿で展示されたのである。もはや信長の残酷趣味は歯止めがきかなくなっているらしい。

稀有な三品をしつらえたのは、漆器作りにも精通する仏具商の長谷川宗仁であった。小器用な京の文化人は、主君信長の下命を受けて箔濃《はくだみ》から獄門まで何でもこなした。

幽艶に光り輝く金箔髑髏を前に、招待客らは酒を呑む羽目になった。軟弱な公家たちは嘔吐し、早々と退出した。

（……何たる仕儀だ）

汚れ仕事に従事する宗仁は武将たちの蔑視にさらされ、宴会の片隅でじっと時をやり過ごした。

親しく声をかけてくれたのは、陣参公家衆の近衛前久だけだった。豪気な近衛卿は、金箔髑髏を前にしてゆったりと盃を干した。

「まことに数寄の極みじゃな、宗仁どの」

「おそれいります」

「酒のさかなが金箔の髑髏とは。麿の見るところ、これは手仕事に長じたるそなたが仕上げたのであろう。奇矯なる本日の宴は、のちの世まで語り継がれよう」

「こまっております。何やら居心地が悪くて」

「顔を伏せることはない。高価な茶碗をわざとこわし、その割れ目を溶かした金でつなぎ、天下の名器を仕上げる数寄者もおるそうな。このように見事な出来映えならば、敵将の髑髏に酒など注いで飲み干すのも一興」

「おたわむれを」

宗仁は力なく苦笑するばかりだった。

酔った近衛卿は、まわりを気にせずに得意の人物評を長々と語りだした。

「おもしろい時代に生まれたものだ。行く手は五里霧中。最後にだれが勝ち残るのか、麿もこの目で見届けねばなるまい。金箔髑髏と化した朝倉義景も、一度は天下人となる好機があった。数年前に将軍候補の足利義昭を奉じて一気に上洛すれば、信長公に先んずることができたはずじゃ。将たる者が判断を誤れば、朝倉家百年の栄光も一瞬にして奈落の底に落下する」

「前久さま、お声を低めてくださりませ」

「浅井長政とて最終勝者となる立場にあった。自領の北近江は、京の都を押さえるのに絶好の位置じゃ。また軍事力も充分に備わっておった。出自は地方の小豪族にすぎぬが、南近江の六角義賢《ろっかくよしかた》を撃破し、琵琶湖北岸に二十万石の大勢力圏を広げたぐらいだからな。あの時点では、浅井長政が一番手にも思えたが」

「おそれながら、いま少しお声を静めて。上様の宴ですぞ」

無礼講とはいえ、年賀の席での失言は命取りとなる。

酔って高調子に語る近衛卿を、宗仁はもてあましていた。諫めても陣参公家衆の長広舌はとまらない。

「かつて長政は近江姉川の戦《いくさ》においては朝倉義景と同盟し、織田勢を叩きのめしたこともあったのう。信長公も窮地に陥っておった。あの時、徳川家康が救援に駆けつけなければ、浅井・朝倉連合軍は大勝利したはずじゃ」

「家康さまは義理堅いお人ですし。また上様の幼なじみにて」

「いや、家康がいちばん腹黒い」

「そうは思えませぬが……」

「宗仁どの。麿の目はたしかじゃぞ」

酔眼の近衛卿が念押しした。

言われるまでもなかった。

宗仁も、徳川家康の言動をうさんくさく感じている。いつも信長の背後に隠れて目立たぬようにふるまってきた。

けっして戦場では強さを誇示しなかった。

(三河の弱兵とあなどられているが……)

その戦歴はすさまじい。

ひたすら防御に徹し、数倍の軍事力を誇る武田信玄の猛攻を、そのつどはね返してきたのだ。いざとなると、兄事する信長を助けて渦中へとびこみ、浅井・朝倉連合軍を撃ち破った。

何よりも家康を守る三河武士団の結束力はずば抜けていた。

武士の主従関係は、報奨と忠義で成り立っている。しかし、家康を奉じる家臣団は報奨など求めず、主君家康への忠義をつらぬいてきた。

徳川四天王の一人、本多忠勝の話を聞いただけでも、その揺るぎのない忠誠心は見て取れた。

織田の囚われ人だった幼君を救出したのも、屈強な三河武士たちだった。天文十八年の春、国境沿いの織田の支城を今川勢が攻めたとき、先兵となった岡崎衆はしゃにむに突撃して城将の織田信広を生け捕りにした。

織田信長の庶兄にあたる信広なら、幼君竹千代の交換要員として不足はなかった。松平宗家の嫡子を奪還するため、岡崎衆は多大の死傷者を出してまでも城攻めを決行したのだ。

同年の晩秋、人質交換が行われた。

八歳になった竹千代は、居城が建つ岡崎へと帰還した。

「竹千代さまが無事に戻られた！」

岡崎城下は喜びにわきたち、幼君を凱旋将軍のように出迎えたという。本多忠勝の母お昌も群衆の中にいて、その後も成長したわが子にくりかえし語り聞かせたらしい。

だが、幼君の悲運はおさまらない。父子対面の直前、松平広忠が雇い入れたばかりの馬番に刺し殺されてしまった。

馬番の名は岩松八弥《いわまつはちや》。三河の地で長年争ってきた佐久間全孝《さくまみなたか》が放った闇の刺客であった。

あざなえる禍福は、またも裏返ったのだ。

先君松平広忠の横死を知った今川義元は、日をおかず使者を送ってきた。その口上は居丈高だった。

「二年前に交わした約定に従い、竹千代どのを駿府へ送られよ。八歳の城主では、たちまち近隣の武将らに攻め落とされてしまう。元服なさるまで今川義元さまのもとで暮らし、その間は三河の領地はわれらがしっかりお守りいたす」と。

まぎれもない脅迫であった。

喪中であっても容赦はしない。それが戦国武将間の鉄則だった。

寡兵の岡崎衆は同意するしかなかった。受諾せねば今川勢に力攻めで城を奪い取られるだけだった。

せっかく取り戻した手中の玉を、大事な松平家の領地まで付けて今川義元に進呈することになった。

織田の人質から今川の人質へ。黙って駿府へ向かう若当主を、岡崎城下の者たちは涙ながらに見送ったという。

幼くして、これほどの難儀に遭った者はいまい。

(何が起こっても、けっして騒がず……)

どこか諦観したような黒い大目玉は、本心を押し隠すための擬態とも思える。

天下の行方に目をくばる近衛卿が、どれほど家康の過去を知悉しているかは知らないが、「いちばん腹黒い」という評価は的を射ているのかもしれない。

陰気くさい苦労話は正月の宴にふさわしくない。

宗仁は明るい人物に話題を転じた。

「それにしても羽柴秀吉さまの台頭はめざましく、まさに日の出の勢いでございますな。あれほど心配りのできるお人はおりませぬ。今回も百頭の荷馬を引き連れ、上様へのご進物を岐阜城へ運び入れたそうです」

「噂は聞いておる。金銀の延べ棒、諸国の珍味や特産物、南蛮渡りの茶器に備前の名刀など、自分のたくわえをすべて信長公に上納したとか。他の武将連は冷や汗をかいたろう」

「はい。上様は吝嗇《りんしょく》な者を毛嫌いなさいますし」

「そなたの申す通りじゃな。金蔵に貯めこむばかりの城将は、かならず鉄槌を下される。今では秀吉どのも一国一城の主なれば、そこのところはちゃんと心得ておられる」

「最近は茶の湯にも精進されて、ひそかに千宗易さまのご指導を受けておられます。茶器の蒐集にもご熱心で」

「まったく抜け目がないのう。信長公の覚えめでたく、文武両道の明智光秀どのを追い越す勢いじゃな」

「男は愛嬌でございますれば」

けっして皮肉ではない。

いつも快活な羽柴秀吉は根っからの人たらしだった。

貧相で頭髪が薄く、信長からは『ハゲネズミ』と呼ばれて可愛がられている。本人も嫌な顔ひとつせず笑い流していた。

秀吉は自分を道化者にする大らかさを持っている。気取らず面倒見のよい小男と一緒にいると、宗仁は心がなごんだ。

明智光秀も薄毛に悩んでいた。

なまじ秀麗な顔立ちなので、『キンカン頭』のあだ名が耐えられないらしい。満座の中で、信長にそう揶揄《やゆ》されるたびにしきりに眉をくもらせた。

（教養人の強い美意識は……）

出世の邪魔になるだけだろう。

一方、秀吉は臆面もなく主君に媚びへつらった。

拝領した近江今浜の地名を、すかさず信長の一字を用いて長浜と改名し、湖畔に新たな長浜城を建造したのである。

城の増改造は叛乱のきざしと見られがちだが、主君信長は上機嫌で築城を許した。

浅井氏の旧領は長浜の城下町に変貌し、諸国から商人らが集まって活気に満ちあふれた。

したたかな秀吉は売り買いだけの商業に飽きたらず、高給を支払って堺の鉄砲鍛冶たちを長浜城下へ呼び寄せた。鍛冶屋町まで整備し、軍事産業の拠点として領地を発展させていた。

今では本場ポルトガルの鉄砲より、長浜の鉄砲鍛冶が製造する銃器のほうが性能は上だった。戦乱はやむことなく、軍事用品は高値で売れた。商業地からの上がりも大きい。

秀吉の懐はふくらむばかりだった。

このため長浜領の農民たちの租税は軽減され、新領主の羽柴秀吉は『湖畔の名君』と讃えられるまでになった。

見かけによらず、秀吉の肝っ玉は太い。

勝ち戦の突撃は他将にゆずるが、負け戦のときは退却部隊のしんがりを買って出る。姉川の戦いで敵の猛追をうけた際、秀吉の一隊は主君信長を脱出させるため、捨て石となって現場に居残った。

すべての場面で、秀吉の言動はめりはりがきいていた。

笑いにまぎらせ、宗仁は小声で言った。

「なにはともあれ、秀吉さまと光秀さまは織田の大事な両翼。どちらが欠けても飛び立つことができなくなりますし」

「さにあらず」

深酔いした近衛卿が異議をはさんだ。

宗仁は小首をかしげた。

「はてさて、卿のお見立ては」

「きれいごとは申さぬ。生き残るのは一人だけじゃ」

近衛卿はご託宣し、ぐいと大盃をかたむけた。

面妖な黄金髑髏よりも、目を見張る秀吉と光秀の出世争いのほうが、酒席のさかなにはぴったりと合っていた。

三

北国の越前は一向宗の牙城である。

一遍上人《いっぺんしょうにん》の弟子たちが広めた宗派で、浄土真宗の俗称として越前の地に根を下ろした。他力念仏を唱えて諸国を遊行した一遍は、愉快な念仏踊りをまじえて農民たちを説き伏せた。

念仏三昧の生涯は無数の『一遍上人絵伝』に写され、功徳をもたらす大和絵として各地の寺院に収められた。

『日夜、念仏を唱えるだけでだれもが極楽浄土へ逝ける』

しごく簡潔な教えに、多くの庶民たちがすがった。

一向宗の輪は爆発的に拡散し、二百五十万人余の宗徒たちが結縁した。その勢力は近畿から紀伊へと結びつき、比叡山焼き討ちの暴挙をなした信長に反旗をひるがえした。

とくに越前の宗徒たちは過激だった。

朝倉家滅亡後、越前の農民らは政教分離をこばみ、信長が任命した新守護代の統治に従わなかった。

同年二月下旬、越前争乱の報が岐阜城の信長のもとへ届いた。

一向一揆勃発！

越前からの伝令の報告は耳を疑うものだった。

「府中城将の富田長繁めが一向宗の農民らと結託し、守護代桂田長俊さまを襲撃して斬殺いたしました。それればかりか、一向一揆の者どもは当の富田長繁まで血祭りに上げ、織田がたへ寝返っていた諸将らも全員が追放されたしだいにて。越前は城も領地も丸ごと農民たちに乗っ取られました」

「まことか」

「他国からも一向宗の門徒たちが流入し、一揆衆の領国となった越前は沸きたっております。数十万をこす人数なれば、隣国の大名たちも手出しができず傍観するのみ」

「わかった」

信長は短くうなずいた。

お側衆の茶の湯係として務めていた宗仁は、初めて覇王の吐息を耳にした。

いつもなら電光石火の動きをみせる信長だが、今回は打つ手がないらしい。武田騎馬軍団が再び動きだし、上洛の気配をみせていたのだ。

「越前など捨て置け。討つべきは武田勝頼。父信玄に及ばぬ愚将なれば、なんら恐れるに足りぬ。いざ！」

「おう！」

信長は三万五千の軍勢をひきいて岐阜城を出立し、武田への迎撃態勢をとった。

古来より、兵数を小分けにするのは必敗の戦法だと言われている。

兵を割いて越前の一揆衆を鎮圧する余裕などなかった。

（仏教嫌いの上様は、無敵の戦神と見えたが……）

二百五十万余の一向宗を、一挙に壊滅させるのは無理筋だと思える。宗教心にめざめた者たちは死を恐れない。集団で立ち向かってくる。

宗仁自身も禅寺で受戒した仏教徒であった。

三年前に比叡山延暦寺を焼き討ちした信長は、まぎれもない仏敵だった。仏を敬う農民たちは宗派をこえて団結し、竹槍を手に信長の首を狙っていた。

（もしこの世に仏罰《ぶつばち》があるならば……）

まっさきに血の池地獄へ投げこまれるのは、仏を敵視する信長にちがいなかった。

けれども、信長の奇矯な行動はだれも予測できない。

すべて常識の範疇を超えている。手詰まりな状況下で、突然あらぬ方向へ走り出した。

まるで戦を忘れたように、たった一本の香木への執着を示したのである。

名は蘭奢待《らんじゃたい》。

古く聖武天皇の治世に唐からもたらされた名香木であった。貴い帝の所有物なので、東大寺の奥深くに収蔵されてきた。これまで蘭奢待の木片を賜ったのは、将軍足利義政だけだった。

何かに取り憑かれたように上洛した信長は相国寺《しょうこくじ》に泊まった。そこから内裏《だいり》に奏聞して名香木を所望した。

下京の商家にもどった宗仁は、興味深く成り行きを見守った。

意外にもすぐに許可が下りた。蔵人所《くろうどどころ》から綸旨《りんじ》が出され、それを勅使たちが信長のもとへ持参したのである。

宗仁は拍子抜けした。蘭奢待の真の価値を知る者が、帝のそばに居なかったのであろう。

天正二年三月二十八日、東大寺の蔵は開けられた。

持ち出された蘭奢待は多聞山城へ運ばれ、一寸八分ほど切りとられた。信長は古怪な木片を香炉で焚きしめ、揺らめき立つ妖しい匂いにしばし寝所で酩酊したという。

香木で心身を清めた信長は生気をとりもどした。

「伊勢長島の宗徒たちを総ざらえにするぞ！」

号令を発し、九鬼水軍を召集して陸と海から敵領へと侵入した。

宗仁は伊勢長島攻めには参陣せず、都に居残って武器補充などの後方支援を受け持った。仏具店は開店休業の状態で、店の蔵には箱詰めの弾薬が山積みだった。

いまでは堺の豪商今井宗久の下に立ち、下京の店も弾薬庫のあつかいであった。

店の仕事は番頭の辰次にまかせ、宗仁は山科の隠れ里でひさしぶりに家族団欒の日をすごした。長男の長谷川守知《もりとも》は闊達で体格もよく、商人よりも武士にむいていた。

初秋の夕暮れ時、金主の今井宗久に鴨川岸に呼び出された。

落ち合い場所の三条河原へ行くと、旅装の宗久が疲労困憊した表情で待っていた。それでも精一杯の笑みを浮かべた。

「すまんな、こんな場所で。潮風なびく堺港とちごうて、京都盆地は残暑がきびしいよって、鴨川の涼風を肌で感じながら二人で語り合いましょう。他人さまに聞かれたらまずい話もあるよって」

「宗久さま、えろうお疲れのようですな」

「荷駄隊をひきいて伊勢長島まで行ってきた帰りや。なんど眺めても戦場のむごさに慣れることはない」

「わたくしたち二人は、もう後戻りでけしまへんし」

「そう、ずぶずぶの関係や」

共に善人づらはできない。織田の鉄砲隊が六匁玉を発射し、犠牲者が増えるたびに『薬屋宗久』の懐は潤うのだった。

恰幅のよい政商は苦笑し、両肩をすくめてみせた。

東山連峰にちらりと目をやり、宗仁は少しくだけた口調で言った。

「このまま二条まで川辺をぶらつきまひょか。それにしても比叡山の稜線にかかる夕焼けは格別ですな」

「そやろか。昔から王城鎮護の霊山と言われてたけど、信長公に延暦寺ごと焼き払われてしもたやないか。実行部隊を指揮し、数千人の僧侶らを斬殺した二人のお武家は出世街道をひた走ってはる」

「はい。明智さまも羽柴さまも城持ち大名に」

「最近の風潮は、お侍同士で斬り合うよりも、百姓町民を皆殺しにすることが多い。伊勢長島攻めもひどいもんやった」

「同行せずにすんで、ほんまによかった」

「敵は烏合の衆やしな。獄門にかけるほどの名だたる武将もおれへん。それであんさんの出番はなかったわけや。あ、すまん。いまのは嫌味やないさかいな」

「かめしまへん。わたくしが上様に重用されてるのんは、茶人としてやなく、腕達者な葬祭業者だということです」

「ええ覚悟や。一蓮托生で獣道を進みましょう」

「で、戦況は」

さりげなく問うと、今井宗久がよどみなく語りだした。

「七月中旬ごろ、信長公は嫡男信忠さまを連れて津島に着陣された。きっと戦の何たるかをご指南するつもりやったんやろ。敵は武芸のたしなみがない宗徒ばかりやし、戦場で手傷を負う心配もないよって。九鬼水軍が上陸して攻めたてたので、一揆勢は篠崎の砦などに立て籠もった。そこでも織田軍に猛攻を受け、数万の宗徒らは長島城へと避難した。九月に入って兵糧も尽き、大半の者が降参して大坂方面へ逃散しよった」

「上様のことやし、それだけではおさまりまへんやろ」

「図星や。逃げ遅れた女子供、歩行困難な傷病者ら二万人ほどは広い柵内に押しこまれた。槍で突かれたり、弓矢の的にされたり目も当てられぬ惨状やった。最後には四方から火を放って一揆衆全員を焼き殺してしもた」

「根絶やしですね」

「あれは戦《いくさ》やない。虐殺や」

政商が吐き捨てるように言った。

四

翌年の五月二十一日。これまでの戦史を塗りかえるような激戦が起こった。織田軍三万八千と、武田軍一万四千が設楽原《したらがはら》の盆地で死闘を繰り広げたのだ。世にいう長篠の戦いである。

去る五月八日、示威行動をくりかえす武田勝頼が三河の長篠城に攻撃をしかけ、領主の家康が信長に援兵を求めた。

勝負勘のするどい信長は、これを好機と見たようだ。すぐに出動命令を出して軍勢を整えた。弾薬の補充係の宗仁も、荷駄隊の頭領として参陣することになった。

岐阜城進発の折、信長が将兵らを集めて異例の命令を出した。

「者ども、よく聞け！　これより三河長篠の決戦場へと進み、武田勢を一挙に地上から葬り去る。人夫足軽にいたるまで荒縄と木板をたずさえよ。今回の勝負はそれで決する」

どこからも喊声《かんせい》は起こらなかった。

兵卒たちは意味を測りかねた。戦場に武器や防具を携帯するのなら判るが、縄と板では到底敵と闘えない。

しかし、鉄砲隊と連動する弾薬補充係の宗仁は、信長の意図をすぐに理解した。

（何たる奇策！）

縄と木を使って作れるものは柵であろう。

敵前に長い馬防柵を設けて鉄砲隊で迎え撃てば、最強の武田騎馬軍団を壊滅させることができるのではないだろうか。

信長は妙に意気込んでいた。堺や長浜から新造の鉄砲を三千挺も入手し、足軽たちも猛訓練を重ねている。

鉄砲一挺の威力は雑兵百人に匹敵するという。その計算で行くと、織田は三十万を超す大軍勢であった。

一方、信玄亡きあと、武田勢の力は急速に衰えていた。

いまや武田の動員力は三万どまりである。勇猛な騎馬隊といえども、十倍の兵力差をはね返す力はない。正面から戦えば、小生意気な武田勝頼を叩き潰すのは容易だった。

三河入りした織田軍は、徳川勢と合流して三万八千の兵力となった。連合軍は粛々と山峡を越え、盆地の設楽原に三重の長い馬防柵を設置した。

敵の武田勝頼は長篠城を攻めあぐね、盆地の奥に本陣を据えていた。前線の偵察隊から、「武田軍二万」という報告があった。

宗仁の差し出す茶を喫しながら、陣中の信長は薄く笑った。

「勝ったな、この戦。武田の軍勢は一万四、五千にすぎぬ」

「……はい。左様でございましょう」

「陣中での茶はぬるめにかぎる。熱いと苦みが舌に残る。宗仁、何をやっても器用じゃな。そちは手放せぬ。もし正式に仕官する気があるのなら、いつでも申し出よ」

「おそれいりまする」

開戦前に思わぬ提言を受け、宗仁は地べたに平伏した。茶人今井宗久と共に信長のそばに仕えてはいるが、その身分は商人のままだった。

弾薬の補給係から、敵将らの獄門まで着実にこなしてきた。

わが子守知の将来を思えば、武士となって織田家の属将をめざすほうが良策かもしれなかった。

今回の決戦で甲斐の武田を撃破すれば、織田信長の天下獲りは半ば成就する。

（……勝ち馬に乗るのなら）

早めに決断せねばなるまい。

こうして陣取りを見る限り、織田がたは鉄壁の構えだった。

とかく敵は誇大に映る。様子をうかがう者は恐怖心にとらわれ、兵数を見誤ることが多い。武田軍の実数は、信長の言うとおり織田の半数以下にちがいない。

どうやら武田家古参の重臣たちの多くは、愚昧な当主勝頼を見限って従軍しなかったのであろう。

素人目にも、寡兵の武田勢に勝ち目はなかった。

だが、現場にいる者ほど周囲が見えにくいらしい。

甲斐へ引き返すかに思えたが、信長到来を知った武田勝頼は決戦を挑んできた。囮《おとり》となった家康の部隊が遭遇戦をしかけ、わざと惨敗して引き足を使ったのである。

緒戦の勝ち戦に高ぶった勝頼は、誘われるように軍配を振り下ろした。

「全軍突撃！」

「うおおーッ、死ねや信長！」

五月晴れの早朝、設楽原に武田騎馬隊の怒声が渦巻いた。

軍馬の嘶《いなな》きや蹄《ひづめ》の音も入り交じり、武田勢は一丸となって突進してきた。馬群はきれいに横一線に並んでいる。

武田の騎馬武者たちは左手《ゆんで》で手綱をさばき、右手《めて》には長剣を握りしめていた。圧倒的な迫力だった。勇者たちの緋色の鎧が朝陽を浴び、きらきらと神々しく照り映えていた。

後方の台地で見守る宗仁は驚嘆した。

（なんたる闘魂だ！）

鍛えぬかれた騎馬の突撃ほど、この世に美しいものはない。

これほど勇壮な合戦模様を観たことがなかった。一瞬、自分の置かれた状況を忘れて身をのりだした。

織田・徳川連合軍は、三重の柵内で声もなく萎縮していた。少なくとも宗仁の目には武田の勝勢と映った。

騎馬隊は速度を増し、まっしぐらに信長の本陣へと殺到した。

「殺せ！　織田の弱兵らを踏み潰し、信長の首をはね飛ばせ！」

敵将らの怒号が間近に迫った。

だが、信長はまだ迎撃命令を発しない。

射程距離をしっかりと見切っていた。できるだけ近くまで敵の馬群を引き寄せようとしているらしい。

戦神はどこまでも剛胆だった。

そして、ついに信長のかん高い声が響きわたった。

「撃てーッ、馬を狙い撃て！」

一列目の鉄砲隊が一斉射撃した。

的がでかいので狙いを外さなかった。放たれた鉛玉は命中し、軍馬が次々と横転した。一番駆けを競っていた騎将たちも落馬し、柵の前で雑兵らに討ち取られた。

だが、間をおかず騎馬隊の第二波が襲いかかってきた。

先手必勝。争闘は先に攻める方が必ず勝ち残る。それが戦の鉄則であった。どれほど堅守でも連続攻撃はしのげない。

（次は殺《や》られる！）

非戦闘員の宗仁は観念した。

鉄砲には一つだけ弱点があった。単発の火縄銃なので、弾込めに時間を要する。草原を疾駆する騎馬軍団は、こちらが装填を終える前に鉄砲隊を踏み潰すだろう。

声をからして信長が命じた。

「目立つ武将らを撃ち殺せ！」

戦場での信長は臨機応変である。その場で即座に判断する。

標的は馬から人に変わった。よく見ると、柵内に布陣する鉄砲隊は三段に分かれていた。一段目が発砲する間に、二段目が火縄に点火し、そして次に二段目が発砲する間に、三段目はすばやく弾込めをするのだ。

この態勢なら火縄銃の連射が可能で、迫る騎馬隊に反撃の猶予をあたえない。

信長が編みだした三段装填の新戦術であった。

設楽原に絶え間なく銃声が鳴り響き、名のある武田の武将たちが次々と被弾した。

勇敢に攻撃をしかけるたびに武田勢の犠牲は増え、土屋直規《つちやなおのり》、山県昌景《やまがたまさかげ》、真田信綱《さなだのぶつな》などが撃ち倒された。

それでも甲斐の勇将穴山梅雪などは、二重の柵まで蹴破って馬上から鉄砲衆を斬り倒した。他にも何人か三重の柵前まで迫ったが、騎将らはそこで力尽きた。

早朝から始まった長篠の激戦は昼過ぎまで続き、惨敗した武田勝頼は身一つで甲斐へ逃げのびた。武田は死者一万有余。将兵の八割近くが死力をつくして戦い、設楽原で草むす屍《かばね》と化した。

織田の死者数も八千で大差はなかった。三段撃ちの新戦法は威力を発揮したが、最終的には兵数の多寡が勝敗を分けたのだ。

圧勝した信長は上機嫌だった。

凱旋途中に国境で貧しい身なりの難民たちを見つけ、木綿や銀粒を分け与えた。

（……上様にも人の情があったのか）

同行していた宗仁は、逆に魔王の威光が薄れた気がした。

戦を終えて京へ舞いもどった宗仁は、弾薬の調達に忙しかった。長篠の戦いにおいては、わずか数刻のうちに織田鉄砲隊は数万発の弾を発射した。

夜中になっても、宗仁はすぐには寝付けなかった。華麗な武田騎馬隊の突撃が脳裏によみがえってくる。

（もし武田勢との戦いが長引いていれば……）

弾薬が底をつき、勝敗の行方は定かではなかったろう。

信長が考案した三段装填の無制限な銃撃は、従来の古式戦法を駆逐する新たな消耗戦であった。

また今回の会戦も、少し見方を変えればちがう局面が見えてくる。長篠の戦いを主導したのは信長ではなく、実は三河の徳川家康ではなかったろうか。

一万四千ていどの武田軍なら、徳川勢だけでも撃ち破ることができたはずだ。家康が織田に援兵を要請したのは、信長の出番をお膳立てし、勝利の美酒を味わわせるためだったとも思える。

いみじくも近衛卿が酒席でのべたように、家康は油断のならない人物であった。

（もし家康さまが真の力を発揮すれば……）

庇護者をきどる信長は、一変して家康を攻め滅ぼすだろう。そのことを家康は骨身にしみて知っているはずだ。

駿府で長く沈潜していた家康を救ってくれたのは、幼なじみの信長であった。上洛をめざす今川義元が桶狭間で織田兵に討たれ、家康の運命は大きくひらけたのだ。

家康の太刀持ちだった本多忠勝は、その時の解放感を会合の席で茶友の宗仁に熱く語ったものだ。

「知らぬ他国にて雌伏十数年。われら岡崎衆にとって義元公の急死は最良の知らせでありました」と。

後見人の今川義元が地上から消え失せ、未来永劫つづくかと思われた家康の人質生活は唐突に幕をとじた。

岡崎の領地をかすめ取った義元に恩などない。

心ならずも今川の属将として大高城を守っていた家康は、『義元陣没』の報を受け、迷うことなく戦場からの離脱を決断した。

「大高城にある物はぜんぶ頂戴する。武器弾薬、草履やろうそくまで残さず荷駄に積みこめ。捨て城に小物ひとつ残す必要はない。物品を満載にして岡崎へと戻るのだ」

「えいえいおーッ！」

大高城に集結した松平一党は目をうるませ、勝ちどきめいた歓声を上げたという。

眠れる猛虎は目をさまし、野に放たれた。

辛苦を耐え忍んだ家康は三河の領主として復帰し、すぐさま信長に戦勝祝いの親書を送った。

先主義元が陣没したとはいえ、強大な今川が滅びたわけではない。

嫡子の氏真《うじざね》が後継者となり、離反した家康を謀叛人とみて岡崎へ兵を向ける恐れがあった。それを牽制するには、上り調子の信長と同盟して後ろ盾になってもらう必要があった。

信長は快く受諾した。

時代の風雲児は二度までも家康の窮地を救った。冷徹で疑り深い魔王から信頼された家康は、ひたすら隠忍自重した。信長が病的な怒り性であることを、だれよりも知っていたのだ。

長篠の戦いの快挙は禁裏まで届いた。正親町《おおぎまち》天皇は信長を御所へ呼び寄せ、官位授与を口頭で伝えた。

信長はこれを辞退し、宮中での皇子らの蹴鞠を見学した後に岐阜城へ帰っていった。官位一つに操られ、公家たちの下に立つことを拒否したのである。

未だ戦乱の種火は各地でくすぶっていた。

鉄砲隊が中心の織田軍団は惜しみなく弾薬を使った。そのため火薬が払底し、宗仁は仕入れに難儀していた。

そんなある日、雪駄履きの千宗易が下京の商家を訪ねてきた。

奥座敷に通すと、思いがけない申し出を受けた。

「畏れ多いことながら、信長公に鉄砲の弾丸三千発を陣中見舞いに贈ろうと思います。源三郎どの、よしなに取り計らってくだされ」

「何故そのようなことを。清雅なる侘び茶の完成に徹する千宗易さまのお言葉とも思えませんが」

いぶかしむ宗仁に、初老の茶人がずばりと答えた。

「町民自営の堺を守るため。また侘び茶の精神を後の世まで伝えるため。それだけのことですよ」

「なるほど。今井宗久さまの働きかけにより、堺港はからくも貿易の特区として認められておりますし……」

「それも信長公のお気持ちしだい。武田を撃ち破り、いまや信長公のお立場は確固たるものに。時の帝までがご機嫌をうかがう有様です。一介の茶人ごときが見栄を張りつづけるのも時勢に合わず」

「よい思案をなされましたな。堺の繁栄を陰で支えているのは、つねづね茶の湯だと思っております。血統は女婿の今井宗久さま、技の冴えなら津田宗及さま、侘びさびの心ならば千宗易さま。武野紹鷗門下の三賢人が上様の前にそろってこそ、貿易港堺の自立は守られることに」

「信長公のお側近くにおられる源三郎どのを頼るほかなく、こうして参上いたしました。どうかご尽力のほどを」

居住まいを正し、侘び茶の達人が一礼した。

宗仁には気になることが一つあった。弾薬は貴重品で、年ごとに高騰している。堺の魚屋にすぎない千宗易に、三千発の弾を買い入れる資金があるのだろうか。

「失礼ながら、弾薬購入の手だては」

「弾三千発は、すでに堺の実家の蔵に置いてあります。お大名や豪商たちから持ちこまれる茶器の鑑定料を貯め、それをすべて使いました。信長公は蓄財を毛嫌いされておられるそうなので」

「それは何よりです。なれば荷駄隊を仕立て、越前の戦地へと直接運びこむのが上策。わたくしにお任せあれ」

宗仁は、憧憬する人物の役に立てるのが嬉しかった。

気むずかしい信長だが、美に対する探求心はだれよりも強い。千宗易のほうからすり寄れば、かならず侘び茶の深みに誘いこまれるはずだった。

手早く段取りをつけ、荷駄隊を組織した宗仁は大量の弾薬を織田軍の最前線へと搬送した。

「はっはは、陣中見舞いは鉄砲の弾にかぎる。千宗易、使える男よ」

めったに笑わぬ信長が快笑した。

天正三年秋。九月十六日付の信長の礼状が、堺の千宗易のもとへ届いた。

博識の茶人が弾薬を贈ってまで欲しているものは、堺の自立などではなく、『茶頭』の称号にちがいなかった。

第三章　宗易茶頭

一

堺とは境を意味している。

大和川の下流域にある堺は、河内と和泉、そして摂津の境にある漁師町だった。古くから熊野《くまの》詣《もう》での中継点として栄えてきた。京の貴人たちは、当地の塩風呂につかって長旅の体調を整えたという。

鎌倉に武家政権の誕生した時期になっても、堺は塩湯浴みで知られるだけの漁村にすぎなかった。

漁業だけでは堺の今日の発展はなかったろう。

水深が充分にあり、穏やかな瀬戸内海に面している堺港は、商船にとっては絶好の寄港地だった。岸壁に降ろした積み荷を三十石舟に積みかえ、大和川をのぼっていけば近畿一円へ物資を運ぶことができる。

堺衆は一致団結してこの特性を生かした。

大型の南蛮船が接岸できるよう、さらに海底を掘り下げて波止場を整備したのである。南北朝期の内乱においては、笠置山脈を源流とする大和川が南北両軍の兵站《へいたん》の動脈となった。下流で海とつながる堺は要衝として活況を呈した。

さらに南蛮船も頻繁に来港するようになり、貿易都市の堺に莫大な富と有益な西洋文化をもたらした。

『他国との通商によって経済を発展させる』

島国の立脚点を堺衆は自力で示してみせたのである。

うち続く戦乱で衰退ぎみの京の都をよそに、堺の商人たちは自由闊達に貿易の規模を広げていった。

京は旧弊にとらわれている。西陣の機織《はたお》りや、呉服売りなどの小商《こあきな》いで稼げる金額は限られていた。

大きく外国にまで目を向けた堺衆の開拓精神を見習わねば、格差は広がるばかりであろう。

（口惜しいが、金主として京の経済を支えているのは……）

まぎれもなく堺の豪商たちだった。

寝所のなかで宗仁はひっそりと吐息した。今井宗久と自分との上下関係も、そうした銭勘定に基づいている。

ふいに窓外で明け鴉《がらす》の声がした。

想念にひたっていた宗仁は、むっくりと起き上がった。縁側に出て、早朝から庭掃きをしている若い番頭に声をかけた。

「辰次、今日はこれから堺まで出かけます」

「旦さん、日帰りどすか」

「茶会があるのは明日やけど、千宗易さまのお宅でゆっくり一泊して、明晩遅くにでも帰るつもりや」

「このところずっと働きづめやし、たまには静かに濃茶《こいちゃ》などいただいて骨休めもよろしいでんがな」

「硝煙の臭いが立ちこめる戦場にはうんざりや」

「お店のことは任せといておくれやす」

「表戸を閉めて、お前も休みなはれ。独り身やし、島原の遊廓へでも行って気晴らしを。さ、取っとき。留守番賃や」

お茶屋の登楼代として銀子を手渡した。

辰次が屈託のない笑顔をみせた。

「これだけあったら島原の太夫たちを総揚げできまっせ」

「家の戸締まりだけはきっちりとな」

「心配いりません。以前は物盗りが横行してましたけど、信長さまが上洛されてから、都の治安はいっぺんにようなりました。なにせ微罪でも捕まったら、すぐに首をはねられますもん。盗賊どもは恐れをなして他国へ逃げ散りました」

「それも上様のご威光や。こんなご時世やし、強いお人が上に立ってへんと悪党どもがのさばりよる」

「むごいけど、やはり獄門は効果がありますんやなァ。恐怖によって国を治めるのも方策の一つやし」

「いまではお前のほうが獄門の仕切りがうまい。嫌なことはぜんぶ引き受けてくれて、ほんまにたすかってる」

「もしかしたら天職かもしれまへん。初めは目をそむけてやってましたけど、すぐに慣れてしまいました。どんなに偉いお殿様も、戦に負けたらさらし首。少々手荒にあつかっても、死体は文句を言うこともでけしまへん」

「そう、人の一生なんてそんなもんや」

宗仁はうなずいた。

死という現実の前で人の貴賤はない。勇猛な武人や飽食の貴人たちより、汗を流して田畑を耕している農民のほうが長命だとも思われる。

「ほな、馬を引いてまいります」

気働きのできる辰次が、小走りに裏庭の厩《うまや》へと向かった。

徒歩では距離が稼げない。信長の家臣として行動範囲が広がるにつれ、馬を使う機会が増えていた。

堺で催される茶会も馬で行くことにした。

宗仁は愛馬に乗り、京から熊野へつながる参詣道をひた走った。高値で買い入れた駿馬の脚力はずば抜けていた。やすやすと昼前に大坂を走り抜けた。これなら途中で何度か馬を休ませても、日暮れまでには堺に到着できる。

珠光流茶道の末端に連なる身なので、師と仰ぐ千宗易が手紙で誘ってくれたのだ。そのことが心底嬉しい。

海沿いの街道に流れる潮風が心地好い。

（……これぞ人の道）

敗死した敵将をさらし首にする葬祭人として、血まみれの獣道をうつむいて歩む自分が恨めしかった。

こうして堺まで馬で遠駆けし、会合に出席するときだけ茶人としての落ち着きをとりもどせる。

最近は防衛本能が高まり、腰に二尺三寸の太刀まで帯びることになった。獄門にかけられた罪人といえども、その縁者にとってはかけがえのない存在であろう。

恨みをかって襲われることも考えられる。

剣の腕はからっきしだが、外出の折はせめて武士の風体をして身を守ることにした。宗仁は妻子に害が及ぶことを気にかけ、山科の隠れ里に避難させていた。武家の勤めは報酬も大きいが、やはり商人とちがって危険が伴う。

商人から武士へ転身した者は、信長配下の中にも数人いる。

宗仁もそれほど身分差を感じたことはない。

戦乱の世に、規範などありはしない。武士を尊んで商人を卑しむ風潮は世間になかった。

力量さえあれば、どこへ行っても厚遇されるのだ。諸国を渡り歩く物売りも、大名家への仕官を求める流浪人も同等である。

時の権力者も富商たちにすり寄り、何かと特権をあたえて見返りを求めた。

（あの権高な信長公もまた……）

例外ではなかった。

初めて上洛した際も、京の豪商たちを招いて茶会をひらいた。

茶人として名高い都人の梅雪が茶堂として座を仕切った。信長は商人らが持つ財力と情報収集能力を高く評価していた。

しかし、信長の美的感覚はまったく独自のものだった。その道の大家に師事することを好まず、おのれの直感だけで判断する。京の茶人たちの作法や茶器選びが気に入らず、すぐに堺の今井宗久を召し出した。

茶の湯に精通し、政治力にたけた今井宗久は信長に取り入った。堺港から上がる収益だけでなく、瀬戸内から伝わる西国大名たちの情報を、座談の席でそれとなく信長に伝えたのである。

（茶人としての表の顔と……）

政商としての裏の顔を今井宗久は見事に使い分けている。

信賞必罰を旨とする信長は、今井宗久に二千二百石の俸禄を与え、茶頭としての名誉も授けた。このため京の茶人たちは格下と見なされ、堺の珠光流派の高弟たちが頭角をあらわした。

今井宗久と共に紹鷗《じょうおう》門下で学んだ津田宗及《つだそうぎゅう》も、風雅な点前《てまえ》を信長に披露して茶頭の称号を得た。

だが、清節な侘び茶に徹する千宗易は大きく出遅れた。

財力の差も影響したようだ。堺の富商らが結成する会合衆《えごうしゅう》の中で、千宗易は二流どころの立ち位置だった。

信長は自分の直轄地となった堺へ下向した際、千宗易と初めて対面した。歓迎の茶会を仕切ったのは今井宗久だった。

京から随行した宗仁も末席で薄茶《うすちゃ》を賜った。おごそかな雰囲気の濃茶の席とちがって、薄茶はなごやかな座談もゆるされる。だが、招待された堺の会合衆は萎縮し、茶碗を持つ手がふるえていた。

召された茶人の中で、見事な佇まいをみせていたのは千宗易ひとりだった。けれども信長の目にふれることはなかった。

卓越した技倆をもちながら、その後も千宗易は地道な活動を続けていた。一方の信長は茶の文化を政治に利用した。

世に言う『茶の湯政道』である。

武将たちの勲功に対し、領地を与えるだけでなく、茶の湯の開催を許した。論功行賞においても、それぞれ名高い茶道具を下げ渡した。そうすることで、家臣団の格式や序列をつくっていった。

時流を読んだ武将たちは、にわか仕込みで茶の湯を学び、高価な茶器蒐集に狂奔していた。

茶人たちもまた、信長から茶頭の称号を賜らなければ公の茶会が開けない。茶の湯は完全に覇王の手中に握られてしまった。

出世の好機は武家だけでなく、茶人にも訪れるらしい。

天正四年初春。安土城着工の折、千宗易は津田宗及らの推挙により茶会を見事に取り仕切った。

（上様が大事な茶会を千宗易どのに任せたのは……）

単なる気まぐれではない。

昨年九月に千宗易が陣中見舞いとして贈った《鉄砲玉三千発》が、狷介な信長の心を溶かしたのであろう。あのとき千宗易に依頼され、戦場へ弾薬を運んだ宗仁はそう感じとった。

年明けに早くも進物の効果があらわれたらしい。

機会さえあれば、茶の湯の達人は自在に力を発揮できる。

宗仁も茶人の立場で年賀の宴に同席していたが、一点の濁りもない点前に圧倒された。千宗易が使用した茶道具は、すべて他に類を見ない名品ぞろいだった。

見立てが独創的ですばらしかった。

新奇を好む信長は、木地曲げの弁当を水指しに、また鮎籠を花入れに見立てた千宗易を褒めそやした。

「すべては工夫じゃ。一瞬のひらめきこそ余の欲するところ。千宗易こそ新たなる美の探求者であろう」

初めて正統な侘び茶に接した織田信長は、一目でその斬新な技を見極め、千宗易を即座に茶頭として取り立てた。

初老の茶人の願望は、ついに果たされたのである。

喜びを隠せない先達を見て、宗仁は複雑な思いにとらわれた。

(みずから権力に近づけば……)

いずれ千宗易も抜き差しならない状況になる。たとえ茶頭となったとしても、その功罪はだれにも予測できないのだ。

茶頭の名称は禅寺の役職に由来している。

茶道や茶堂などの当て字で記されることもあるが、仕事内容に変わりはない。多くの者が修行する禅寺では、飯頭や火頭などが常住していて、茶湯の支度を整える役目の茶頭は「サジュウ」、もしくは「チャジュウ」と呼ばれていた。

しかし、信長は読みを「サドウ」と変え、茶会を催すことのできる身分とした。よほど千宗易の点前に感銘を受けたらしく、その場で三千石の俸禄まで与えた。

(上様の審美眼は凄すぎる!)

座に居合わせた宗仁は鳥肌が立った。

茶頭として先んじた津田宗及は二千石、今井宗久は二千二百石取りである。千宗易の三千石は破格というほかはない。

それが信長の下した三者への評価であった。

茶人として、宗仁も同じ見方をしていた。三者の点前の腕は等しくとも、最後は人品骨柄の差で決まる。

今井宗久は、茶の湯の奥義を岳父の武野紹鷗から授けられている。

しかし堺の生え抜きではなく、近江から移住してきた他国者だった。商才のあった宗久は後援者に恵まれ、港町でのしあがった。皮革商としても成功し、その縁で同業の武野紹鷗の娘婿として迎え入れられ、堺流茶道の後継者として名を馳せたのである。

薬十層倍と言われるほど薬種業は儲けがでかい。

そこに目をつけた宗久は、硫黄や火薬を取り扱うようになり、鉄砲の製造にまで手を広げていった。

「薬屋宗久」

そうした呼び名は、信長の側近として働く政商への蔑視にほかならない。

戦乱ほど貿易商人をうるおすものはない。

軍馬に田畑を荒らされた農民が飢え、城下町を焼き払われた庶民たちが泣いても、堺港の商人たちの蓄財は増えるばかりだった。

仕事仲間の宗仁は、着々と事業を拡大する堺の今井宗久を仰ぎ見ていた。だれよりも商いに励み、茶人としても実力をつけて門閥を築く。

その中核にあるのは、熱烈な堺への思い入れにちがいなかった。

堺の指導者としての使命を、今井宗久はあらゆる術策を使って果たそうとしていた。

堺衆が夢見る《貿易立国》の志に共鳴し、宗仁も懸命に立ち働いていた。

一方、津田宗及は大らかな性格だった。

堺の財閥天王寺屋の惣領息子として何不自由なく育った。紹鷗流茶道だけでなく、連歌や香道なども究めて畿内最高の文化人としてもてはやされている。

祖父の代から珠光流を学んだ茶の一門で、名実共に堺を仕切る重鎮であった。その人脈は反信長勢力にまでおよび、天下の形勢をしっかりと見据えていた。

堺が二万貫の矢銭を要求され、信長の軍門に降った折も、天王寺屋は独力で三千貫の銭を負担した。

両者にくらべ、寡黙な千宗易の出自は翳りがあった。本人が何も語らないので、実年齢すら定かではなかった。

「お師匠さまの先祖は、清和源氏の流れをくむ田中千阿弥《せんあみ》」

千宗易の高弟である山上宗二《やまのうえのそうじ》はそう述べている。枯れ細った風貌は還暦を過ぎた老人とも映るが、年齢は弟子筋の明智光秀より四つほど年上だという。

（……それが本当ならば）

織田信長は千宗易より十二歳も年下であり、羽柴秀吉にいたっては十四歳も年少者であった。品格のある初老の茶人は意を決し、世代のちがう武将たちの懐にとびこもうとしていた。

祖父の千阿弥も茶人であった。

室町八代将軍足利義政に見出され、茶同朋として仕えていたらしい。銀閣寺を建立した義政は、幽玄な東山文化を築いた趣味人だった。だが政務に疎く、兵を養うことをおろそかにした。そのため京の都は応仁の乱によって荒廃してしまった。

千阿弥は戦火を避け、家族を引き連れて堺へと逃れた。

嫡男の与兵衛は、亡父を敬って『千』を姓とした。そして堺港近くの今市町で魚屋《ととや》をひらいた。やがて網元としても成功し、納屋業にも進出して堺の名士となった。

堺港の魚屋の長男として生まれた千宗易は、商いよりも茶の湯に没頭した。若くして東山流の茶道を会得し、禅の修行にも励んだ。

さらには武野紹鷗の門を叩き、珠光流の茶を学び取った。

（……たぶん、将軍家の茶同朋だった千阿弥の生き方を）

孫の宗易は踏襲したのであろう。

だが東山文化を興した室町幕府が滅び、足利将軍家へ仕えるというもくろみは砕け散ってしまった。

同輩の今井宗久や津田宗及らは、台頭した信長へ急接近して茶頭の称号を得た。後塵を拝した千宗易は見栄をかなぐり捨て、信長へ弾丸三千発を贈ってご機嫌を取り結んだのだ。

（茶の湯は、けっして高僧や隠者の素養ではない）

宗仁は、そう認識している。

すなわち茶会とは、しっかりと現世の欲望を肯定し、なおかつ美への探求心を忘れない強欲な者たちの溜まり場なのだ。

茶人千宗易の巧みな世渡りを見れば、それは明白だった。

二

潮の香りが濃くなった。

どうやら上げ潮時らしい。千宗易の別邸は、海沿いの運河に面している。そして風よけの松林の中にひっそりと庵が鎮座していた。

晴れて茶頭となった千宗易は、最近では弟子筋の武将たちを招いて茶会をひらくことが多い。

（上様が駆使する茶の湯政道を、こんどは……）

茶人が巧みに利用する時代に入ったのかもしれない。

最近では政商の今井宗久をさしおいて、織田政権の中枢にまで手をかけようとしている。信長へ急接近した千宗易の底意を、宗仁は測りかねていた。

（もしかすると茶頭だけでは飽きたらず……）

時の権力者を説き伏せて、文化面での茶の湯の隆盛を希求しているのかもしれなかった。

茶会の前夜、別邸で荒木村重や高山右近らと席をかこんだ。かれらとは旧知の仲だった。両将は茶の湯への思い入れが深く、『宗易十哲』の一人として数えられていた。主筋共に摂津に勢力を持つ城将で、高山右近は荒木村重の与力として務めている。主筋に忠義をあらわす慣例に従い、右近は自分の嫡子ジョアンと妹カタリーナを村重がわに人質として差し出していた。本人もまたジェストという洗礼名を持つキリシタン大名だった。だが招待客の調和を重んじる茶会において、そうした上下関係は持ちこまれない。

座敷で酒をふるまわれた後、四人は裏庭の質朴な茶室に移って薄茶を喫した。明日催される濃茶の席とちがって、親しく座談することがゆるされている。

会主の千宗易がゆったりと口をひらいた。

「時代が変わりましたな。商人の源三郎どのまでが、武将のように堺まで馬で馳せ参じるとは」

禅を学んだ茶人の態度は、いつも二重構造になっている。

やさしく見えて辛辣で、きびしく聞こえても思いやりがあった。親しく『源三郎』

の呼び名で接してくれていることが何よりも嬉しかった。

宗仁は笑みを浮かべた。

「汗顔のいたりです。上様の御用を務めるうちに、何事にも速さを求めるようになり、茶の湯の静けさを忘れる始末にて」

「わたくしも色々と学びました。世知にたけた源三郎どのが助力してくれて、どうにか茶頭となり、こうして気心の知れた皆様がたと歓談の席を設けることができるように」

「修行不足のせいやろか。最近はにぎやかな薄茶の席のほうが気が安まり、心地好くてたまりません」

「それで結構。どちらが上というわけではありませんし」

「安堵いたしました」

「濃茶の場は静寂簡素。適度な緊張感が必要ですが、茶会の前夜はこうして四方山《よもやま》話《ばなし》にふけるのも一興」

「それにしても、宗易さまの見立ては侘びさびの極致。使いこまれた安価な魚籠が花入れとなり、農村で見かける古民家もこのように風雅な茶室に変じて」

「美しい書院造りの建物もけっこうですが、木造なので杉や檜の匂いが立ちこめ、茶の湯本来の香りが薄れがち。なので、この小さな庵は柱や板を土で塗り込めました」

横合いの荒木村重が大きくうなずいた。

「ほう。土造りの茶室でございますか。たしかに土と茶はよく似合いますな。薄茶のほのかな匂いが凛と立ちこめて。これもまた余人には真似のできない工夫です」

「村重どのはまことに筋がおよろしいですね。東山茶法を究められた北向道陳《きたむきどうちん》さまから学んだ茶を、昔から自在に使いこなされています。同じ道陳門下の者として喜ばしいかぎりです」

「いまは兄弟子だった千宗易さまの下で精進するのみ。無骨な手さばきですが、よろしくお導きくだされ」

「剛胆なお点前は独自のもの。何物にも縛られない反骨精神は、茶の湯の道と合致しております」

「これは生まれついての逆らいぐせにて」

「くほほっ、わたくしもご同様です」

千宗易が、めずらしく口をすぼめて笑った。

十哲の中でも、村重は異色の人物だった。茶の湯が武人のたしなみとされる以前から、都でも豪気な茶人として知られていた。

信長が茶会を許可制とした今でも、村重は遠慮なく自邸に客人を招いて濃茶をふるまっている。

わずかでも信長に反抗心を示せば圧殺される時勢において、村重の大胆な言動は注目の的だった。

宗仁は、さりげなく問いかけた。

「村重さま、あの噂は本当でございましょうや。つい先日、上様から命ぜられた本願寺攻撃の先鋒をお断りになったとか」

「さよう。丁重に辞退いたした」

「驚きました。そんなことがゆるされるとは」

「ご存じのように、拙者は織田の譜代でもなければ、属将でもござらぬ。三河の徳川家康さまと同じく、織田家と同盟関係を結んだ客将なれば」

「で、今後は……」

「拙者に一案がござる。われら一党は木津川のほとりに陣を敷き、本願寺と連盟する毛利水軍を迎え撃つ所存」

「妙策ですな。本願寺の門徒らが何年にも渡って抵抗できるのは、毛利の輸送船が兵糧を送ってくるからですし」

「それをわかっていながら、織田の近臣たちは毛利との対決を避けてきた。なぜなら他の武将たちの軍兵は、すべて信長公の借り物。大敵毛利との戦いで死傷者が増えれば罪科に問われる。されどわが一万八千の荒木軍は一兵卒にいたるまで拙者の配下。

とやかく指図される筋合いではない」

　胸をそらして村重が言った。

　単なる強がりではなく、会席の冗談でもなかった。行燈《あんどん》の薄明かりに照らされた有岡城主の顔は気力に満ちていた。

　宗仁は目を見張る思いだった。

（気ままに茶会をひらき、信長の下知にも従わない者が、まだこの地上にいたのか！）

　しかし村重の来歴をひもとけば、強気な心情が透けて見える。

　宗仁が耳にした話によると、荒木一族の出自は傭兵だという。

　祖父の荒木大輔は丹波国から摂津へと流れ着いた浪人で、戦のたびに陣借りをして武功を立てたらしい。父の義村の代になって、摂津領主の池田勝正《いけだかつまさ》に仕え、五百の兵を養うまでになった。

　そして荒木義村の嫡子村重は、少年時から和歌や茶の湯などの英才教育を受け、馬術や武術も楽々と体得した。花実兼備の若武者に目をつけた池田勝正は、自分の娘を臣下の村重のもとへ嫁がせた。

　陣借りの傭兵の孫は、摂津の地で池田家の縁戚となり、躍進の足がかりを掴んだのである。

　ほぼ同時期、織田信長が上洛したことも荒木村重にとっては幸いだったようだ。

永禄十一年九月。足利義昭を奉じて洛中へ入った信長は、隣国の摂津へ目をむけ、これを三分割して和田惟政《わだこれまさ》、伊丹忠親《いたみただちか》、池田勝正らを守護に任命した。だが、お家騒動に巻きこまれた勝正は、血族の武将たちを次々と殺害して姿をくらました。信長の厳罰を恐れて逐電したらしい。池田家は弟の重成が相続したが、いったん崩れた屋台骨を立て直す力量はなかった。

下克上は戦国の常。

野心家の荒木村重は主筋を裏切り、重成を武力で追い落として池田家を乗っ取った。そればかりか、摂津の地で隣り合う二人の守護たちへ猛攻撃を開始した。

村重は臨機応変だった。

その場その場で最適の戦法に転じ、敵将一人に的をしぼって攻めたてた。狙いを外さず、早々と和田惟政の首級をあげ、次いで伊丹忠親も領外へと叩き出したのである。こうして広大な摂津十三郡は、荒木村重の手中へすっぽりとおさまった。

洛中で信長が足利義昭と政争をくりひろげている間隙を突き、まんまと近畿一円を侵食したのだ。

（一介の傭兵の孫は……）

裏切りと侵略によって畿内の新領主となった。

荒木村重こそ、戦国ならではの成り上がり者であった。

唯我独尊の資質も、どこかしら信長と似ている。だが大局観にとぼしく、目の前の功利を得ようとしすぎる。高まる感情を制御できず、依怙地《いこじ》になって自説に固執する。直情な逆らいぐせは、どうやら本物らしい。摂津一帯に勢力を広げる反逆児の行く末を宗仁は危ぶんだ。

そばの高山右近が小声で口をはさんだ。

「村重さま、なにとぞご用心を。水の都の摂津の地はわれらが守らねば」

「友軍の高山勢は心強い味方だ。なにせ数千の将兵が異国の神を信じ、殉教することを厭わぬ。本願寺の仏教徒たちを敵視する度合いは、信長公にまさるぐらいだからな」

「ええ、そうかもしれません」

右近は曖昧な笑みを浮かべた。

彼は暗に覇王信長への警戒心を口にしたのだが、村重は本願寺との戦闘としてとらえたようだ。

「頼りにしておるぞ、右近。こたびの戦は長びきそうだ」

「心得ております」

「本願寺勢は手強く、毛利の水軍もあなどれぬ」

「瀬戸内の制海権は相手がわにありますし」

「だが、われら荒木一門は鉄壁だ。戦上手のそなたが高槻城を守っているかぎり、だれも摂津を切り崩すことはできぬ」

「若輩者なれば、村重さまに付いていくだけです」

「それはさておき、ジョアンとカタリーナのことだが、わが有岡の城内で優雅に暮らしておる。叔母と甥の仲なので心配はいらぬ。わしにとって二人は身内同然」

「ご厚情、感謝にたえません」

まだ二十代なかばの青年武将は、年配者の中では控えめな物腰をくずさなかった。

村重のもとへ人質として送ったジョアンは三歳だという。茶会の前夜、こうして右近が単騎で堺まで駆けつけたのも、妹や幼い嫡子のことを気にかけているからだろう。

温顔の千宗易が、右近に声をかけた。

「どの国にあっても信仰の自由は大切です。心の支えとして、全能の神デウスを信じることはよろしいのではありませんか。万里の波濤をこえて極東の地まで布教にいらした宣教師も、日本の生臭坊主たちとちがって清貧に徹しておられますし。右近どの、ご自分の信じた道をお進みなされ」

「拙者は父の代からの信徒ですし」

「お父君の清廉な生き方は、司祭さまたちも賞賛しています」

「どんな苦しい状況にあっても、また戦場でどんな非道な行いをしても、デウスの神に許しを乞えば魂の平穏が得られます」

右近は、さっと右手で十字を切った。

そうした所作をとがめる者は周囲にいない。ある意味四人を結びつけている信長は、キリシタンの庇護者であった。根っからの無神論者なのだが、司祭たちがもたらす画期的な築城術や航海術は、陸戦と海戦において役立つと思っているらしい。

また一神教の司祭たちが、他宗派の仏教徒たちを敵視していることも信長には好都合だったようだ。

利用できるものはすべて利用する。

それが信長の手法であった。

無学な戦国武将たちは、おしなべて流行りものに食いつく。茶器の蒐集に熱中する者たちの大半は、同時に西洋の司祭の教えにも興味を持っていた。

（茶の湯政道とキリシタン優遇政策は……）

信長が創り上げた大いなる虚構ではないのか。

宗仁は、ふとそんな考えに陥った。

現に本願寺攻めの主力武将たちは、茶の湯にうつつを抜かす数寄者や、キリシタンの教えに染まった偏屈者ばかりだった。

何よりも現実を重んじる信長にとって、茶の湯も宗教も天下布武を成就させるための道具にすぎないようだ。

（……みんな踊らされているのだ）

臣下たちは競うように茶の湯を習得し、拝領地の寺社仏閣を容赦なく打ち壊していた。

その典型が高山父子だった。自領から僧侶たちを追いだし、司祭たちを招き入れて教会まで建てようとしている。家臣だけでなく領民まで異国の神にひれ伏し、銀のクルスを首にかけていた。

信長が施行した特異な二つの政策は、予想以上の広がりをみせているようだ。同席する荒木村重は高名な茶人であり、高山右近は敬虔なキリシタン大名だった。

この二人と緊密なつながりを持つ明智光秀は、茶法の造詣が深く、次女はガラシャという洗礼名を受けている。そのガラシャは、丹波地方の守護細川家へ嫁いでいた。縁戚関係はさらに伸び、荒木村重の嫡男村次《むらつぐ》は、明智光秀の長女と婚約していた。

疑心暗鬼の戦国大名たちは、たがいに人質を取り合い、その一方で婚儀を重ねて閨閥は網の目のようにからまっている。

茶人もまた風雅な傍観者ではいられない。侘び茶の完成をめざす千宗易も、たえず先を読んでいるようだった。

「わが国最大の貿易港には、さまざまなものが入ってきます。堺衆はそれらを広い心で受け入れてきました。キリシタンの司祭とて同じこと。かれらが教会で行う儀式には、茶の湯の作法と同じような静けさと格式がありますね。あの荘厳な雰囲気は、西洋の石造りの建築物ならではのもの。右近どの。さ、もう一服」

二杯目の薄茶を喫した青年武将が、こっくりとうなずいた。

「それでお師匠様は、このように土で出来た小さな茶室を……」

「西洋の硬い石と吾国《わこく》の柔らかい土。そんな対抗意識などありませんよ。ほんのちょっとした思いつきで、侘び茶の可能性をためしただけです」

「まことに簡素で静かなる佇まい。たしかにこの土の匂いに包まれた空間にもデウスの神はおわしまします」

西洋の神について語るとき、右近の声音は妙に力強かった。

表情に幼さの残る右近だが、その戦歴は荒木村重に匹敵するほど凄まじい。彼の首筋に残る赤黒い刀傷が、その勇猛さを物語っていた。

実父高山友照は大和国の城将である。かつて畿内の盟主だった三好長慶に仕え、堅牢な沢城を守っていた。

自領の奈良にロレンソ了斎という琵琶法師が訪れ、巧みな語り口で神の慈愛を説いた。乱世の中で魂の救済を求めていた友照は、容貌魁偉なイエズス会員の説話に感涙した。本人だけでなく家族まで洗礼を受けさせ、日本初のキリシタン大名となった。

（……篤い宗教心は父譲りなのであろう）

高山父子の噂を聞くたびに、宗仁はその思いを深くした。

嫡男の右近も十二歳の時に入信し、ロレンソ了斎から《義人》を意味するジェストの霊名を授かったという。

だが、その五年後に織田信長が上洛し、めざわりな三好長慶を駆逐して畿内に三守護を据えた。後ろ盾をなくした高山一党は、三守護の一人である和田惟政の被官となって摂津芥川城へと移った。

都に近い畿内を三分割すれば、守護たちの間で争闘が起こるのは当然だった。異端児の荒木村重が池田家を乗っ取り、剛胆にも信長と直談判して『摂津国切り取り勝手』の了承を得た。

村重は、ただちに隣国への侵攻作戦を開始した。

白井河原の戦いで和田惟政が討たれ、主家の世継争いの中で高山一党の立場は苦しくなった。敵将の荒木村重と親しい高山父子は窮地に陥った。暗殺指令まで出される始末だった。

家督を継いだ和田惟長は軟弱で、家臣たちを束ねきれてはいなかった。反高山派の連中と組み、軍議開催と称して右近たちを高槻城へ呼び出した。

罠だと感じた高山父子は刻限をずらし、十五名の護衛を引き連れて夜半に登城した。

神を信じるかれらは決死の覚悟だった。

（だが、あたりが暗ければ……）

たとえ襲われても脱出の機会が少しはある。

父の友照は、たとえ自分は斬り死にしても、せがれの右近だけは救いたかったらしい。

一行が入城すると、大広間には和田惟長と反高山派の者たちが武装して待ち構えていた。惟長の悪計は明白だった。問答無用で凄絶な斬り合いとなった。数倍の敵に対し、高山一党は白刃を振りまわして一歩も退かなかった。

覚悟の差が、両者の勝敗を分けた。

乱戦のさなか、燭台の明かりが消えて文字通りの暗闘となった。その一瞬、右近は床の間近くにいた和田惟長を見定め、強引に踏みこんで二太刀浴びせたという。

主君の絶叫を聞いた近臣たちは、瀕死の惟長を抱きかかえて城外へと逃走した。だが右近も無事ではいられない。真っ暗な中で同士討ちが起こり、急所の首筋に刃を受けて昏倒してしまった。

深手を負い、出血もひどかった。

だれもが致命傷だと感じた。縫合の医療技術もなかった。それでも生命力の強い右近はしだいに快癒し、かろうじて一命をとりとめた。首筋に無惨な刀傷は残ったが、二か月後には愛馬で遠駆けできるまでになった。

まさに奇跡の生還だった。このことにより、高山右近の信仰心はより強固なものになったようだ。

高山一党は、そのまま高槻城に居すわった。

一方、輿に乗せられて生国の甲賀まで逃げた和田惟長は、傷口から毒がまわって病没した。

(それもまた下克上と言えるだろう)

宗仁は、そう認識している。こうして隣席で歓談する二人の戦国武将は、まぎれもなく謀叛人であった。

高槻二万石の城主となった高山父子は、新たな摂津守護荒木村重の傘下に入り、戦いの際には先陣を受け持っていた。

けれども、その主従関係も確固たるものではなかった。

村重が少しでも隙をみせれば、右近は迷うことなく主筋に襲いかかるだろう。神を信じる青年武将は、爽やかな風貌の裏に抑えがたい領土拡大の野望を秘めていた。

三

石山寺本願寺勢との戦いは、すでに六年にもおよんでいる。信長が悲願とする天下統一を塞《せ》き止めているのは、本願寺法主《ほっす》の顕如光佐《けんにょこうさ》であった。

天正四年五月中旬、下京の商家にいた宗仁のもとへ書状が届いた。火薬補給を要請したのは天王寺砦を守る荒木村重だった。

弾薬庫と化した仏具店の帳場で、宗仁は村重からの添え状に目を通した。そこには躍るような筆致で、目を疑うような重大事が記されていた。

十日ほど前、織田の有力武将原田直政が三津寺を攻めた。だが門徒兵たちに迎撃され、五月三日の戦いで討ち取られてしまったという。直政は大和と山城にまたがる大領主であり、織田軍団内の序列は荒木村重よりも上位にあった。

勢いづいた本願寺勢は天王寺砦へと進撃し、守将明智光秀を包囲していると書面には記されていた。

戦の最前線に詰める織田がたの砦番は、荒木村重のほかに老将松永久秀がいるだけだった。明智軍は四千にすぎない。三者合わせての軍勢は一万余で、門徒兵らの数はその五倍以上に達していた。

い。

「直政討死！」

敗報を受けた信長は激昂し、危険地帯へ身をさらす悪癖が抑えきれなくなったらしい。

みずから突撃隊三千を指揮して本願寺の表門にまで迫り、必死に防ぐ門徒たちを血祭りに上げた。

だが、そこで敵の狙撃手の標的となってしまった。

馬上の信長は右脚の脛に鉄砲玉を食らって負傷したという。

あまりに浅慮すぎる。

「何たることだ！」

思わず宗仁は声をもらした。

鉄砲で狙い撃ちされたのは初めてではない。かつて近江越えの山路で、刺客の杉谷善住坊に射殺されそうになったことがある。

ほかにも危うい場面が何度もあった。

（……もしかすると上様の破壊本能は）

他者だけでなく、自分へも向けられているのではないだろうか。

それでも無事なのは天運以外のなにものでもない。

またも信長は生き残った。

荒木村重の文面からは、信長の幸運を喜ぶ度合いより、信じがたい悪運を妬む底意が感じとれた。

敵の弾丸は、何故か急所を外れてしまう。あと一歩まで追いつめても、するりと死魔の手をくぐりぬけていく。もし因果応報の教えが本当ならば、敵対者らを皆殺しにしてきた信長は惨死すべき存在だった。

そうした微妙な謀叛心は、宗仁のなかにも沈潜している。臣下というものは、仕える主君の死をどこかで望んでいるものらしい。

裏切りは、それほどに魅惑的なのだ。

(各地で頻発する下克上とは……)

単なる人間の習性に過ぎないのではないか。村重の心情に共感を覚えた宗仁は、そんな倒錯した思いにとらわれた。

そして、性懲りもなく何度も敵前にわが身をさらす信長の行動は、万能とされる神仏への挑戦かもしれなかった。

魔王信長の戦う相手は天上に在るのだった。

茶友の村重からの依頼は断れない。宗仁は堺の今井宗久へ手をまわした。なんとか五千発の鉄砲玉を仕入れ、荷駄隊を引き連れて天王寺砦へと向かった。

石山寺本願寺の包囲網は各所にほころびがある。

（この有様では、あと数年は持ちこたえられる）

荷駄隊を指揮する宗仁は吐息した。

古来から畿内は水の都と呼ばれてきた。幾つもの河川が周辺に流れているので、門徒兵たちは飲料水にこまることはない。夜陰にまぎれ、運搬船で大量の物資を寺領内へ運びこむことも可能だった。

荒木村重の軍勢五千は、敗走した原田一党と入れ替わり、天王寺砦近くの民家に分宿していた。戦況はおもわしくないのに、摂津の異端児は意気軒昂だった。

にわか造りの付け城は三層になっていて、高みからは敵勢の動きが監視できた。宗仁は最上部の板張り座敷に招き入れられた。

端座するなり、村重が熱く語りだした。

「よくぞ参られた、宗仁どの。ご覧の通り苦戦しておる。書き送った飛札《ひさつ》にあるとおり、原田直政どのは門徒兵に射ち殺され、信長公まで被弾する始末じゃ。こうして本願寺勢との戦いが長びく中、武器弾薬の補給は何よりもありがたい」

「そのことはよく存じております。めったに笑顔をお見せにならぬ上様でさえ、千宗易さまから贈られた鉄砲玉三千発の陣中見舞いには喜びをあらわにされましたし」

「住みにくい世だな。あれほど高邁な茶人も、信長公のご機嫌を取り結ばねばならぬとは」

「だれもが村重さまのように豪気にはふるまえませぬ。庇護者あっての茶の湯文化。千宗易さまも遅ればせに茶頭になられたのですから、それでよしとしなければ」

「拙者も木津川河口から兵をひきいて天王寺へ転進してきた。守将の明智光秀さまを見殺しにはできぬからな」

「そうでしたね。ご両家の婚儀も本決まりだとか」

「明智家の姫たちは、そろって佳人ぞろい。せがれの村次も果報者じゃ」

「して、本願寺の様子は」

　宗仁の問いかけを、村重は笑って受け流した。

「落ちぬ。また落とすつもりもない」

「また戯《ざ》れ事を」

「いや、本気だ。他の武将たちの思いも同じだろう。本願寺攻めの総指揮官に任命された佐久間信盛さまもな。激しい門徒弾圧は農民たちの敵愾心を煽るだけだ。信長公は皆殺しがお好きなようだが、反抗する領民たちを根絶やしにすれば、田畑が荒れて米の穫《と》れ高が低くなり、領主も苦しくなる」

「いやはや。村重さまと語らうと、いつも冷や汗をかきますな」

「ここは最上階だ。だれも聞き耳を立てる者はおらぬ」

「おや、足音が」

一瞬、宗仁は身を硬くした。

階段を上がってきたのは旧知の老将だった。とうに還暦は過ぎている。赤茶けてしわばった面相は、まるで岩山にすわる老猿のごとくであった。

名は松永久秀。

その悪評は、『魔王信長』を上まわっていた。卑劣、狡猾、凶悪、ありとあらゆる怨嗟《えんさ》の声が周辺に渦巻いている。それらは、けっして大げさな風評ではなかった。

都育ちの宗仁は、彼の悪行をすべて見聞きしてきた。

下僕から身を起こした久秀は、次々と奸計をめぐらせて天下を揺るがし、大和国の領主にまでのし上がった怪人物だった。

その間、三つの大罪を犯した。主君三好長慶の嫡子を毒殺して三好家を乗っ取り、さらに足利十三代将軍の義輝を罠にはめて謀殺。ついには戦乱の中で奈良の大仏殿まで焼き払ったのだ。

（これだけ大それた悪事を……）

たった一人の男がやってのけたのである。

宗仁は感嘆するほかはなかった。おのれの欲望を満たすためなら、どんな禁忌も平気で犯す極悪人。それが松永久秀の正体であった。

しかし宗仁は、この老人に嫌悪感を抱いてはいない。

二人は同じく千宗易の侘び茶に傾倒していた。久秀の破天荒な生きざまに、むしろ憧憬めいた思いを抱いている。何よりも彼は博識であり、諧謔精神の持ち主だった。見習い絵師の宗仁に、書院のふすま絵を描く機会をあたえてくれたのも久秀であった。

画と筆が達者で、国学や西洋文化にも精通していた。

西洋の宣教師たちとも親交を結び、さまざまな知識を得た久秀は合戦の常識を塗り替えた。対抗勢力との戦いが長びいた冬季、彼は宣教師から聞いたキリストの生誕祭の話を持ち出し、敵へ休戦を提案した。相手がわもこれを受諾し、わが国初の《クリスマス休戦》が成立したのである。

松永久秀にまつわる逸話や犯歴は数え切れない。いまは織田の懐へもぐりこみ、何食わぬ顔で信長の下知に従っていた。

やはり人には相性があるらしい。あれほど狷介な信長が、どっぷりと謀叛心に染まった久秀を身内に抱えこみ、生かしておくのが不思議だった。

「おう、宗仁どの。ひさしぶりじゃな。旧友到来と聞いて砦へやって来たぞ。画業で身を立てると思っておったが、いまでは火薬の総元締めか」

「ご老人、あいかわらず言いたい放題でございますな」

「年寄りあつかいはご免こうむる。こう見えても天王寺砦においては守将明智光秀さまと組み、豪将荒木村重どのと一緒に先鋒を受け持っておる」

「ご壮健で何よりです」

「噂をすれば影か。馬のいななきに桔梗紋の旗指物。茶の湯仲間と語らうため、明智さまもお出ましになられたようじゃな」

老将は耳も目も研ぎ澄まされているらしい。望楼を兼ねる階上から見下ろすと、白馬に騎乗した明智光秀が手勢を引き連れて天王寺砦へ入ってきた。

荒木村重の顔がほころんだ。

「これは愉快。腹に一物ある者が勢揃いとは」

摂津の異端児は偽悪ぶるのが大好きだった。

宗仁は苦笑するしかなかった。教養人として知られる明智光秀だが、主君を二度までも見捨てた過去がある。仕官した朝倉義景から足利義昭に乗りかえ、その後は織田信長の属将となって旧主たちを攻撃した。

腹黒い久秀が、例によって冗談めかした声音で言った。

「同じ千宗易門下の三人が揃えば恐いものなしじゃ。いっそ三者連合で天下獲りをめざすのもおもしろかろう。謀叛こそ男の本懐。村重どの、そうは思わんか」

小柄な老人が怪気炎を上げた。

村重も真顔で応じた。

「荒木の荒、明智の智、松永の永。つまりは荒ぶる乱世を智謀をもって平定し、永劫に渡って治めると」

「決まったのう。あとは明智さまの同意を得るのみ。だが、われらのたくらみは筒抜けじゃ。そばに信長公側近の宗仁どのが居てござった。がっははは」

老将が高笑いを響かせた。

宗仁は身の置きどころがなかった。曖昧に笑って剃り上げた頭を右手でつるりとなでた。

裏切りの常習犯たちは、どこにあっても快活だった。葉桜の季節に一堂に会し、談笑の中で見果てぬ夢を追っていた。

この一年後。

松永久秀は信長を裏切って居城にこもり、壮烈な自爆を遂げた。

翌年には荒木村重が謀叛し、毛利がたへ寝返った。

さらに運命の天正十年六月、明智光秀も本能寺で主君を襲殺することになる。

時代の傍観者にすぎない宗仁には、過激な三将の行く末など予測できるはずもなかった。

第四章　村重叛乱

一

明けて天正五年夏。ついに越後守護の上杉謙信が上洛の意志を鮮明にした。勝敗の綾を知る謙信は、いまが潮時だと読んだらしい。上杉軍は北陸の最前線を守る柴田勝家の部隊を難なく打ち破り、北近江にまで攻めこんできたという。

毛利との盟約を果たすため、東西から信長を挟撃しようとしているのは明らかだった。

前年、毛利水軍の大船団が木津川河口へ押し寄せて織田軍団と激突した。本願寺への物資搬入を防ぐため、織田がたは急造の軍船で迎え撃った。しかし、戦慣れした毛利水軍は火矢を連射して船ごと織田兵たちを焼き殺した。

緒戦は毛利の圧勝であった。

薄い板張りの渡し舟や商船をいくら買い集めても、訓練された毛利水軍に勝てはしないのだ。

本願寺勢は友軍から大量の兵糧を入手することができた。門徒兵らは闘魂を取り戻して信長の陣営に突撃をくりかえした。

（このまま推移すれば……）

毛利・上杉連合軍に踏み潰されるのではないか。

宗仁は、初めて信長の衰運を感じとった。

そんな折、老将松永久秀が天王寺砦を門徒兵に明け渡し、居城の信貴山城へ帰ってしまった。

戦場からの離脱は明らかな謀叛である。生来の裏切りぐせが、ひょいと顔をのぞかせたらしい。

そのきっかけは、本願寺勢との戦いで頓死した原田直政への厳しい処分にあったのかもしれない。信長に忠勤を励んできた原田一族は、たった一度の失態で領土を召し上げられ、畿内から追放されてしまったのだ。

あまりにも無慈悲な断罪だった。

一朝にして家禄を失った原田家の一族郎党は、信長の目を避けて奥深い野山をさすらうしかなかった。

原田直政の大きな領地がぽっかり空いた。

当然、欲深い松永久秀は、旧領の半分ぐらいは自分に下げ渡されると踏んでいたらしい。

だが気まぐれな信長は、何の武功もない筒井順慶《つついじゅんけい》に大和国を分割して与えた。かつて順慶は当地の領主だったが、松永久秀の謀略によって筒井城を奪い取られていた。

（……二人の仲を知る上様は闘鶏のように）

わざと仇敵同士を大和国内へ押しこんだのかもしれなかった。

宗仁から見れば両者は格がちがう。松永久秀は中央政界の大立者だった。かつて近畿一円を支配した三好長慶の執務官として、諸将らを差配する立場にあったのだ。一方の筒井順慶は大和の城将にすぎない。当時の力関係では、策謀家の久秀に領地を奪取されても反抗できなかったろう。

その後、二人は同じように織田の勢力下へ入った。そして信長の一言で、筒井城は再び順慶の手にもどったのだ。

下京の仏具店前の大通りで騎馬隊の土煙が上がった。

番頭の辰次が、あわてて奥座敷にご注進にきた。

「旦さん、大変です。表に荒武者たちが大勢集まって」

「何があったんや」

「ようわかりまへん。逃げるんやったら今のうちでっせ」

「阿呆かいな。真っ昼間に洛中で押し入り強盗やなんてあるわけがない。きっと織田がたのお侍はんや」

「ほんまにそうでっしゃろか」

「心配いりまへん。それより辰次、ここの座敷を片付けときなはれ。話し合いがあるかもしれへんし」

宗仁は前掛けをとって玄関先へむかった。

すると鎧兜《よろいかぶと》を装着した荒木村重が下馬し、そのまま店内へずかずかと入りこんできた。

「戦帰りじゃ。宗仁どの、店先を汚してすまん」

「ここは織田の出店みたいなもんですし、遠慮なくどうぞ」

「従者たちも喉が渇いておるので水桶ごと所望したい。お宅の裏庭の井戸水は京の名水なれば」

「はい、しばらくお待ちを」

「できれば馬たちにも水をあたえてくれ」

「万事心得ております。家臣のかたがたが喉を潤すあいだ、村重さまは奥座敷にて休息なされませ」

「不作法だが、このままでもよいか。甲冑《かっちゅう》はいったん外すと手間取る。このあと二条城で軍議もあるのでな」

「かめしまへん、お好きにどうぞ。昔からそれが村重さま流の作法なれば。よく存じております」

宗仁は下働きの者たちに声をかけ、井戸水を汲み上げさせた。そしていくつもの桶を満杯にして表通りへと運んだ。

奥座敷に大あぐらをかいた村重は兜だけをとり、冷たい井戸水を大きな木椀で豪快に一気飲みした。

「茶の湯の席ではこうはいかんな、宗仁どの」

「はい、水はすべての生命の源なれば。純粋なうまさでは茶は水には勝てません。だからこそ器や所作が必要かと」

「たしかに千宗易さまの茶事は一座建立《いちざこんりゅう》。会席の亭主と客たちが共に茶を喫して創り上げる一度きりの心地好い空間だ。それにくらべ、現世に渦巻く欲望は果てしない」

宗仁は軽く吐息しながら言った。

「大和国からの帰陣ですね」

「さよう。心ならずも信貴山城にこもる松永久秀どのを攻めた。去る十月十日、一代の梟雄《きょうゆう》の最期をこの目でしかと見届けた」

「やはりそうでしたか。わたくしにとっても縁あるお人なれば、その様をお聞かせ願えますか」

「千年後まで語り継がれるほどの壮烈な爆死であった」

「はて、爆死とは……」

そんな派手な死にざまはこれまで聞いたことがない。

村重は故人を懐かしむ風に言った。

「極悪非道。まことに忘れがたいお人だったな」

「されど、森羅万象に通じたる得難い大先達。茶道具の目利きにかけては千宗易さまを凌駕するほどで」

「天下一の茶釜とうたわれる古天明平蜘蛛《こてんみょうひらぐも》のことだな。松永どのが所有し、その実物はだれ一人として見た者はないが……」

「噂では真っ黒い大蜘蛛が地を這いつくばった形だとか」

「信長公もご執心であった。今回の謀叛も、平蜘蛛さえ差し出せば罪には問わぬとまで仰せられた。茶友の拙者や明智光秀さまが説得におもむいたが、松永どのはそれを突っぱねて抗戦を」

「命より大事なものがあることを、世人に知らしめたわけですね」

「信貴山城の天守閣にのぼった松永久秀どのは、伝説の茶釜に爆薬を詰めて火をつけ、平蜘蛛と心中するかのように自爆された。夜空に燃え上がる赤い火柱は、まさに地獄の饗宴のごとくにて」

「まったく男惚れいたしますね。あれほど魅力たっぷりな極悪人に出逢ったことを誇りに思います」

「一年前、天王寺の砦番として寝食を共にしたが、戦国武将としてさまざまなことを松永どのに教わった」

　両目を細めて村重が言った。

　たぶん裏切り専門の老武人が、親身になって村重に語った教訓はただ一つ。『どの好機をとらえて主君を討ち果たすか』だったろう。

　宗仁も天王寺砦にやって来た久秀の放言を思いだした。

　あの日、稀代の梟雄はこれまで犯した悪事をなんら悔いることなく、『謀叛こそ男の本懐だ』と言い切ったのだ。

　そして老将はその信念をつらぬいた。

　古怪ながらも、とてつもなく魅惑的な茶釜平蜘蛛とは、松永久秀本人であったのかもしれない。

「謀叛人は一条戻橋でさらし首になるのが慣わし。松永久秀さまはそれを避けるため爆死し、おのれの身体を古天明平蜘蛛と共にこなごなになるまで破砕されたのでは」

「裏切り者の首級も獲れず、また名器の茶釜も奪えなかった。こたびの戦、どうやら信長公の負けだな」

「砕け散ったという古天明平蜘蛛。しかし天下の名品は、本当にこの世に存在していたのかどうか……」

「謎は、謎のままでよい」

「はい。老将は敗れず、ただ消えゆくのみでございます」

奥座敷に端座した宗仁は、しばし合掌した。

二

宗仁は胸騒ぎがした。

清明だった荒木村重の両眼が陰鬱に濁っていたからである。しかも黒い瞳の奥には凶事をあらわす青い光が宿っていた。

(あの怪しげな発光は……)

まさしく松永久秀と同質のものだった。

それは人を裏切らずにはおれないという危険な謀叛癖にほかならない。同じ呰番として老将と親しく語らった村重は、しだいに毒が心身にまわったらしい。信貴山城で自爆した梟雄に心酔し、その破天荒な最期を賞賛してやまなかった。

しかし、信長は恐いほど明快だった。

配下の武将たちの心情など、露ほどにも気にかけていない。上り調子の羽柴秀吉を毛利攻めの総司令官に任命したのである。

それまでは摂津を支配する荒木村重が、中国方面侵攻の切り札とされていた。国境を接する東播磨の大勢力別所長治を毛利からひきはがし、織田がたへ引き入れたのも村重の功績だった。

三木城主の長治は美意識が高く、村重にとっては同じ千宗易門下の茶友であった。

（上様が茶の湯政道を操っているように……）

諸大名たちも茶の湯外交を行っている。

それだけではない。多くの茶人たちまでが、文化や趣味の領域を超えて茶事を政治的に利用していた。

茶人を表看板とする宗仁は自嘲するしかなかった。

あの高邁な千宗易までが信長にすり寄って茶頭となり、多くの有力武将たちを茶会に招き入れて一大派閥を形成しつつあった。

立場や身分に関わりなく、戦乱の世を生き抜くにはだれもが必死なのだ。有力者とのつながりを深めて助け合い、また時によっては相手を裏切って勝ち残る。

村重は明智光秀の娘を嫡男の嫁にとって閨閥をかため、その一方で与力の高山右近からは肉親を人質にとっていた。

（村重どのは暗中でもがいている）

宗仁の懸念は増すばかりだった。

肥沃な播磨は織田勢力と毛利勢力の中間にあり、両者にとって最重要地点だった。そこを攻め取れば毛利征伐はなかば成就する。

侵攻地は切り取り自由。それが織田軍団の作法だった。

領土拡大を望む荒木村重は大いに張り切っていた。しかし、目の前にぶら下がっていた報賞は羽柴秀吉にかっさらわれてしまった。

信長の下命は絶対である。村重はしぶしぶ播磨進駐の引き継ぎをすませ、摂津の有岡城へ戻っていった。

都の武器商人のもとへは、どこよりも早く戦火の匂いが伝わってくる。

天正六年二月、突如として東播磨の別所長治が毛利へ寝返った。

宗仁の得た情報は思いがけないものだった。総司令官となった羽柴秀吉があまりにも低俗な出自ゆえ、名門意識の高い長治はその指揮下に入ることを拒んだという。

姫路城を守る黒田官兵衛が説得におもむいたが、長治は「卑しい猿面冠者の下では働けぬ」と述べたらしい。

官兵衛は西播磨を治める小寺政識《こでらまさもと》の重臣で、名の知れた参謀として外交を一手に仕切っていた。先読みのできる俊才は、播磨国内で真っ先に織田家へ臣従した。

毛利攻めを任された羽柴秀吉は、西国の要衝である姫路城に目をつけ、城将の黒田官兵衛を与力として陣営に引きこんだ。その際、官兵衛は織田がたへ嫡男の松寿丸を人質として差し出していた。

人質は忠誠の証しである。

裏切りを防ぐための手段として、上位の者はかならず下位の者たちの大事な肉親を人質に要求した。

そうせざるをえないほど、臣下の謀叛は頻発していたのである。

名参謀の黒田官兵衛もまた『宗易十哲』に数えられる茶人であった。宗仁も何度か茶会で顔を合わせたが、控えめで高潔な人柄に好感を抱いた。

（だが思い返してみると……）

前年に謀叛した松永久秀を含め、叛乱劇に巻きこまれた武将たちすべてが茶事で同席した人物だった。

そして、その座の中心にはいつも千宗易の存在があった。

静謐な雰囲気の茶会こそ、裏切り者たちが集う密謀の場なのかもしれない。宗仁は、ふとそんな思いにとらわれた。

別所長治におとしめられた秀吉は、三木城へ総攻撃をかけたが敗退し、干乾し作戦に切りかえたらしい。城を包囲して毛利からの糧道を断てば、いずれ別所一族は内部崩壊する。

そんな折、宗仁は荒木村重主催の茶会に招かれた。信長の許諾も得ず、村重は有岡城内で月に何度も茶事を行っていた。

信長の勘気を恐れ、宗仁はそのつど丁寧にことわってきた。だが今回は師匠筋の千宗易の添え状があったので、高山右近と共に参会することにした。

愛馬を馳せて摂津の高槻城下に入ると、早ばやと茶友の右近が軽装で大手門の前に待っていた。そばに数名の護衛がいるだけで、右近自身は刀さえたずさえていなかった。

よほど事前に話しておきたいことがあるらしい。

下馬した宗仁は、深ぶかと一礼した。

「お出迎え、まことに恐縮でございます」

「いや、こちらこそ。宗仁どのは茶事の大先達なれば」

「今回の同行、よろしくお導きのほどを。摂津領内は右近さまの地元でございますれば。それにしても斬新な御城下ですな」

「はい。城の修築工事の折には宣教師たちの知恵を拝借いたし、西洋の城郭造りを少しばかり取り入れました。また古い因習の漂うめざわりな神社仏閣はすべて打ち壊し、怠惰な僧侶や神官らを追放いたしました」

高槻城主は誇らしげに言った。

その言動には一点の濁りもなかった。若く純粋なキリシタン大名は、したたかな宣教師たちに完全に洗脳されていた。

宗仁はわずかに眉をくもらせた。

建ち並ぶ平屋の中に、すっくと屹立する白い二階建ての教会は、どう見ても城下町に似つかわしくなかった。

気分を取り直し、思いだした風に言った。

「今回の有岡城訪問は千宗易さまのとりなし。たぶんそこには深い思いやりがあるのでは。師のなさることは、いつもその裏にちがう意味が含まれております」

「さよう。茶会を名目にして有岡城へ参れば、幼いせがれや妹にも逢えますし。宗仁どのが御一緒だと何かと助かります」

「この際、人質を帰してもらったらどうですか」

「無理でしょう。どれほど与力として忠勤しても、しょせんは領地を接する戦国大名同士。離反を食い止めるには人質が必要不可欠です。それに村重さまは昨今……」

宗仁は、言いよどむ右近をうながした。

「二人きりです。胸のつかえを抑えることはありません」

「宗仁どのも旧知の茶人下間《しもつま》頼廉《らいれん》さまに関わる話にて」

「よく存じております。石山寺本願寺を仕切る顕如さまの坊官で、一揆勢を束ねている陰の指導者です。ダシという奇妙な名の一人娘は絶世の美女とか」

「先月その美女を、村重さまはご自分の正室に迎えたのです」

「なんと……」

今度は宗仁が言葉に詰まった。

下間頼廉は、反信長の仏教徒たちを差配する実力者である。その娘と結ばれた荒木村重は、キリシタン大名の高山右近にとって敵対者にほかならない。

両者の関係は、にわかに宗教戦争の色調をおびてきた。

「宗仁どの、もはや村重さまのお立場はだれが見ても本願寺寄りです。いつ寝返るのか不安でたまりません」

「もしそうなったら、荒木村重さまの与力である右近どのはいかがなされます」

「もちろん主筋の村重さまに従うほかはありません。さりながら、わが高槻領内から追い払った僧侶たちは、隣の摂津一色郡へと逃げこんで荒木家の庇護を受けておりますし。これを見過ごしては神の教えに背くことに」

「老婆心ながら申し上げる。宗教弾圧はかえって教徒らの団結心を生み、思わぬ反撃を受ける場合があります。それは比叡山焼き討ち後の門徒たちの死にものぐるいの抵抗をみても明らかでしょう」

「わかっておりますが、デウスの神への信仰は揺るぎませぬ。それよりも信長公に反旗をひるがえした別所長治の奥方は、丹波八上《たんばやがみ》城主波多野秀治の娘ですし、その波多野一族と荒木家は近親者。これほど血縁がつながっていては、いつどこで謀叛が起きても不思議ではない。織田と毛利の戦いは、われらキリシタンと仏教徒の争いでもあるのです」

「あなたさまの心情はよくわかりました。茶会で政事向きの話は禁句なれば、ここでの語らいは他言無用にいたしましょう」

宗仁は話を打ち切った。

異国の神を信じる一本気な若者を諭《さと》すことなどできない。

妾を囲って酒に溺れる葬式坊主にくらべれば、西洋の宣教師たちは自己犠牲の精神を有している。少なくとも貧者への救済の志があった。たどたどしい言葉で語りかけ、人間の罪を背負って磔刑を受け入れたキリストの愛を一心に伝えようとしている。

けれども、一神教は攻撃性が強い。

他の宗派をすべて邪教と断じ、異教徒らを駆逐するために世界の果てまで船を漕ぎ出すのだ。

（神の愛を熱心に伝えるイエズス会の宣教師たちは……）

まぎれもなくその先兵であった。

そして徹底した無神論者の信長は、宣教師らを利用して仏教徒たちを迫害し、共倒れさせようと謀っていた。

三

宿願はたいがい外れるが、悪い予感はかならず当たる。

同年十月二十一日、摂津八郡を束ねる荒木村重が謀叛した。

村重は反信長の旗幟を鮮明にし、有岡城周辺に半円の長い馬防柵を築いた。また荷駄隊を組織し、山路伝いに東播磨の三木城へ武器弾薬などを送る余裕までみせた。

摂津の荒木村重。

播磨の別所長治。

丹波の波多野秀治。

血脈のつながる三将が毛利がたへ寝返ったことで、近畿一帯の織田軍の前に分厚い防御壁が構築されてしまった。

下京の商家で一報を聞いた宗仁は、しばし物思いにふけった。

(……裏切りは連鎖する)

あるいは悪性の流行病《はやりやまい》かとも思える。

その病原は覇王信長であった。

独裁者の周囲にはたえず殺気が渦巻き、時には自身をも窮地へと追いこむ。幾度となく命を狙われた信長は、そのつど奇蹟的に助かってきた。

そして、いつしか属将たちの裏切りに鈍感になっている。

(上様はあまりにも警戒心が足りない)

宗仁はそのことを気にかけてきた。

どんな英雄も不死身ではない。敵味方にかかわらず、隙をみせれば思わぬ方向から矢弾が飛んできて撃ち殺されてしまう。

信長が京に滞在の折、宗仁は茶坊主として務めてきた。だが、強健な親衛隊の姿は近辺になかった。天下人の身のまわりを世話する護衛は美男の小姓ばかりであった。

摂津、東播磨、丹波の支配者たちが背を向けても、信長に動じる様子は見受けられない。たび重なる武将たちの謀叛は、想定内の出来事なのかもしれなかった。

都に店をかまえる商人の売り買いや貸し借りは、たがいの信頼の上に成り立っている。一度でも信用を損なうと、二度と商いはできなくなる。

(だが、武家の争いの基軸は……)

裏切りなのではないかとも思える。

あるいは、武将たちにとって謀叛は戦略の一つにすぎないのだろうか。これほど安易に多発すると、日常のありふれた行為だとも考えられる。

下京の世話役として奉行所勤めをしている宗仁は、有力公卿への連絡係も受け持っている。比叡颪《おろし》の寒風が洛中に吹き巻く朝、ひさしぶりに近衛前久邸を訪れた。

顔見知りの小者が応対に出て、離れ座敷に通された。

しばらくすると渡り廊下を早足で歩む音が聞こえ、近衛卿が襖を押し開いて入ってきた。

よほど直近の戦況が気になるらしい。さっと上座に坐るなり、陣参公家衆が気ぜわしく問いかけた。

「宗仁、待ちかねたぞよ。この数か月なんの注進もないよって、麿はいらぬ心配をしたがな。畿内の三国は毛利へ寝返ったとか。信長公はどんな対策を」

「ちゃんと手を打っておられます。有岡城にこもる荒木村重どのを翻意させるため、明智光秀さまを調略に向かわせました」

「それは妙案や。二人は千宗易門下の茶友やし」

「昨年謀叛した松永久秀さまの時と同じ流れです。あの折も茶友の光秀さまが信貴山城へ説得に行きましたが、老将は古天明平蜘蛛と共に爆死なされました」

「明智は、いつも損な役まわりやな。言葉が穏やかで巧みやよって、信長公に無理なことばかり仰せつかって」

「がまん強いお人ですよって。今回も明智家と荒木家それぞれの嫡男と姫が婚儀をすませた直後なので、白羽の矢が立ったのでしょう」

「それにしても不運な姫御や。政略により荒木家へ輿入れしたとたん、義父の村重が謀叛とはな」

「ええ。明智さまの調略はうまく運ばず、荒木村重さまはかたくなに籠城を続けてはります。たぶん無謀な行為ではなく、毛利との連盟に勝算があるのでは」

「磨の見るところ、織田と毛利の形勢は五分五分やしな」

戦好きな近衛卿が、ぐっと身をのりだした。

宗仁は感情を抑えて実情をのべた。

「なにせ摂津は強者たちの根城ですし。高槻城を守る与力の高山右近どのは若いながらも歴戦の闘将。また茨木城をあずかる中川清秀どのも練達の智将。荒木家の強健な両翼をはがすだけでも二年はかかると思われます」

「いや、四、五年は要するやろ。毛利攻めの重要拠点の播磨国で、織田がたに付いてるのんは姫路城の黒田官兵衛だけやし」

「ですが、それも危うい状況です。官兵衛さまの主家である小寺政識めも再び毛利へとなびきました」

「それは初耳や。またも裏切りかいな」

「まったくお武家さまは、そろって直情径行。いったん思いつくと、何をしでかしはるかわからしまへん。小寺氏の寝返りを知った上様は激昂され、姫路の官兵衛さまを安土へ呼び寄せようとなさいました。弁明など聞かず、その場で手討ちにするつもりだったのでしょう。察した羽柴秀吉どのが懸命に押し止められ、播磨の名軍師はからくも命をつなぎとめました」

「出自は卑しいが、秀吉は気づかいのできる人物。こそこそ陰謀をめぐらす宮中の公家より、よっぽどましや。麿は秀吉や光秀のごとく戦場で暴れ回りたかった」

「はっはは、おたわむれを」

　宗仁は笑いに紛らわせようとした。

　近衛卿がにやりと笑い、声をひそめて言った。

「本気やで。ほんならこっちからも裏情報を伝えたげる。五十万の門徒らをあやつる顕如光佐も、僧籍に置くには惜しい戦略家や。荒木村重が本願寺がわと盟約を交わした折、摂津の領地安泰だけやなく大和国まで拝領させると誓紙に記したそうや。その上で、ちゃんと村重の娘を人質に取りよった」

「やることは戦国武将と変わりませんな」

「いや、それ以上にあくどいかも。顕如もいずれ村重を裏切りよるやろ。麿の予言はけっこう当たる」

同時代の人物評を好む近衛卿が、またもきわどい御託宣をした。

それに反論する材料を宗仁は何一つ持っていなかった。

一か月後、顕如はあっさりと荒木村重を見捨てた。信長が提示した帝の勅命講和を受け入れ、顕如は『門徒と毛利の総赦免』を条件に和睦したのである。

その中には、荒木村重の助命は含まれてはいなかった。尊い仏前で取り交わした誓紙はすべて反故《ほご》にされたのだ。

(やはり上様の勝負勘はするどい)

宗仁は驚嘆するばかりだった。

信長の切り札は時の帝である。政敵が力を増して優位に立つと、かならず正親町天皇《おおぎまちてんのう》をひっぱりだして勅命講和を結ぶ。そして相手が気をゆるすと、たちまち講和を破棄して攻め滅ぼすのだった。

これほど朝廷の権威を利用した武将は類を見ない。

信長は唯我独尊である。はたして尊皇の志が一片でもあるのかどうか、宗仁は疑わしく感じていた。

それは顕如も同じである。これまで十数万の門徒らを煽動し、さらに見殺しにしてでも本願寺が保有してきた権益を守ろうとしてきた。摂津の荒木家の存亡など、彼にとっては些事にすぎまい。

謀叛人荒木村重は大きな後ろ盾をなくし、烈風が吹き荒れる荒野の中へ独りで取り残されてしまった。

四

村重の不運は加速している。

いったん急坂を転がりだした巨岩はだれもとめられはしない。崖下に落ちて粉ごなに砕け散るほかはないのだ。

遠い越後から、遅ればせに上杉謙信の訃報が都へと届いた。

天正六年三月十三日、一時代を築いた名将は居城の春日山で病没していた。謙信の死は長く伏せられ、信長の耳に入ったのは数か月も後だった。

これで織田勢は、背後の北陸から上杉軍に攻められる恐れはなくなった。信長は手を拍って喜び、密書を届けた伝令に織田家に伝わる短刀を授けたという。

このことを知った宗仁は苦笑するほかはなかった。

(天運はすべて上様が牛耳っている)

上杉と毛利の壮大な挟撃作戦は机上の空論に終わったのだ。

摂津の村重が毛利に加担した背景には、少なからず上杉謙信の存在があったろう。

位置取りから見れば、織田信長は必敗の立場に置かれていた。毛利・上杉連合軍に前後を囲まれ、都と国境を接する丹波の波多野秀治までが敵方へ寝返っている。そこへ畿内の荒木一党が加われば、織田正規軍は完全に包囲されてしまう。

ある意味、村重の謀叛は理にかなっていたのだ。

だが、今回も天は信長に味方した。

北陸の上杉謙信が死去したことにより、形勢は一気に逆転してしまった。もはや村重が勝ち残る術策は霧消したのだ。

それでも摂津の異端児は闘魂を失わず、領地一帯を要塞化して織田軍団を迎え撃とうとしている。居城の有岡城のほかに、高槻、茨木、花隈、尼ヶ崎の各地に支城があり、それぞれ城将らが戦闘態勢を整えていた。

最も堅城なのは高山右近が守る高槻城である。宣教師たちも城下の教会に常駐しているせいか、南蛮貿易の特区として多くの鉄砲や大筒を保有していた。

城兵は五千にすぎないが、織田軍が無理攻めすれば一斉射撃をくらって膨大な死傷者が空堀へ転げ落ちるだろう。

国内のキリシタンにとって、これまで摂津高槻領は最良の聖地であった。西洋式の庭園には薔薇が植えられ、高槻教会では青い目の宣教師たちが神の愛を説いていた。日参する信者たちは恍惚としてデウスの教えに聞き入った。

城主の高山右近だけでなく、家臣や領民たちのほとんどがキリシタンであった。右近は本願寺攻めを遂行し、聖戦として石山寺の門徒たちを容赦なく斬り殺してきた。自領から仏教徒らをすべて追い払った。西洋の宣教師たちは右近をほめそやし、わがもの顔で高槻城下を闊歩していた。

（右近どのがやすやすと仏教を排斥できたのは……）

信長がキリシタン優遇策を推進していたからだろう。

宗仁は、そう思っている。

本願寺勢との争闘を続けてきた信長は、その対抗策として異国の宗教に目をつけたのだ。宣教師たちからすれば、仏教は東洋の邪教にすぎない。

キリシタンに宗旨替えする者が増えれば、その分だけ本願寺は門徒が削がれていく。信長は積極的に宣教師たちを支援した。

だが当の信長が本願寺の顕如と和睦したことにより、キリシタンの庇護者は一朝にして迫害者に激変してしまった。

そして織田軍団は総力を結集し、摂津高槻領へ進撃してきた。

信長の発した命令は、領民らを震えあがらせた。

「謀叛人荒木村重に与《くみ》するとは天をも恐れぬ所業。右近めが抗戦するなら、高槻の領民一万五千人を皆殺しにせよ！」

単なる脅しではない。

これまで信長は十数万の門徒たちを各地で虐殺してきた。仏罰を恐れぬ魔王が、異国の神の罰など気にかけるわけもなかった。

下京の店前で、シャラシャラと小気味よい履き物の音がした。想念から醒めた宗仁は玄関先に目をやった。思ったとおり雪駄《せったば》履きの千宗易が入店してきて、しみとおるような笑みを浮かべた。

「源三郎どの、おひさしぶりです」

「宗易さま、ようおこしやしたな。積もる話もありますよって、まずは雪駄をぬいでお上がりやす」

「ほんなら、そうさせてもらいます。例によって、ちょっと源三郎どのにお頼みしたいこともありますので」

「かめしまへん、何でも言いつけておくれやす。宗易さまのお役に立つことやったら、喜んで仰せつかります」

その言葉は本心だった。京の茶人としてなんとか名を残せているのは、千宗易の後ろ盾があるからだ。

嫉妬深い都人たちは、信長の側近として務める宗仁を冷ややかに眺め、しきりに陰口を叩いていた。『巧言茶坊主』などは聞き流せても、『獄門宗仁』のあだ名はさすがに胸にこたえた。

この上、茶人としての立場を失えば、長谷川家は末代までも悪名が残ってしまう。どんなに忙しくとも、茶会にはかならず訪れて出席者として名を記した。また画人としての修練にも励み、荒れ寺のふすま絵を無料で描くことにした。

権力者と結びつき、現世の利益をむさぼる宗仁は、なんとしても茶人と画人の名だけは捨てたくなかった。

一方、晴れて茶頭となった千宗易はいっそう枯れた風体で渋みを増している。雑事にとらわれる宗仁とちがって、どこにも煩悩の影は見えない。

奥座敷で端座する姿は、禅寺の高僧そのものだった。

「源三郎どの、おかまいなく。先ほど近衛邸に立ち寄り、茶菓子などをふるまわれたばかりですので」

薄茶の用意をしていた宗仁は、手をとめて着座した。

「では、師のお言葉どおりに。それにつけても貴い公卿様やのに、あれほど戦好きなお方はございませんね」

「あのままでは、いつか大怪我を負うことに」

「自戒せねばなりません。して、今日のご用件は」

「あなたの名で書状を二通ほど送ってもらいたい。一通は高槻城にこもる高山右近どの。信長公の降伏勧告を受け入れ、ただちに開城すれば本人はじめ一族郎党の命は保証すると」

「しかし、上様の茶坊主にすぎないわたくしごときが……」

「遠慮なく申し上げる。どうぞ気を悪くなさらずに。信長公に逆らった敵将は、みな一条戻橋にてさらし首に」

「なるほど。獄門の仕置きを任されているわたくしが、それとなく恩赦を匂わせれば、右近どのも降伏しやすい。ですが、そんな大それた案件を独自の判断で行うのは僭越すぎるのでは」

　宗仁が懸念を示すと、千宗易が軽く手で制した。

　そして思いがけない裏事情を語りだした。

「ご心配なく。信長公は実戦に強いだけでなく、じつは調略の名手です。摂津の叛乱平定も力攻めでなく、ありとあらゆる人間関係を使って制圧しようとなさっておられる」

「されど右近どのは、領民を皆殺しにするという織田がたの脅迫に屈さなかったとか。なにせご自分の嫡子を荒木村重さまへ人質に差し出しておられますし」

「信長公は殺すと言ったら殺すお人です。なので今度は開城しないのなら、宣教師たちを捕らえて高槻城の前で磔刑に処すと仰せられました。京都教会のオルガンチーノ神父が、みずから説得に向かわれるとか。どうか源三郎どのからも手紙でお口添えを」

「まさか、上様と……」

宗仁は続きの言葉を腹に飲みこんだ。

あれほど政治的な動きを毛嫌いしていた千宗易だが、茶頭の称号を得たとたん変節したようだ。信長の下知を受け入れ、茶の湯政道の中心人物として暗躍しはじめているらしい。

(たしかに今回の叛乱は……)

千宗易一派が微妙にからんでいる。

謀叛の首謀者である荒木村重や高山右近も、『宗易十哲』に名を連ねる茶人であった。また姫路城主の黒田官兵衛を、茶の湯の世界へ引き入れたのも高山右近だった。

その官兵衛は、茶友の村重を説得するため有岡城へ入ったきり、ずっと生死不明になっていた。

(……調略に失敗して殺されたのか)

それとも荒木がわに寝返って籠城戦に加わったのだろうか。

宗仁には判断がつかなかった。猜疑心のつよい信長は、秀吉の与力である黒田官兵衛を裏切り者と断じていた。

千宗易が、ちらりと表情をなごませた。

「あなたの紹介で、新たに入門した古田織部《ふるたおりべ》どのは天性の茶人ですね。点前の所作や進退にめりはりがあって、茶席に溶けこんでおられる」

「それはよかった。古田さまは上様のおそば近くに務める使い番。以前は明智光秀さまと同じく、美濃の守護大名土岐《とき》氏の家臣でした。茶坊主のわたくしとは仕事仲間なので、声をかけてみたのです。礼節を重んじる人物なので、きっと茶の湯の筋も良いと思っておりました」

「信長公は、その古田どのを茨木城へ向かわせました。城主の中川清秀さまは荒木家最強の猛将で、妹御のせん様は古田どのに嫁いでおられる。義弟なので使い番としては最適任ですが、やすやすとは降伏しないでしょう。そこで源三郎どのにも一筆したためてもらおうかと」

「では、二通目の書状は中川清秀さま宛……」

千宗易門下生は、畿内一帯に深く根を下ろしている。

ほとんどが歴戦の武将たちだった。明智光秀、蒲生氏郷、牧村兵部、細川忠興など枚挙にいとまがない。

叛乱の起こった摂津にかぎっても、高山右近、荒木村重、また荒木家を支える茨木城主中川清秀や、義弟の古田織部らも千宗易門下なのだ。

（もしかれらが茶会だけでなく……）

戦場においても連盟すれば、十数万の大軍となって織田軍団を凌ぐほどの勢力になるだろう。

そうなれば、陰の支配者は千宗易にちがいない。門下生たちを自在に使いこなせる茶頭なら、あざやかな軍配さばきをみせるはずだ。

そんな思いが宗仁の心によぎった。

また現時点でも、叛乱劇の黒幕であってもおかしくはない。

自分で火付けして自分の手で消火し、おのれの立場を強化する。その手の陰謀はこれまで歴史の中でくりかえされてきた。

宗仁は、目の前にいる上品な茶匠がふいに怪しく思えてきた。それでも作り笑顔で話の接ぎ穂をした。

「たしかにうけたまわりました。二通の書状、すぐにしたためて高槻城と茨木城へと届けます」

「よろしくお願いします。それと書面の中に、『同門争わず』の一行を入れておいてくだされ。右近どのと清秀さまには、それで充分に伝わると思いますので」

千宗易が、やさしげなまなざしでそう言った。

わずか五日後、下京の長谷川家に返書が届いた。

差出人は茶友の古田織部だった。信長の使い番として茨木城へおもむいた織部は、宗仁の手紙をたずさえていた。

どうやら織田家への帰参を勧めた書状は効果があったらしい。返書の冒頭には宗仁への謝辞が記されていた。

そして、続きの文面は予想を超えたものだった。

「……凄すぎる。戦わずして勝つか」

宗仁は感嘆の声をもらした。

中川清秀は義弟古田織部の勧告をすなおに受け入れ、茨木城を開け放って織田軍を迎え入れたという。

信長の出した帰参条件は破格である。謀叛の罪を問わないだけでなく、城将中川清秀を大名として格上げし、摂津の四割を領土として与えるというものだった。

茶の湯で同門の高山右近についても書き添えられていた。

信長は京都教会の宣教師たちを捕らえ、高槻城にこもる右近に通告した。

「高槻城を開けて織田に帰参するならすべての罪を許す。もし抗戦するなら宣教師らを全員虐殺する」

二者択一の最終通牒であった。

領民虐殺の脅しをはね返した若当主も、敬愛する宣教師たちを見殺しにすることはできなかったらしい。

髷《まげ》を切って総髪となり、薄い紙衣一枚をまとって信長の陣営へ出頭した。付添人は羽柴秀吉が務め、右近の恩赦を願い出た。

信長は勝手気ままである。

その日の気分で他者の生死を決定づける。磔獄門を覚悟していた右近に、上機嫌の信長は自分の小袖を脱いで渡した。

「右近、真っ白い死出の紙衣とは潔いな。織田の属将として生きてゆく気なら余の小袖を着ろ」

慈悲の言葉が魔王信長の口からこぼれでた。

陣屋に居合わせた近臣たちは、やっと緊張から解放された。周旋役の羽柴秀吉もふうーっと大きく息を吐いた。

高山右近は無罪放免となった。そればかりか家禄加増の実利を得て、二万石の大名として認められたのである。

筆達者な古田織部の文面は、『同門争わず』の千宗易の言葉でしめくくられていた。

そこには武将たちの愚かな政争を鳥瞰する美の巨人への憧憬がにじんでいた。

摂津の沃野を埋めつくしていた織田の大軍は、合戦をしかける前に強豪荒木一党の両翼をもぎとった。

これで謀叛人村重の滅亡は決定づけられた。千宗易がのべたとおり、織田信長こそ最高の調略の名手だったのだ。

武将らの心をあやつる茶の湯政道は、新たな戦の手段として用いられるようになったらしい。

（そして静かなる茶匠もまた……）

たび重なる謀叛劇の中で、重大な役まわりを演じ始めていた。

第五章　家康沈痛

一

信長がまたも変心した。

こともなげに石山寺本願寺勢との和睦を撤回したのである。高槻城と茨木城が無血開城したことで、荒木村重の叛乱は脅威ではなくなったのだ。

織田政権にとって、数十万の門徒たちを煽動する顕如はゆるしがたい政敵だった。摂津の村重が力を失ってしまえば、本願寺がわと交わした和睦など即座に破棄するのが信長の流儀であった。

和平決裂の一報を聞いた宗仁は、時の帝を痛ましく思った。

（正親町天皇が発した貴い勅命講和は……）

結局なんの拘束力もなかった。

朝廷さえも政事《まつりごと》の道具として使う信長に、初めて嫌悪の念がわいてきた。

目的遂行のためなら手段は選ばない。それが戦国武将の生き方だが、度を越せば遺恨だけが残る。

都人にとって帝の言葉は天の声である。

平然と勅命を破る信長は、おのれ自身が天運をつかさどる存在なのだと錯覚しているのかもしれない。

だが、物事は信長の思うがままに進んでいる。摂津叛乱も難なくのりこえた。いかんなく調略の才を発揮し、高山右近や中川清秀を誘降させた。高槻城と茨木城を失った荒木村重は、戦闘力が半減して守勢一方となった。

(織田軍団に攻め落とされるのも時間の問題だろう)

宗仁は、村重への同情を禁じ得なかった。

前年、木津川河口の戦いで毛利水軍に惨敗した信長はすぐさま手をうっていた。伊勢の属将九鬼嘉隆《くきよしたか》に鉄甲の戦艦七隻を建造させ、大坂湾まで回航したのだ。これにより毛利と本願寺の補給路は完全に遮断された。村重が心の支えとする毛利水軍は、畿内への影響力を完全に失ってしまった。

東播磨の別所長治は秀吉軍に包囲されて三木城から動けず、丹波八上城の波多野秀治も明智光秀の兵糧攻めに苦しんでいる。

閨閥で結ばれた反信長の三者連合もすでに瓦解していた。

摂津の闘将荒木村重は孤軍となった。今は伊丹台地の上に築かれた堅牢な有岡城だけが頼りであった。

東西八町、南北十八町に渡る巨大な居城は、深い外堀に囲まれた畿内屈指の要塞である。侍屋敷や足軽屋敷だけでなく、領民たちが暮らす町屋が幾重にも連なっている。宗仁も何度か城下を訪ねたが、その町並みは敵軍の侵攻を防ぐため曲がりくねった迷路のような造りだった。

戦上手の村重は籠城戦にそなえ、外堀と内堀、町と本丸が一体化した総構えの名城を構築していた。

年の暮れ、宗仁は茶友の古田織部に招かれて摂津の原田郷へと馬を走らせた。京洛から遠駆けし、夕暮れ時に原田郷に着いた。

礼節を知る織部は刀も帯びず、羽織袴で砦の前で待ち受けていた。深く一礼してから笑顔をむけてきた。

「摂津まで愛馬で到来とは恐縮のいたりです」

「左介どの、ご壮健でなにより」

宗仁は、いつも織部のことを通り名で呼んでいる。

二人は共に信長の身のまわりにいて、所用をこなす茶坊主と使い番であった。中川清秀への調略をやり遂げた古田織部は、その勲功により、砦の在番衆に格上げされたのだ。

「宗仁どのも顔色がよろしいですな。とにかくお逢いできて喜ばしいかぎりです。こちらから年末の挨拶に伺うべきですが、臨戦態勢ですので持ち場を離れるわけにもいかず」

「どうぞ気になさらずに。立場が人を変えるとか。左介どの、少し見ないうちになにやら武将めいた表情になられましたな」

「砦の守将より、使い番のほうが性に合っておりますが。お渡しいたしたい物もありますので、どうぞ中へ」

「では、遠慮なく」

織部に先導されて砦内へ足を踏み入れた。

急造の二階屋だが、一階の来客用の部屋にはちゃんと畳が敷かれていた。織部は下座にすわり、すっと竹製の茶杓《ちゃしゃく》をさしだした。

「ささやかな進物です。お受け取りくだされ」

「これは……」

「師の千宗易さまがみずから削った茶杓です。わたくしが弟子入りした際にありがたく頂戴いたしました」

「そんな大事なものを」

「あなたのご紹介で、わたくしも千家の門弟になることができました。人脈も広がり、本当に感謝しております」

「なれば気持ちよくもらっておきましょう」

宗仁は茶杓を袱紗《ふくさ》に包んで手元に引き寄せた。

たしかに千宗易一門は多士済々である。一介の使い番にすぎなかった古田織部が、出世の足がかりをつかむには絶好の場所だろう。

大切な茶杓を進物にした織部の帳尻はちゃんと合っている。

「義兄《あに》の中川清秀さまからも言伝《ことづて》があり、『これからもよろしくお付き合いのほどを』とおっしゃっておられました」

「織田家への帰参は最良の選択です。織部さま、よくぞ説き伏せましたね。女房どのも安堵なされたことでしょう」

「ええ、妻のせんは兄思いでしたし。もし説得が失敗に終わったら、わたしたち夫婦は信長さまに手打ちにされていたことでしょう。事の是非は紙一重です」

織部の話は大げさではない。

これまでも失態をみせた多くの臣下や女中たちが、癇癪持ちの信長の手で情け容赦なく斬殺されてきた。

たがいの身を守る閨閥は諸刃の剣である。もし義兄への調略が不首尾に終わっていたら、古田織部一家は妻子ともども成敗されていたろう。

やはり話は茶友の身におよんだ。

「して、有岡城にこもる荒木村重さまの動向は……」

「孤軍となっても士魂を忘れず、勇猛な戦いをくりひろげておられます。去る十二月八日、信長公の寵臣万見重元《ちょうしんまんみしげもと》さまが、先鋒として有岡城へ夜襲をかけましたが往《ゆ》きて還らず。三千人以上の死傷者を出して惨敗を喫しました」

「さすが総構えの堅城ですね」

「伊丹砦まで足を運ばれた信長公は戦況を見て方針を変え、兵糧攻めの持久戦にきりかえられました」

「味方の損傷を最小限におさえるには、それしかありません」

宗仁は軽くうなずいた。

結局、反信長の立場で抗戦する東播磨の三木城、丹波八上城、摂津有岡城は干乾し作戦で陥落させることになったらしい。

激情家の信長だが、合戦においては極めて合理的な思考で対処する。毛利軍からの物資輸送を断ち切られた三城は、いずれ兵糧がつきて自壊するほかはないのだ。

対座する織部が少し口元をほころばせた。

「これほど追いつめられても、村重さまは理性を失ってはおられぬようです。ご存じのように、城攻めに加わっておられる明智光秀さまの娘御は、荒木家の嫡子村次さまと祝言を挙げたばかり。ふつうなら敵の娘を殺すのが戦国の掟。されど村重さまはお付きの女中と共に娘御を明智さまのもとへ届けられました。窮地にあってこそ人の真価は問われます。まことにお見事な対処にて」

「それもまた師の千宗易さまのお計らいですね」

「だと思います。また同門の高山右近さまの件ですが」

「左介どのの顔つきで察しがつきますよ。宣教師処刑の脅しに屈して織田へ帰参された高山右近さまを恨むことなく、有岡城で人質となっている妹御と幼君は無事なのでしょう」

「ええ、人質のお二人は城内で生存されています。すべて千宗易さまを軸とする『同門争わず』の教えなのだと思います」

「さすれば、羽柴秀吉さまの軍師として有岡城へ調略におもむいた黒田官兵衛さまも無傷なのでは」

「軍師ではなく、茶友として扱われていれば生きておられると思います。現に有岡城の石垣奥にある地下牢から、夜な夜な播磨地方の俗謡が聞こえてくるとか」

「官兵衛さまらしい伝達法ですね」

　宗仁の表情もゆるんだ。

　これ以上、知人の死を見るのはつらすぎる。無抵抗な人質が殺されずに済んだことが無性に嬉しかった。

同時に、千宗易が持つ巨大な陰の指導力に恐れを感じた。

考えてみると、今回の摂津叛乱にからむ武将のほとんどが千宗易の門下生であった。『同門争わず』の誓いは、裏返せば他者への迫害を続ける織田信長への痛烈な謀叛心を秘めている。宗仁の耳には、千宗易の教訓が『同門団結せよ』と聞こえてならなかった。

二

安土から緊急召集がかかった。

信長の呼び出しをうけた宗仁は、しくしくと胃腑に痛みを感じた。昨今の状況からして茶会への招きではない。

あまりにも時機が悪すぎる。

（……茶事の手伝いでないとするなら）

残る用件は獄門がらみにちがいなかった。

多才な宗仁は茶の湯や画業をこなしてきた。

そのほか生野銀山の経営にも参加し、葬祭業者として汚れ仕事の刑場管理にまで手を貸していた。

どれほど体調が悪くとも、信長の下命は守らねばならない。宗仁は葬祭用具を荷馬に積んで安土城下へと向かった。

最近では、番頭の辰次が獄門を仕切ってくれている。一般の葬祭と同じように、罪人処刑の段取りやさらし場の見張りまで着実にこなした。

宗仁と従者らが湖畔の大津宿で一泊した早朝、安土へと先乗りしていた辰次が馬で駆け戻ってきた。

宿坊の一室で、辰次は興奮ぎみに注進した。

「旦さんの読みどおり、上様の用事は獄門でっせ」

「ごくろうはん。出仕の用件を早めに知りとうて、先発させてすまなんだな。これで覚悟も定まった」

「夜明けが待てず、馬で夜道を駆けてきました」

「辰次は帯刀もしてるし、戦の伝令みたいや。肝も太いし、情報収集の腕も達者や。いっそお武家になったほうが出世でけるかもしれへんで」

「茶化さんといてください。これは護身用の刀です。死なはった人をさらし首にするのんは平気やけど、生きてるお侍と戦場で斬り合うのはごめんこうむります」

「話が脇道にそれたようやな。本題にもどろうか」

「はい。一足先に安土の城下をまわって、下京の店によく来られる武将たちから情報を集めたところ、どうやら刑に処せられるのは丹波八上城主の波多野秀治と弟の秀尚らしいです。明智光秀さまの誘降にのって潔く信長公の前に出頭したところ、問答無用で捕縛されはったとか」

「むごい話やな」

「大きな声では言えまへんが、光秀さまの降伏勧告はだまし討ちみたいなもんです」

「身の安全を約束しておきながら……」

「恭順した相手をなぶり殺しにする。それが戦国の掟やとしたら、たまりまへんな。葬祭業のわたしらが安土へ着きしだい、波多野兄弟はご城下で公開処刑に」

「やはりそうか……」

宗仁は、しばし沈思した。

魔王信長の仕置きは苛烈である。いったん敵と見定めたら、その場で殺す。また気まぐれで生かす場合があったとしても、いつかは相手を追いつめて惨殺するのだ。

自分を裏切り、毛利と手を結んだ波多野一族をゆるすわけがなかった。同盟関係にあった摂津の荒木村重や東播磨の別所長治も仇敵にほかならない。

信長に反旗をひるがえした三将には共通点があった。

共に大柄で美意識が高い。茶の湯や詩歌管弦を好むところも同じである。そして波多野秀治と別所長治は、戦闘能力のある血気盛んな若武者であった。

二人のことは茶の湯の交わりでよく知っている。

秀治の妹照子は、長治のもとへ嫁いでいた。閨閥を広げるための政略結婚だったが夫婦仲もよかったらしい。年齢の近い若当主の二人は親好を深め、何をするにしても同じ道を選択するようになったようだ。

しだいに信長の残虐さに嫌気がさした秀治は、一族や家臣たちと相談の上で毛利がたへ寝返った。

すると義弟の長治もこれに同調し、打倒信長の兵を挙げたのだ。出自が卑しく、世知にたけた羽柴秀吉の下で働くのが我慢ならなかったのかもしれない。

（いずれにしても、謀叛した両将には勝算があったのだろう）

素人目にも東播磨と丹波の支配者が手を組めば、山陽道と山陰道の二方向から京洛へ攻め入ることもできる。

そこへ摂津の強豪荒木村重も加担し、必勝の位置取りとなった。あとは毛利の大軍が上京すれば、信長の首を獲ることも可能なはずだった。だが西国の中間地点にある備前《びぜん》の宇喜多直家《うきたなおいえ》が、毛利との同盟を破棄したことで援軍の進路は阻まれてしまった。

また摂津の村重も、高槻城と茨木城を失ったことで身動きがとれなくなった。

反信長で挙兵した三将は連携がとれず、それぞれが孤軍となっていた。それでも各自が必死に戦い続けた。

波多野一族が支配する丹波地方は高原の沃地で、水源にも恵まれている。灌漑用の水路も領地一帯に整備され、稲穂の実りは大粒で米の穫れ高は近畿随一である。そのため、丹波地方は『都の米櫃《こめびつ》』と呼ばれるほどだった。たとえ長期戦になっても兵糧米の調達に難儀することはない。

名君の誉れ高い波多野秀治は籠城戦を決意し、小さな支城を捨てて全軍を八上城へ集結させた。武器や物資も城内へ運びこんで万全の迎撃態勢をかためたという。

丹波討伐を命じられたのは、秀治とは茶友の明智光秀であった。信長は人使いが荒い。明智軍は各地へ派遣されて連戦続きだった。しかも戦費はすべて自分でまかなわねばならない。

明智の将兵らは疲労困憊し、丹波の山路を登るのにも息を切らしていた。

兵数も士気も波多野軍のほうが数段まさっている。

地の利も相手がわにあった。城攻めを開始した明智勢は、逆に待ち伏せを食って多数の死傷者をだしたらしい。

波多野一党は戦意旺盛で、落城の気配などまったくなかった。

（それなのに、なぜ明智光秀の誘降を受け入れたのだろうか……）

宗仁は、波多野秀治の気持ちが理解できなかった。

その答えは、情報収集にたけた辰次が解いてくれた。

「八上城を攻めあぐねた明智光秀さまは、とんでもない条件を波多野兄弟へ示さはったそうです。丹波の領土安泰を約束し、ご両人の命を保証すると。その誠心の証しとして、実母のお牧《まき》の方《かた》を波多野がたへ人質として差し出すと」

「道の外れた交渉やな。人質は弱者が強者に対して渡すのが常道やろ。攻め手が実の母御を守り手に捧げるやなんて……」

「知恵者の明智さまは、それを逆手にとったんとちがいますやろか。すっかり相手を信用した波多野兄弟は、家臣たちが止めるのも聞かず安土へと同行し、その場で捕らえられました」

「まんまと汚い罠に落ちたということか。では、この策謀の仕掛け人は……」

「いや、それは」

辰次が口をつぐみ、目で訴えた。

宗仁も黙ってうなずいた。商家の番頭ふぜいが大それた推論を言葉にすることはできないのだろう。

波多野兄弟への詭計は、たぶん信長の発案だと思われる。

あるいは交渉人の明智光秀本人なのかもしれない。思慮深い教養人だが、光秀は心の底に深い闇を抱えていた。目的達成のためなら肉親を犠牲にする非情さを持ち合わせている。

これまでも美形の娘たちを次々と畿内の大名家へ嫁がせ、閨閥を広げてきた。摂津の荒木家へ輿入れした次女は、幸い村重の男気によって開戦間際に明智家へ送り返されてきた。

だが、今回は事情がまったくちがう。

主君が安土城下で公開処刑されたと知ったなら、丹波八上城の波多野一党の怒りは沸騰点に達するだろう。

辰次がつぶやくように言った。

「御主君の非業の死は、いずれ丹波へと伝わりますやろ」

「ただではおさまらんな」

「ほんなら、人質となったお牧の方は」

「波多野兄弟と同じ運命をたどることになる」

「……磔獄門」

「無惨やな」

宗仁は目を伏せた。

葬祭業者として、これまで何人もの敵将を刑場で仕置きしてきた。しかし罪人が女の場合は、あとで悪夢にうなされた。

（主命とはいえ、むざむざ老齢の実母を見殺しにするとは……）

孝心を失った明智光秀への嫌悪感が抑えきれなかった。

もしかすると、この詭計は最初から光秀主導で行われたのかもしれない。そんな風にも思えてくる。

織田の軍律は信賞必罰である。あのまま八上城攻めが失敗すれば、光秀は罰せられて五万石の領地も取り上げられただろう。

追いつめられた光秀は、実母を犠牲にして起死回生の策をくりだしたようだ。そして卑劣きわまる人質作戦は成功したのだ。

（光秀恐るべし！）

鳥肌が立ち、宗仁はぶるっと身を震わせた。

平然と友をあざむき、実母をいけにえにする明智光秀こそ生まれついての極悪な裏切り者であった。

三

二日後、当地で初めての公開処刑が行われた。

裸馬に乗せられた波多野秀治・秀尚兄弟は安土城下を引き回され、見物客らに罵倒された。

イエズス会の教会が建てられた領内は、キリシタン信徒たちが多数を占めている。毛利に寝返り、石山寺本願寺門徒たちと手を組んだ波多野兄弟は、まぎれもなく許されざる罪人であった。

通常、葬祭業者の出番は罪人が絶命したあとにまわってくる。

三尺高い木台の上でさらし首にするか、もしくは斬首された罪人の首を胴体とつなぎ合わせてはりつけにするかである。

だが殺人嗜好の強い信長は、敵に痛苦をあたえることで愉悦をおぼえる質《たち》らしい。

宗仁が受けた指令は、例によって陰惨なものだった。

「殺しても殺したりない謀叛人なれば、生きたまま磔刑にせよ」

「承知」

短くこたえ、宗仁は魔王信長の前からそそくさと退いた。

長居をすれば、もっと苛酷な処刑法を申しつけられる恐れがあった。

別室の控えの間で明智光秀とすれちがったが、たがいに目礼するだけで終わった。

国学者づらをした青白い面相は、冷たく冴え返っていた。

(ここで二人で話し合ったとしても……)

実母を売った光秀が今の心情を明かすわけがない。

宗仁は胃痛がひどくなった。

死人の肌に触れるのも、生きた人間の血を流すのも見たくはなかった。刑場や獄門の仕切りは番頭の辰次に任せ、借宿の一室で床に臥《ふ》せった。

刑の執行は滞りなく進行し、波多野兄弟は苦しみぬいた末に絶命した。二人の死体は刑場に放置され、血の匂いをかぎつけた鴉たちについばまれていた。

ほどなく丹波からいたわしい知らせが届いた。

『秀治処刑』の報に激怒した波多野一党は、報復処置として明智光秀の実母を惨殺した。人質として幽閉されていたお牧の方は、五体を切断されて八上城の門前にさらされた。

遠巻きに観望していた織田兵たちは、あまりのむごたらしさに目をそむけたという。

信長は報告を興味なげに聞き流した。

それから明智光秀を安土城の茶会に呼び出し、まるでお使い賃でも手渡すように丹波二十九万石の大封を授けた。

「光秀、丹波一国はそちのものじゃ。城主のいない八上城を一気に攻め落とし、波多野の残党らを皆殺しにせよ」

茶会の場にふさわしくない殺伐たる言葉だった。茶坊主として同席していた宗仁は、座に連なる光秀の表情をちらりと盗み見た。

実母を惨死させた男は即座にこたえた。

「明日にも隊列をそろえて丹波へ攻め入り、波多野一族を殲滅いたします。上様、近日中の吉報をお待ちくだされ」

「敵領は切り取り勝手が織田の軍法だ」

「平定後は領民らに善政をほどこし、都の米櫃としての役目を充分に果たすつもりでおります」

「よくぞ申した」

「上様、この御恩は終生忘れませぬ」

秀麗な白面は朱に染まり、あふれる喜びを隠しきれなかった。

放浪の智将は、あっさりと二十九万石を手中にした。

男の出世欲はとめどがない。統治している滋賀の五万石と合わせれば、なんと三十四万石の大身《たいしん》になる。

戦国武将にとって、母の死など些事にすぎない。

これまで手柄を競ってきた羽柴秀吉は、近江長浜二十万石の城主である。いまや光秀は同輩を追い抜き、信長の寵臣として織田家筆頭の出世頭となった。

(……やはりこの男は人でなしだ)

宗仁は、はっきりと認識した。

武将は戦場で功名を挙げるものだと思ってきたが、実情はちがっていた。調略こそが出世の早道なのだ。

現に羽柴秀吉は近江攻めの折、敵将浅井長政とかけあって正室のお市の方と娘たちを落ちさせ、その勲功により浅井家の旧領二十万石を下げ渡された。また毛利攻めにおいても、軍師黒田官兵衛を使って交渉し、備前の宇喜多直家を織田へ寝返らせて中国侵攻の糸口をつかんだ。

『手柄は戦場に埋まっている』

そうした使い古された訓話は見せかけであった。

光秀も調略という名の詭策を講じて波多野秀治を謀殺し、三十四万石の大名にのしあがったのだ。

槍より甘言。

仁義より裏切り。

それが戦国武将たちの必勝術にちがいない。宗仁は武門に生きる者たちの苛烈な日々を思い知らされた。

八上城にこもる波多野一党は闘魂を失わず、最後の一兵になるまで戦いぬき、全員が壮烈な討死を遂げた。

光秀の奸計は、上首尾に終わったのである。

（しかし、見方を変えれば……）

光秀は信長の下知を守り、城兵らに逃げ場をあたえず皆殺しにしたことになる。

同盟関係にある東播磨の別所長治も、居城の防衛で手一杯だった。また摂津の荒木村重も織田軍に包囲され、有岡城から一歩も動けなかった。

共に援軍は期待できない状態だった。

頼りとする大国毛利も山陽道の進路を備前で阻まれていた。毛利水軍による海上輸送も、織田の鉄甲船が瀬戸内を封鎖しているので救援物資すら送れなかった。

今や村重と長治は暗渠に転げ落ち、降伏すらできない状態に陥っている。

うかうかと誘降にのって安土へ出頭すれば、波多野兄弟のように惨殺されるのは目に見えていた。

それぞれが孤城にこもり、身に迫る敗亡の時を待つしかなかった。

とくに荒木村重の落魄ぶりは目を覆うばかりだった。与力の高山右近と中川清秀は主家を見捨てて織田家に帰参し、毛利や本願寺勢も弱腰すぎた。

宗仁の知るかぎり、陰ながら村重を精神的に支援しているのは争闘には縁遠い茶匠の千宗易だけだった。

謀叛人が命を永らえる方策が一つだけあった。

『俗世を離れ、茶人として生きのびよ』

そうした助言を、茶友の武将たちを通じて村重に伝えていた。

孤立無援の男が、魔王信長の目をくらますには無一物になるしかない。城を捨て、家臣たちを捨て、単身で漂泊の旅に出るしかなかった。

天正七年の七月六日、安土城内で観覧相撲がとり行われた。

さまざまな催し物の段取りに長じる宗仁は、茶の湯係として安土へ召し出されて忙しく立ち働いた。

幸い、波多野一族を殲滅した信長は上機嫌だった。

口元に笑みを浮かべ、巨漢たちの格闘技を興味深く見物していた。そして豪快な仏《ぶつ》壇返《だんがえ》しで相手力士を土俵上に叩きつけた甲賀の若者を賞賛し、その場で百石取りの家臣に取り立てた。

同月中旬には、徳川家康から雌雄の美しい白馬二頭が安土へと届けられた。また北国攻めを任されている柴田勝家からは、侵攻した加賀領の海産物が進物として捧げられ、そのほか各地の武将たちも贈答品を安土城内へ続々と運びこんだ。

織田信長の声望は高く、天下人としての地位は不動のものになりつつあった。

安土城内での催し物を終えた宗仁は、当地に居残って残務処理をこなした。

翌月になって、やっと茶の湯係の任を解かれた。足軽長屋で帰り支度をしていると、懇意の茶友が飄然と訪ねてきた。

「宗仁どの。今回のお役目ご苦労さまでした。多くの者たちが城内に出入りし、さぞや気疲れなされたことでありましょう」

「正直、いまはほっとしております。それより京へ持ち帰る茶道具類が家内に置かれていて足の踏み場もありません。厨《くりや》で話すことにいたしましょう」

「それもまた一興」

「どうぞ、そのまま奥へ」

「では、履き物を脱がず土間伝いにまいります」

風雅な面貌の茶人がこっくりとうなずいた。

茶頭千宗易の人脈は多岐に渡っている。そして、その緊密な情報網は諸国へと広がっていた。

今夜の来客は織田信長の弟長益であった。

長益も宗易一門で、斎号は織田有楽《うらく》という。毛並みは抜群だが、戦国武将として覇気にとぼしく、戦場では後方待機の役どころに甘んじている。

その一方、裏の顔は華麗だった。

水墨画をこなし、茶器の蒐集家としても知られている。都の茶人たちのあいだでは洒脱な数寄者として評判が高かった。

(千宗易さまが、織田家の閨閥にくわしいのは……)

たぶん弟子筋の有楽から、それとなく内情を仕入れているからだろう。宗仁はそう推察している。

実父の織田信秀は子福者で、十二男七女をもうけていた。妾腹の有楽は十一男で、長男の信長とは十三ほど年齢が離れている。そのため幼児期から兄信長に可愛がられてきたようだ。最近では武功もないのに知多郡の領地を与えられ、まがりなりにも城主としての体裁を整えつつあった。

宗仁は厨のかまどで湯を沸かし、手早く薄茶を差しだした。

「有楽さま、おゆるしあれ。主客は一国一城の主なれど、今夜は作法にとらわれず茶を喫しましょう」

「いや、城主とは名ばかり。珍しい高麗茶碗を買い求めて散財し、城の石垣すら組んではおりません」

茶碗を膝前に置いた有楽は、いつものように人なつっこい笑みを向けてきた。

「大きな城より小さな茶碗。それでこそ数寄大名」

「われらは同じ千宗易一門。こうして兄弟子の手練の点前で薄茶をいただき、すっかり心が温まりました。やはり何事も適温が大事ですね」

「沸騰していた畿内は、いくぶん熱が冷めたのでは」

それとなく話をふると、話し好きな有楽が小声で語りだした。

「じつはそのことを伝えたくてお宅へ来たのです。数日前、われらの茶友でもある荒木村重どのは正室だけを連れ、居城の有岡城から夜陰にまぎれて脱出されました」

「で、いずこへ」

「近場の尼ヶ崎城に移られたとか。海辺の支城なので、船で瀬戸内海づたいに毛利へ逃げのびることも可能でしょう」

「だとしても、有岡城に取り残された家臣や女中たちは……」

「見捨てられたのだと思います。後事を託された城代家老の荒木久左衛門なる者は、織田がたの降伏勧告をかわし、『これより尼ヶ崎へ行って城主村重さまを連れ戻り、共に切腹いたす』と申し出たそうです。されど刻限の三日を過ぎても久左衛門は姿を見せず、命惜しさに単身で逃亡した模様にて」

「二重の裏切りか……」

「人も城も落ちる時は一瞬。一年以上も織田の攻撃を凌いできた荒木勢も、城主と家老が逃げ出しては闘魂も失せたようです」

有楽が茶碗を手に取り、虚しげに目を伏せた。

勝つときは、だれよりも颯爽。

負けるときは、鬼畜よりも卑劣。

それが戦国武将たちの身に起こる転落劇である。荒木村重ほどの名将でも、その悪循環から逃れることはできなかった。

「男の散りぎわは難しいですね」

「城攻めの先鋒を志願した高山右近どのの一隊が突撃し、城門を打ち破って敵兵二千人を討ち取り、数百人ほどの女中たちを生け捕りにしたとか」

強行突入した右近の気持ちは痛いほどわかる。

織田家への忠誠を示すためだけではなく、有岡城内で人質となっている肉親を救出したかったのであろう。

「して、右近さまの妹御や御嫡男は」

「高山隊に無傷で救い出されました。師の千宗易さまの『同門争わず』の掟に従い、城主村重どのは人質には手を出さなかったのでしょう。まさに不幸中の幸いです」

「では脱出を決意したのも」

「もしかすると師が道筋を教えたのかもしれませんね」

「……茶人としてならどこでも生きられると」

「ええ。村重どのはわたしと同じ数寄者ですし。武人としての経歴を捨てさえしたら、茶の湯の宗匠として余生をすごせるかも。とにかく人質が殺されなかったことが何よりです」

しかし、喜んでばかりもいられない。

宗仁には、もうひとり気にかかる茶友の人質がいた。羽柴秀吉の参謀として活躍していた俊才である。

「軍師として有岡城へ出向き、生死不明となった黒田官兵衛さまはいかに」

「官兵衛どのもまた、城攻めに加わった黒田二十四騎の精鋭たちによって救出されました。されど無傷とはいかず……」

「何があったのですか」

「せまい石牢の中でずっと閉じこめられ、両足が萎えて動かないようです。また不衛生な状態で捨て置かれ、ひどい皮膚病に冒されて二目と見られぬ顔貌に。人の噂では獄中の怪人と呼ばれておられるとか」

「あれほどの美男が怪人とは」

「落城の折、その有様を陣中で見たわが兄は、初めて人前で官兵衛どのにあやまりました。『そちの誠心を疑ってすまぬ』と」

「誇り高い上様が……」

「その場に同席していた秀吉さまも涙を流しておられました。今回の落城において、唯一心温まる場面でござった」

兄信長を慕う軟弱者の有楽は、感極まってはらはらと落涙した。

四

信長は変わりなく冷酷非情である。

忠臣黒田官兵衛に謝罪の言葉をかけたとしても、生来の加虐癖がおさまったわけではなかった。

弟の有楽は一見やさしげだが、感情の起伏が激しい。

そこだけが兄信長と似ていた。

やはり男の長話は禁物だ。燭台の油を入れ替えると、肉親の情を語る数寄大名の顔がにわかに曇った。

「宗仁どのは事情通なれば、徳姫のことはご存じでしょう」

「上様のご息女ですね」

「拙者にとっては可愛い姪っ子」

「たしか十数年前に三河の岡崎城へ入輿され、徳川家康さまの御嫡男竹千代君と婚姻されたはず」

「さよう。共に九歳で、まるでひな人形のごとくでした」

「それが何か……」

宗仁は思いをめぐらせた。

周知のことだが、信長と家康は特別な関係にある。

二人は幼なじみだった。一時期、家康は人質として尾張領内で囚われていた。そこで年上の信長と知り合い、従順な遊び相手として生きのびたらしい。

三河武士たちの必死の働きにより、幼い松平家当主は岡崎城へと帰還した。しかし信長の家康に対する厚情は薄れることはなかった。血で血を洗う激しい家督争いの末、どうにか織田家の総領におさまった信長は、桶狭間の奇襲で今川義元を討ち取った。その間隙をつき、家康は駿府の今川家から離脱した。そして旧知の織田信長と同盟を結び、東海の実力者としての地位を着実に築いてきたのだ。

鈍重な物腰の家康を、なぜか信長は気に入っているようだ。

織田の属将ではなく、信頼に足る同盟者として遇してきた。家康もそれにこたえ、武田騎馬軍団の侵攻を耐え忍んだ。強固な防波堤としての役目を充分に果たし、入京した信長の背面をしっかりと守ったのである。

だが家康の地力が増すにつれ、猜疑心の強い信長の態度はしだいに変化していった。

（閨閥を深めるため、または徳川家の内情を探るために……）

信長は娘を岡崎城へ送りこんだ。当然のごとく、有能な侍女が監視役として徳姫に同行したらしい。

そのことは、対座する有楽の口から漏らされた。

「徳姫の輿入れもまた、相手の急所へ打ち込む必殺の矢弾なれば。毎月岡崎城から送られてくる侍女敷島からの密書を、兄君は注意深く読んでおられた」

「女の告げ口は何よりも恐いですな。しかし、幼くともお二人の婚姻関係はうまく運んでいたのでは」

「ええ。成長した竹千代君は壮健な勇者となり、非難されるようなふるまいはなかった。義父と実父から一字ずつ拝借し、名を信康と改められた。その名どおり信康どのは、義父の攻撃力と実父の守備力を併せ持った当代無双の若武者となられた。それがいけなかったようです」

「なるほど。過ぎたるは及ばざるがごとしですか」

「戦国の世で生きるには方策は二つしかありませぬ。一つは敵を皆殺しにして勝ち残るか、あと一つは凡将のふりをして争いの場から身を遠ざけるかです」

「失礼ながら、信康どのは前者」

「拙者は後者を選びました」

「賢明でしたね」

宗仁には思い当たるふしがあった。

信康は十代のころから戦場で暴れ回り、次々と戦功を重ねていった。『三河の麒麟児』の名は、都暮らしの宗仁の耳にまで届いた。

英雄は英雄を知る。

信康のすぐれた資質が悲劇を生んだらしい。狷介な信長は、娘婿の活躍ぶりに疑念を抱いたのだろう。

自分の嫡子織田信忠は凡庸な人物だった。このまま勇壮な娘婿を放置すれば、織田一門の将来に禍根が残ると判断したようだ。

有楽の長広舌が続いた。

「敷島なる侍女は甲賀の女忍者。ありもしない伝聞を事実として安土城へと送り届けたようです。書面には姑の築山殿《つきやまどの》の嫁いびりと、夫信康の不行跡が綿々と記されておりました。さらには『武田勝頼と手を結び、謀叛の気配あり』とも書かれてあったとか。人の猜疑心《さいぎしん》を揺さぶるのは忍者の習性。兄君は激怒し、岡崎の家康さまに使者を送って難題を申しつけました」

「そのお沙汰は」

「宿敵武田と通じた嫡男信康と、嫁いびりの激しい正室築山殿を自分の手で殺せと」

「そこまで言うとは」

「他家の秀才は、とかくめざわり」

「であったとしても、家康さまは篤実な人物ですのに……」

信長は、いざとなると敵にも味方にもきびしかった。

圧殺による恐怖統治である。臣下や同盟者への寛容な処置は、かえって謀叛心を増幅させると考えているらしい。

織田家の末端に連なる有楽は、兄の奇矯な言動をかばうかのように言った。

「家康さまへの直命には、いささか裏付けがあります。徳姫をいびった築山殿の前歴を調べ上げたところ、不審な点が浮かび上がったのです。年上女房の彼女は、今川義元の姪でした。かつて駿府で人質状態だった家康さまは、今川家の縁戚として生きのびるため築山殿をめとったようです」

「つまり今回の信康母子の誅殺は、織田家への復讐を未然に防ぐためだと」

「理屈の上ではそうなります。築山殿は桶狭間で討たれた伯父今川義元の恨みを果たすため、せがれの信康をたきつけて織田討伐の兵を挙げようとしていた。そう考えれば、女忍者から送られてきた密書も根も葉もない話ではなくなるのでは」

「たしかに火のないところに煙は立ちませんし」

家康がわに反論の余地はなかったろう。

信長に楯突けば、織田と徳川の同盟は破棄されて家康自身が討たれることになる。十数年に渡って山野の荒れ地を耕し、どうにか岡崎城に帰還した主従はすべてを失ってしまう。

傍観者にすぎないが、宗仁は無力感に浸された。

「……妻子斬罪ですか」

これほどむごい下命はない。

緑豊かな三河の領土を守るには、わが手で妻子を斬り殺さねばならないのだ。

有楽が投げ出すように言った。

「家康さまは、織田家との連盟を遵守されました」

「そうするしかありませんね」

「ひそかに築山殿を岡崎城外へと誘い出し、迎えの女駕籠で木坂峠を越し、人気のない山路で暗殺者が手槍で刺殺したとか。また二俣《ふたまた》城に幽閉されていた信康どのは観念し、恨みの言葉ひとつ残さず見事に腹を切ったようです」

「まだお若かったのに」

「徳姫と同い年ですから享年二十一です。家臣のだれもが目をそむける惨劇のなか、妻子を殺した家康さまは涙一つこぼさず……」

「そんな非道な」

宗仁は、わが身に置き換えて考えてみた。

信長の仕打ちに耐えられるとは到底思えなかった。

（妻子を惨死させる目に遭《あ》ったなら……）

その怒りと憎しみは生涯消えはしない。どれほど劣勢であっても、好機が至るのを待って信長の首を狙うだろう。

それは家康とて変わりはない。あの特異な大目玉の底には、無数の怨念が沈潜しているはずだった。

魔王信長に匹敵する傑物は、守りに徹する家康しかいない。

妻子らを犠牲にしてまで力を温存する東海の巨人こそ、信長にとっては最大の宿敵にほかならないのだ。

(血なまぐさい乱世を鎮められるのは、上様ではなく……)

悲運をのりこえてきた徳川家康なのではないか。

宗仁は、ふとそんな思いにかられた。

同年十二月十三日。有岡城で捕らえられた数百人の捕虜たちの大半が処刑された。荒木村重がこもる尼ヶ崎城近くの七松村に囲いを設け、非戦闘員の女子供らを織田鉄砲隊の射撃の的にして銃殺したという。

下京に店をかまえる宗仁は、隣国摂津の惨状をその日のうちに訪問客たちから聞かされた。

しかし、いつも傍観者の立場ではいられない。

大虐殺のわずか二日後。二条城に陣どる織田信長から恐るべき指令が舞いこんできた。『明日、荒木村重一党の縁者四十人余を市中引き回しの上、六条河原で斬首する』と。

信長の残虐さはそれだけではおさまらなかった。

罪人成敗の名目のもと、わざわざ越前から前田利家や金森長近などの有力武将たちを京へ呼びもどした。

利家は桶狭間の奇襲において信長に付き従った近臣であり、文武両道を行く長近は千宗易門下の茶人であった。かれらには立会い奉行として、荒木家の重臣七名を車裂きにする役目が申し渡された。車裂きとは、罪人の両手両足と首に縄をかけて五頭の馬に引かせ、五体を引きちぎる極刑であった。

これほど派手な殺し方はない。

信長の残酷趣味は頂点にまで達していた。当日は物見高い都人らが六条河原の刑場へ群がるだろう。

宗仁が受け持つのは処刑後の罪人たちの始末である。

（あまりにも死体が多すぎる！）

それが偽らざる実感だった。

近場の清水谷の霊場へ運ぶにしても、死体の数だけの棺桶と数十台の荷車を用意しなければならない。

顔の広い宗仁は、同業者の仏具商や葬祭業者らに声をかけ、なんとか葬送の員数を確保した。

処刑前夜、店の裏戸を叩く者がいた。

路地奥からの抜け道を知っているのは、日ごろから懇意にしている茶人仲間たちだけである。

寝つかれず、帳場で明日の段取りを書きとめていた宗仁は小筆を置き、廊下づたいに裏口へとむかった。

宗仁は戸外へ声をかけた。

「どなたはんですか」

「……右近です。高山右近」

「お待ちやす。いま開けますよって」

裏戸のつっかえ棒を外すと、背の高い青年武将が身をかがめて入ってきた。少し見ぬ間にすっかりやせ衰えていた。

「申し訳ない、こんな夜分に」

「かめしまへん。わたくしも右近さまに確かめたいことがありましたし。店の者たちには聞かせられない話やから、奥部屋で語らいましょう」

「灯りさえあれば、それでけっこう」

奥の六畳間に二人で入り、宗仁はあらためて一礼した。

「右近さま、ご無事でなによりです。辛苦を乗りこえられ、こうして再会できたことを心から嬉しく思います。妹御やご嫡男が救出されたことも幸いです」

「いや、拙者は死ぬべきでした。そのほうがずっと楽だった。キリシタンの戒律で自殺もできず、こうして生き恥をさらしております」

「宣教師たちは、右近さまを賞賛されています。あなたが織田家へ帰参しなければ、人質に取られていたかれらは全員殺されていたのですから」

「そのかわり、友軍だった荒木一党をこの手で殺しました」

「織田の武将として、上様の下知に従っただけですよ」

「主命を守り、七松砦にて顔見知りのお女中たちや幼子までも射殺いたしました。彼女らの泣き叫ぶ声が耳から離れず、こうして夜更けに親しい茶友のもとへ足を向けたしだいにて」

感受性のつよい青年武将は心痛をだれかに訴え、少しでも気持ちの負担を薄めようとしているらしい。

「よくわかります。わたくしも明日の公開処刑に思いをめぐらせ、今夜はとても眠れそうもありません」

「息ができないほど苦しいのです。神は、いや救世主は本当にいるのかどうかさえ見定めることができなくなってきました。この先、どう生きていけばよいものか……」

「多くの部下たちを見捨てた荒木村重どのは、尼ヶ崎城にこもってしぶとく生きのびています。そして卑怯者のそしりを甘んじてうけながらも、毛利領へ脱出する機会を窺《うかが》っておられる」

「たとえ生きのびたとしても、その後は人としての立脚点を失ってしまう」

「いや、世俗を離れた茶人としてなら身は守れます。師の千宗易さまもそのようにおっしゃっておられるとか」

宗仁が強い口調で言うと、落ちこんでいた右近が愁眉をひらいた。

「そうか、生き地獄の中にとどまることはない。この世のしがらみを捨て、彼方へと逃げればいいのか」

「村重どのと同じく士分を捨てるとでも」

「いいえ、わが故国を捨てます」

二十七歳のキリシタン大名がきっぱりと言った。

たしかに東方のせまい島国を去れば、しがらみにとらわれる必要はない。信心深い青年は戦乱の絶えない吾国を離れ、大海原の果てにあるキリシタンの王国に渡ろうと決心したらしい。

若い右近の考え方は、年配の宗仁や村重たちとは物さしがちがった。彼の視線は波濤の向こうを遠望していた。

（亡命者として船出すれば……）

執念深い信長の魔手から逃れることは可能だった。

爽快な未来図を探し当てた右近は、気持ちが楽になったらしい。奥部屋で一刻ほど懇談したあと、そそくさと席を立って裏木戸から帰っていった。

けれども、残された宗仁は気鬱だった。

そして眠れぬままに公開処刑の朝を迎えた。番頭の辰次が寝所の襖をそっと開けて声をかけてきた。

「旦さん。お加減はどうですか」

「……最悪や」

「もし床から起き上がることができないようやったら、葬祭業者の仲間たちと組んで何とか始末はつけますよって」

「それはでけへん。責任者のわたしが病欠したら、上様のご機嫌を損ねてしまう。荒木一党の罪人たちと一緒に首をはねられる」

それが冗談でないことは、辰次もよく知っていた。

「笑い事やなく、ほんまにあり得ますね。旦さん、わかってるのならとにかく気張って起きておくれやす」

「そうするしかないな」

宗仁はぐずぐずと布団から身を起こした。

気働きのできる辰次が、背後から葬祭用の羽織を着せてくれた。

「今日は長い一日になりますな。お触れ書きで公開処刑を知った都人たちは、早朝から六条河原に集まってますし」

「嫌な気分や」

「はい、無性に腹が立ちます。人様が首を斬られるのを観て、いったい何が楽しいのやら」

「恐いもの見たさやな。一条戻橋の刑場は小規模やけど、こんなに大がかりな処刑を扱うのは初めてや。失敗はでけへん。辰次、あんじょう頼むで」

「任せといておくれやす。刑場の仕切りや獄門は、あての天職ですよって」

大柄な番頭が、笑みを浮かべてぶ厚い胸をぽんと叩いてみせた。

宗仁は身支度を整え、数十名の葬祭業者らを引き連れて六条河原へとむかった。比叡颪《おろし》の烈風が吹き巻き、師走の京都は腹の底まで冷たかった。鴨川の両岸には、背中を丸めた町衆たちがずらりと立ちならんでいる。趣向をこらした惨殺劇を、真冬の寒さをこらえてまで眺めようとしていた。

他人の不幸は蜜の味だが、あまりにも無神経すぎる。

堤の上で、従者の辰次がぽつりとつぶやいた。

「かないまへんな。人はどこまでむごくなれるのか……」

宗仁も小声で言った。

「……どこまでも」

それが獄門に手を貸す者としての実感だった。

四十数名の処刑は着々と進行し、罪人らが斬首されるたびに都人の悲鳴と歓声が両岸からわきおこった。一方、死にゆく罪人たちは諦観の面持ちで一言も発しなかった。

次々と血しぶきが上がり、澄んだ鴨川の流れが赤黒く濁っていく。

観衆が斬首に飽きたころ、最大の見せ場である車裂きの刑が執行された。しかし、予想以上に人の身体は頑丈にできている。足軽たちが五頭の馬を鞭で叩いたが、五体を一瞬で断裂させることはできなかった。首にからめた縄が締まって窒息死しただけだった。そのため、首斬り役人が死体を五つに斬りさばいた。

それもまた地獄絵図にちがいなかった。

早朝から行われた死刑執行は昼過ぎに終わった。観衆が立ち去ったあと、宗仁たちの出番がまわってきた。

汚れ仕事をきっちりこなすことが葬祭業者の矜持であり、無念の思いで死んでいった者たちへの鎮魂となる。宗仁も先頭に立ち、全員で血まみれの死体を川辺で丹念に洗い清めた。

四十数体を棺桶に入れ、荷車を引いて清水谷へとむかった。

東山の南麓は、昔から無縁となった死者たちの霊場だった。

葬送の一行が五条坂の登り口まで来たとき、宗仁は四つ辻で思いがけぬ人物を見かけた。六条河原の刑場へは出向かず、霊場近くでずっと待っていたらしい。

数珠を手に死者を弔う姿はひたすら高潔だった。

「宗易さま、千宗易さまではありませんか」

隊列を離れて駆け寄ると、きびしいまなざしで見据えられた。

「源三郎どの、仕事に戻りなさい」

「ですが……」

「世も末ですね、死刑執行を見世物にするとは。人倫を踏み外し、善美を汚す鬼畜は生かしておいてはなりません」

宗仁はその場に立ちつくした。

あまりにも過激すぎる発言だった。

名前こそ口に出さなかったが、千宗易門下が手を組んで殺すべき鬼畜とは、惨殺をくりかえす織田信長にちがいなかった。

宗仁は、目の前に見える霊場への登り坂が果てしなく遠く感じられた。

第六章　勝頼滅亡

一

天正十年二月十四日、安土城の天主閣が真っ赤に染まった。

南西の夜空をこがす不吉な炎は、まるで落城寸前の光景のごとくだった。折悪しく宿坊の裏庭にいた宗仁は、はっきりと天変地異を観望した。

壮大で身がすくむほど立体感が強く、赤黒い天空から目をそらすこともできなかった。

（……何か凶事の起こる前兆だろうか）

宗仁はそんな思いにとらわれた。

夜空を切り裂くように青白い彗星が落下してきた。安土城背後の湖面に巨大な水柱が立ちのぼり、少し遅れて凄まじい炸裂音が響きわたった。

激しい動悸がおさまらない。

地上をすっぽりと覆う天体の壮大な動きからみれば、我欲に溺れて地上でうごめく人間など虫けら同然の存在だろう。

（六天魔王と自負する上様も……）

けっしてその例外ではない。

人の寿命はわずか五十年といわれている。

多くの者たちは幼児期に病死し、たとえ成人したとしても戦乱に巻きこまれて横死してしまう。五十の坂を無事に乗りこえられる者は稀であった。

生気あふれる信長も、今年で四十九歳となった。

すでに寿命は尽きかけている。

今夜の彗星落下が凶変の前触れなら、六天魔王信長は地獄の炎に焼かれて生涯を閉じることになる。

師の千宗易がもらしたように、人の生死を軽々しくあつかう残虐な暴君は、いずれ暗い墓穴に転げ落ちるのだ。

「いや、そんなことは起こるまい」

ひそかに主君の死を望んでいる自分に気づき、宗仁は口に出しておのれをいましめた。

現に信長の戦略は次々と図に当たり、年明けから快進撃を続けていた。正月参賀には前年度を超す町民が城下に集まり、織田軍団の華麗な馬揃えはイエズス会の宣教師たちを驚嘆させた。

そして二月初日には吉報が届いた。信濃の城将木曾義昌《きそよしまさ》が織田家への臣従を申し出たのである。義昌は武田信玄の娘婿で、長らく武田一門を支えてきた。

しかし長篠の合戦で惨敗後、武田勢は急速に力を失った。跡取りの武田勝頼も脆弱だった。一方、織田の勢力圏は信濃の山中にまでのびている。

武田の敗亡は目に見えていた。明敏な義昌は主君を見限り、信長の甲州征伐の先兵になる密約を取り交わしたという。

裏切り者は地上にあふれている。

重臣の謀叛を知った武田勝頼は動揺を隠せなかった。何かにせかされるように甲府の居城を引き払い、木曾義昌を討つため信濃方面へ軍馬を進めた。

勝負勘のするどい信長は、これを武田殲滅の好機とみた。

ただちに駿河にいる徳川家康と連動し、投網《とあみ》を放つように標的の勝頼を包みこんだ。関東からは友軍の北条氏政が迫り、飛騨路からは戦上手の金森長近が急追した。

宗仁も否応なく戦場へかりだされた。

武器を持たない葬祭業者が召集される時は勝ち戦と決まっている。すでに敵将たちは逃げ場がなく、討ち取られる運命にあった。

安土城下の宿場通りで、番頭の辰次が葬祭用具を点検しながら言った。

「また戦ですかいな。愚痴を言うてもしょうがないけど、きっと死人の山が築かれることでっしゃろ」

「いつもすまんな、辰次。汚れ仕事ばかりさせて」

「さすがに、もう飽きました」

「おまえの気持ちはようわかる。六条河原の公開処刑で精も根も尽き果てた感じやな。きれいな鴨川の流れが血の色に染まってしもて」

荷駄隊のそばで宗仁は大きく吐息した。

あれ以来、都での評判はすっかり地に落ちてしまった。

京の茶人として押し通してきたが、いまは『獄門宗仁』と陰口を叩かれ、死体の始末屋としてあつかわれている。

どう弁明しても、口うるさい都人から見れば非道な暴君の手先にすぎないのだろう。

荷造りを終えた辰次の表情にも疲労の色がにじんでいた。

「旦さん、この仕事は終わりがありまへんな」

「まるで賽の河原や」

「一つ積んでは親のためか」

「人はかならずいっぺんは死ぬよって」

「先日の巨大な流星はそのきざしですか。どんなに強い英雄豪傑も、不運が三つ重なれば一瞬で死んでまう」

「かもしれんな」

宗仁は、あえて否定しなかった。

巨星もいつかは落下して粉ごなとなる。不老不死は見果てぬ夢である。命あるものは、かならず滅びるのだ。

「やっぱり宿命からは逃れられへんもんですな」

「そう、思いもよらん時に冥土からお迎えがくる」

「ほんなら、葬祭業のあてらは死神や」

辰次が自嘲ぎみに言った。

宗仁も笑ってうなずき、朝焼けに染まる琵琶湖をぼんやりと眺めやった。

同年三月五日。必勝の布石をおえた信長は、三万の大軍をひきいて出陣した。

余裕たっぷりの行軍だった。武田征伐の総仕上げというより、甲州の戦跡めぐりの色合いが強かった。

例によって、非戦闘員の宗仁たちは荷馬を引いて織田兵の後方についていった。信長の本隊は伊奈の山路から侵攻し、武田軍の脇腹を突く作戦だった。

甲府の居城からさまよい出た勝頼は、行き場を失っていた。駿河口、関東口、飛騨口、伊奈口の四方面から包囲された武田勢はじわじわと死地に追いつめられた。

十四日、本隊三万が信濃の岩村宿に着陣した。

すると、その日のうちに武田の支城を守る小笠原信嶺《おがさわらのぶみね》が降って松尾城を明け渡した。

信長は信嶺をゆるし、めずらしく城兵らを殺さなかった。また駿河口においても、名高い武田の豪将穴山梅雪《あなやまばいせつ》が投降して家康の庇護下に入った。梅雪は主君武田勝頼の妹をめとっており、従兄弟でもあった。

戦況を耳にするたび、宗仁は持病の胃痛がひどくなった。

（史上最強と謳われ、団結力を誇った武田軍団は……）

謀叛人の群れと化したのだ。

最後まで信長に抗戦し、武田家に殉じたのは勝頼の実弟仁科盛信《にしなもりのぶ》だけだった。その他の武将たちは戦場を集団離脱し、そのまま駿河口へ流れこんで家康の恩情にすがった。

長らく武田軍と戦いつづけてきた家康は、武田騎馬隊の勇猛さをだれよりも知っていた。降将たちを薄禄で受け入れ、徳川家の臣下に加えた。

これにより徳川軍の機動力は一足飛びに増大し、騎馬戦においては織田軍団よりも上位に立った。

武田勝頼は逃げまどった。

家老の小山田信茂を頼り、その助言に従って妻子や縁者らを連れて山深い大月の支城をめざした。しかし、その情報はすぐに信長のもとへ届けられた。

信長はただちに兵を大月へとむかわせた。

脱出の中途で忠臣信茂の裏切りを知った勝頼は絶望し、天目山の南麓で妻子らと共に自刃した。夫に殉じた正室は、関東口から攻め寄せる北条氏政の妹だった。

裏切りは果てしなく連鎖し、忠臣だけでなく血縁者同士も平然と相手を見殺しにする。

伝令たちによって本営へまいこむ新情報は、名門武田氏の崩壊を告げるものばかりであった。

戦国非情。

宗仁は、ほかに思いつく言葉がなかった。

男たちの身勝手な争いに巻きこまれ、いつも犠牲になるのは女子供だった。武門の家に生まれた姫たちは閨閥を固めるくさびとして使い捨てにされ、実子でさえも人質として他家へさしだされる。

武田は完全に滅び去った。

それを実証するため、次々と首実検が行われた。信長はそうした儀式が何よりも好きだった。戦勝地を巡って敗将の首級を面罵し、足蹴にすることさえあった。

遺体を菩提寺に葬ることさえ許さなかった。

いつものように宗仁を呼び寄せ、かん高い声で命じた。

「勝頼らの首を都へ運び、一条戻橋にさらせ」

「承知」

例によって、宗仁も短くこたえて平伏した。

あとの手配は番頭の辰次がやってくれた。武田勝頼や仁科盛信のほか、武田一門につらなる信勝と信豊の首を塩漬けにして木樽に詰めこんだ。

春先なので生ものは腐敗が早い。とくに刃でさばかれた首級は傷口から腐っていき、始末が悪かった。

宗仁たち一行は帰路を急いだ。もはや情感に浸されることはなく、実務をこなすことに懸命だった。

三月二十二日にはすべての段取りを終え、信長の下命どおり一条戻橋の霊場で敗将武田勝頼たちをさらし首にした。

獄門のあとは、いつも胃痛に悩まされる。

宗仁は腹を押さえながら、堀川に架かる戻橋を渡った。ふと霊気を感じてふり向くと、しだれ柳の樹下に数珠を握った茶匠が立っていた。

少し見ぬ間に、千宗易はすっかり痩せて老いさらばえていた。

だが、逆にいたわりの言葉をかけられた。

「源三郎どの、大丈夫ですか。顔が土気色ですよ」

「なぜ、ここに……」

「あなたと会うには刑場か霊場しかありませんし」

「恐れ入ります」

宗仁は力なく苦笑した。

師のやさしげな語り口にはかならず裏がある。獄門をなりわいとする弟子を、それとなくたしなめている風にも聞こえた。

「最近は、あまり茶会にも顔をだしませんね。もしかすると、信長公の目を気にしておられるのですか。では、人に聞かれぬよう歩きながら話しましょう」

そう言って、京域の北辺を限る一条大路へと歩をむけた。

一緒に歩きながら、宗仁は正直にこたえた。

「親しくしていた茶友の武将たちが次々と謀叛し、そろって上様に刃を向けるものですから。しぜんに足が遠のいて」

「やはり、そうでしたか」

「反旗をひるがえした波多野秀治さまや別所長治さまが相次いで亡くなり、抵抗を続けていた荒木村重さまも毛利に逃亡されました。まるで何かに取り憑かれたような乱心ぶり。だれかに精神を操られているかのごとくにて」

「なるほど、面白い見立てですね。わたくしが弟子筋の三将をそそのかし、信長公の御命を狙ったとでも」

　痩身の茶匠は他人事のように淡々と語った。

　宗仁は狼狽し、あわててうち消した。

「そんなことなどありません。いや、今のお言葉は聞かなかったことにいたします」

「どうぞおかまいなく。いささか霊力もございますれば、時折おのれの行く末がうかがえることもあります」

「なにが見えていると」

「こうして一条戻橋へ足が向いたのは、武田家の滅亡をしっかりと目に焼きつけたいからではないのです」

「では、何故……」

「逝きて帰れぬ戻橋」

「して、その謎解きは」

「いずれわたくしも暴君に獄門にかけられ、この刑場であなたの手によって首をさらされることでしょう。その折は絵師の腕をふるって死に化粧をしてくだされ」

　千宗易は笑みをたやさずに言った。

　ズンッと胃に激痛が走り、宗仁はその場にしゃがみこんだ。

（……そんなことが本当に起こるのだろうか）

衝撃を受けた宗仁は、すぐには立ち上がれなかった。

御託宣めいた師の言葉は、それから九年後に現実のものとなる。けれども千宗易を獄門にかけたのは魔王信長ではなく、思いもかけない人物であった。

二

武田勝頼が天目山で自刃した三月半ば、秀吉は毛利征伐の連合部隊をひきいて備中へと攻め入っていた。

すでに平定した播磨《はりま》に但馬《たじま》、それに因幡《いなば》の投降者らを寄せ集め、その兵数は信長の本隊を凌駕するほどに膨れあがっていた。たとえ雑兵であったとしても、四万五千余の連合軍は天下を転覆させるほどの大勢力だった。

羽柴秀吉の昇運は神がかりとも思える。

三木城にこもっていた別所長治を仕留め、なんと播磨五十万石の大封を得ていた。近江長浜二十万石を合わせれば、七十万石の大大名にまで上りつめた。路傍の乞食上がりとも噂される猿顔の小男は、僚友の明智光秀をあっさりと追い抜き、織田家随一の大身となったのだ。

これといって大功のない明智光秀は伸び悩んでいた。

信長からあたえられた役目は、安土へ御礼言上にやってくる徳川家康の饗応係であった。どれほど接待役をうまくこなしても、一坪の領地も増えはしない。

しかし、失策を犯せば癇性な信長に叱責をうける。

どちらに転んでも、まったくうまみのない役どころである。光秀は側近の斎藤利三《さいとうとしみつ》を使い、宗仁に助力を求めてきた。下京の商家に早馬で到着した利三は、奥座敷で深ぶかと頭を下げた。

「宗仁さま、どうぞお力をお貸しくだされ」

「利三どの、お武家が商人ふぜいに低頭されてはなりません。あなたさまは美濃の土岐氏出身で、しかも親しい茶の湯仲間」

「いや、饗応係を申しつけられた今は、信長公のお側近くで務められてきた長谷川宗仁さまだけが頼りです」

「もしかしたら、今回の訪問は茶頭の……」

「お察しのとおり、千宗易さまのご指導です。気むずかしい主君に茶を出し、これまで一度も失態を見せなかったのは細心の気配り。その極意を習ってこいと」

「いや、わたくしは平常心を保つように心がけただけです」

「その平常心とやらをご伝授くだされ」

生真面目な利三が、ぐっと膝をのりだしてきた。

宗仁は真新しい台帳をとりだして小筆を握った。

「では、これに心得を箇条書きに記しておきましょう」

「ありがたい。そうしてくだされば助かります」

「されど上様の饗応をうける家康さまは一筋縄でいかぬお方。また武田の降将穴山梅雪どのまで同席されるとか。飲食の好みも人それぞれ。段取りは相当に難しいことに」

「すべて覚悟しております」

「いちばん厄介なのは、やはり上様です。猫舌ですので飲み物はぬるめでなければなりません。熱しすぎた茶を差し出したお女中が、その場で成敗された例もございますれば」

「主君光秀さまを守るため命がけで務めまする」

明智軍参謀の聡明なまなざしに士魂が宿った。

斎藤利三の歴程は信長と大きくからんでいる。明智光秀や古田織部と同郷の美濃衆で、最初は斎藤龍興《さいとうたつおき》の下で仕えていた。しかし隣国の信長から執拗な攻撃をうけた龍興は、美濃稲葉城を捨てて越前へと逃げのびた。そこにも信長の魔手がのび、朝倉氏滅亡の際に闘死した。

らしい。

奉行となった旧友の明智光秀と再会し、三顧の礼をうけて軍師格の筆頭家老となった

からくも生きのびた利三は、都に出て気鋭の軍学者として名を馳せた。そこで京都

宗仁は、二人の関係をそう認識している。

侵略者の織田信長は仇敵であろう。

（美濃衆の斎藤利三にとって……）

茶の湯を通じ、主君光秀を千宗易と結びつけたのも斎藤利三である。人付き合いが

よく、腰の低い利三はだれからも好かれていた。

外交から立案までこなす彼こそ光秀の知恵袋であり、本物の教養人だった。娘の福

も稲葉正成のもとに嫁ぎ、才気煥発な賢妻として夫を支えていることは事情通の宗仁

も聞いている。

だが、その賢夫人が時代を経て、徳川家三代将軍家光の乳母となり、春日局《かすがのつぼね》として

大奥を仕切る実力者にのし上がるとは知る由《よし》もなかった。

四月に入り、備中での戦果が都にも伝わってきた。

岡山城にまで兵を進めた秀吉は、備中高松城主の清水宗治《しみずむねはる》に書状を送って誘降工作

を行った。織田へ寝返れば備中全土を与えるという破格の好条件だった。

古武士の風格を持つ敵将は、これを即座にはねつけたという。

（……この世にも、まだ凛然たる人物はいたのだ）

伝聞を耳にした宗仁は、久しぶりに爽快感を味わった。

しかし、名を惜しむ者は死期を早める。

それが戦国の鉄則である。

調略に失敗した秀吉は、すぐさま攻撃態勢をとった。まず宇喜多直家軍一万を先鋒として支城の冠山城へ向けた。五百余の少人数で守る城兵は果敢に迎え撃ったが、二十倍を超す織田勢に踏み潰されて陥落した。

戦の必勝法は一つしかない。

多勢でもって無勢の相手を壊滅させる。

その一手である。戦慣れした秀吉は、備中の周辺に散らばる毛利がたの支城を大軍で包囲し、強引にひねり潰していった。

だが、河川が入り組む地形の高松城は天然の要塞だった。山間の盆地に建つ名城で、周辺を取り囲む水田や溜め池が攻め手の足を封じていた。軍馬も大筒も泥地に埋まって前へ進めず、敵の居城を完全に包囲することさえできなかった。

秀吉は攻城戦を切りかえた。

地形的な観点から、力攻めを中止して水攻めで高松城を水中に沈めようと考えたらしい。日銭をばらまいて近在の村民たちをかり集め、兵士らも総がかりで築堤工事を始めた。いったん河川の流れを塞き止め、梅雨の増水時に堤を打ち壊して城を水びたしにする奇策であった。

五月初旬から昼夜兼行で土木作業を続け、折良く集中豪雨が備中へと到来した。長さ二十六町を超す堤防はしぜんに崩れ、高松城に濁流が押し寄せた。

名城は一夜にして湖上の浮き島と化した。

一徹者の清水宗治はそれでも屈せず、毛利の援軍が来る日を信じてしぶとく籠城を続けているという。

それら一連の逸話は、秀吉の参謀として復帰した黒田官兵衛との書状のやりとりで判ったことだ。そのかわり宗仁も、都の政情を事細かく記し、備中に在陣する官兵衛のもとへ月ごとに手紙を送りつづけた。

軍師官兵衛は畿内の情報を欲していた。信長の身近にいる茶坊主の地獄耳は、何よりも新しくて真実味がある。

宗仁と官兵衛は、同じ千宗易門下なので気心が知れていた。二人に目をかけ、親交を深めるようにと文通を勧めたのも師の千宗易であった。

毛利侵攻の道筋として山陽道は整備されている。宿場ごとに伝令場所が設けられ、飛脚たちが駐在していた。早馬で乗り継げば、京から備中まで二日あれば書類は届けられる。

茶友の斎藤利三も、官兵衛に負けないほど筆まめだった。季節ごとに隣国の丹波から地産の松茸や黒豆などが、書状付きで下京の商家まで届けられた。気配りのできる者でなければ有力大名の補佐役はつとまらないらしい。

明智光秀の側には切れ者の斎藤利三がおり、羽柴秀吉には俊才黒田官兵衛が付いている。

（出世争いをくりひろげる両雄は……）

それぞれ参謀格の腹心を重宝していた。

しかし、美濃衆の利三は最近はあせりの色が濃かった。

四国の長宗我部元親《ちょうそかべもとちか》のもとへ自分の妹を嫁がせ、縁戚関係を結んでいたことが裏目にでたのだ。姪も元親の嫡子の正室におさまっているので、なおさら利三は懊悩していた。

荒武者の元親が謀叛の気配を示し、怒った信長は四国征伐の軍兵一万五千を大坂に集結させた。近臣の丹羽長秀《にわながひで》を指揮官に据え、六月初旬には渡海することになっている。お飾りの総大将には、織田信長の一子信孝が奉じられた。

本格的に長宗我部攻めが始まれば、斎藤利三だけでなく主君の明智光秀も危うい立場となる。そうした苦悩について、茶友の利三は手紙の中で宗仁にうち明けていた。

明智一党は、全力をあげて安土における徳川家康の接待をこなした。だが主君光秀について、あらぬ噂が広まっていた。

『饗応役の光秀が、戦勝祝いの膳に腐った魚をだしてしまい、怒った信長公に鉄扇でキンカン頭を打ちすえられた』と。

根も葉もない話だった。

近畿管領として織田の属将らを束ねる明智光秀を、陰で妬む者たちが流した悪辣な飛語であった。

『罰として光秀は丹波一国を召し上げられ、旧毛利領の山陰地方へ移封される』とまで言われだした。

もちろん謀略的な喧伝だが、信長ならやりかねない処置である。

かつて信長の家督相続の際、最も尽力した忠臣佐久間信盛も、たった一度の失策で織田家から放逐されている。本願寺包囲作戦の主将に任命された信盛は、結束する門徒たちを攻めあぐね、むざむざ数年の時をやり過ごした。

無能な者は叩き出す。

それが信長の流儀だった。

家禄を没収された佐久間信盛は、信長の目を逃れて高野山の奥地をさまよった。

剃髪して名も変えた。最後には乞食同然の身の上となり、熊野の山地で衰弱死したという。

明智一党も同様の悲劇に見舞われないかと、参謀の斎藤利三は心痛しているようだった。

宗仁も悪い予感がしてならなかった。

（それにくらべ、先読みのできる秀吉どのは……）

この時期になって主君信長の来援を求めている。

もちろん兵や弾薬は不足していない。備中高松城の陥落が間近に迫り、最後の詰めの一手を信長へ譲ろうとしているのであろう。

信長は大いに喜び、戦支度にとりかかった。近畿管領の明智光秀に援軍の指揮を任せ、その組下に細川忠興と筒井順慶、そして高山右近や中川清秀などを配置した。

来援の総指揮官が光秀であるという一事だけ見ても、饗応役失敗や国替えはまったくのでたらめだったことがわかる。

信長は、能吏の光秀を信頼しきっていた。どちらかというと、むやみに知恵の回る秀吉の方を警戒していた。

それは毛利攻めを命じられた諸将も同じである。「たとえ大国毛利を倒しても、手柄は秀吉一人に持って行かれる」と不満をつのらせていた。

その上、冷徹な光秀の下で働かされることにも嫌気がさしているようだった。

出世を競っているのは秀吉と光秀の両人だけではない。

武将ならば、だれしもが領地拡大を望んでいる。

大封を得た両雄をこころよく思わず、根拠のない風説を流す者たちが多かった。光秀の饗応役失格の捏造話もその一つであった。

醜聞はそれだけではなかった。

致命的ともいえる裏話が、まことしやかに流出していた。

それは『愛宕百韻《あたごひゃくいん》』と呼ばれる密室の謀叛劇である。宗仁が耳にした筋立ては、さまざまな寓意に満ちていて妙に真実味があった。

いわゆる良く出来た話なのだ。

五月十七日、主君信長の下命を拝した光秀はすぐさま自領の近江坂本へ帰って五千の兵を集めた。

その後、将兵らを連れて本拠地の丹波亀山へと戻って本隊と合流し、自軍の兵数は一万三千にまで達した。合戦支度が整った二十八日、光秀は単身で近くの愛宕山に詣でた。

愛宕山に祀られた勝軍地蔵は、ひたすら勝利を望む戦国武将たちに信仰されていた。『伊勢へ七たび　熊野へ三度、愛宕さまには月参り』と謳われるほど参詣客は多かった。明日の命も知れない身なので、神仏に頼る者は増えるばかりだった。

光秀も何事かを念じて籤《くじ》を二度引いたが思うようにはいかず、二枚の凶札をその場で破り捨てた。

三度目にやっと小吉の籤を引き当て、懐に仕舞いこんだ。

当地で一泊し、翌朝に里村紹巴《さとむらじょうは》らと連歌会《れんがえ》をひらいた。主催した亭主は行祐法印で、主客は光秀であった。総勢九人の参加者があり、連歌師として名高い紹巴が座を主導して百韻を交わし、それを清書して神前におさめた。

その連歌会の内容が、だれかの手によって広められた。

光秀の発句に問題があった。

ときはいま　天が下しる　五月かな

一読すれば、何の変哲もない五月雨の情景である。連歌では五七五の発句をうけて七七の脇句を付け、その次に第三句を詠むという流れになっている。そして三句めは、発句を離れた情感を喚起させるのが作法だった。

悪意ある風評は、翌日には都へと届いていた。

愛宕百韻の冒頭における詠み出しの『とき』とは、土岐《とき》氏の流れをくむ光秀の出自をあらわし、中七の『天《あま》が下しる』は文字どおり天下を獲る決意を示しているという。

古典に通じた者が深読みすれば、そう見えてしまう。

宗仁は胸騒ぎをおぼえた。

（万が一、この流言飛語を上様が鵜呑みにすれば……）

ただちに光秀は謀叛人として処刑されるだろう。

多くの茶友たちが信長の暴政に耐えきれず、反旗をひるがえして惨死した。千宗易門下筆頭の明智光秀までが落命しては、師の身辺にも危険が迫る。

だがそれは好意的な見方であり、もしかすると『光秀謀叛』の噂の源は千宗易本人だとも考えられる。

老練な師は、挙兵の決意が定まらぬ筆頭弟子をあえて窮地に追いこみ、決起させようしているのかもしれなかった。

愛宕百韻に参会した連歌師里村紹巴は、茶人宗易とほぼ同年齢で略歴も似通っている。近衛前久卿の後援を受け、そろって名を高めた点も同じである。

六条河原での大量処刑のあと、師の千宗易は「善美を汚す鬼畜は生かしてはおけぬ」と断言した。そして、それが実行できるのは同門の茶人だけだと暗示した。

一刻の猶予もならなかった。

五月二十九日現在、安土を発った信長は近臣らを引き連れて上洛し、本能寺に入って茶会の準備を始めている。多くの客人らが集まれば、愛宕百韻の噂話は信長の耳にも入るはずだ。

宗仁はどうしても確かめておきたいことがあった。それができる相手は、明智光秀と同郷の美濃衆しかいない。

手早く身支度を整え、堀川三条南に居をかまえる古田織部のもとを訪ねた。

客間に通され、二人きりで懇談した。

宗仁は前置きぬきで、話の核心部分にふれた。

「左介どの。こんな早朝、失礼を承知でまかりこしました。愛宕山で開催された連歌会についてお尋ねいたしたい」

「その一件なら、拙者も頭を悩ませておりました」

「良からぬ噂が上様の耳に届く前に、連歌にも通じたる織部どのに見解をうけたまわりたく存じます。これをご覧あれ」

帳面に書き写した光秀の発句を手渡すと、織部の顔色がにわかに曇った。

「……『ときは今』、ですか」

「さよう。これは何を意味しているとお感じですか」

「なるほど。拙宅に来訪のわけは、ここにあるのですね。『とき』とは土岐《とき》氏。『天が下しる』は天下獲りの野望。土岐氏の流れをくむ明智どのが、その意志を連歌にこめたと」

「ええ、都ではもっぱらの評判です。そしてあなたの出自は光秀さまと同じ土岐一門。

最初に仕えていた主君も、美濃の守護たる土岐氏でしたね」

「さよう。われらの系譜は清和源氏の流れをくむ美濃の土岐氏。わずらわしいので、めったに口には出しませんが」

「明智軍の参謀として迎えられた斎藤利三どのも、やはり美濃衆の一人ですね」

土岐氏の血脈について問うと、織部が表情をひきしめた。それから慎重に言葉をえらびながら語りだした。

「なれば、隠し立てなく申し上げる。ご存じのごとく、戦国の世は生きるか死ぬかです。恥ずかしながら祖先を敬うことさえ忘れ果て、土岐家の菩提寺に詣でたことさえありませぬ。おのれの家柄や血統が何の役にも立たないことは、戦いに敗れて惨死した無数の武将たちを見ても明らか。とうの昔に滅び去った土岐一門に何の思い入れもござらぬ。それは明智光秀さまも同じこと。次々と仕える主君を変え、今日に至っております。むぞうさに愛宕百韻を奉納したことから察しても、謀叛心などみじんもないのでは」

「待たれよ、左介どの」

相手の長話を片手で制し、宗仁は持論を展開した。

「わたくしが危惧しているのは、明智さまほどの教養人が出陣連歌にいかにもまぎらわしい発句を立てたことです。土岐氏の始祖といわれる源頼政《みなもとのよりまさ》が打倒平家の兵を挙げたのち、宇治川の合戦に敗れて自刃する。その頼政の命日こそ五月二十六日。『五月かな』という詠嘆には、まさに土岐氏の祖を悼《いた》む気持ちがこめられているのではありませんか」

「平家物語の一節ですね。打倒平家に命をかけた土岐氏の祖先にならって、光秀どのが連歌の席で信長公を討つ決心を披瀝したとでも。それはあまりにも浅慮すぎる」

古田織部の反論は的を射ていた。

連歌会は多人数で開催される。その中の一人でも発句の暗喩に気づけば、心に秘めた打倒信長の謀略は無に帰してしまう。思慮深い光秀が、そんな危険な橋を渡るはずがないと美濃衆の織部は言っているのだ。

だが、愛宕百韻に残された行祐法印の七七の脇句は、鬱屈した光秀の心情をちゃんと読み取っていた。

宗仁は、それを静かに吟じた。

「水上《みなかみ》まさる　庭の松山」

「なんと……」

対座していた織部が息をのんだ。

降りつづく雨によって増水した宇治川の情景は、平家物語の中に記された『五月雨のころ、水まさって候』を踏まえて表現されたものにちがいなかった。

しかも当代随一の連歌の宗匠である紹巴までが、興にかられて恐ろしい第三句を付けていた。

声を低めて宗仁は詠み上げた。

「花落つる、流れの末を　せきとめて」

「一瞬のうちに平家物語から源氏物語に転じるとは、まことにあざやかなお手並み。どなたの句ですか」

「前将軍の足利義昭公に恩義をうけたる里村紹巴どの」

「まことに危ない綱渡り」

「連歌も命がけです」

「むやみに教養をひけらかせば、後でたたられる」

「でも、言わずにはおれない」

「それが人という厄介な生きもの」

古田織部のひたいには汗が滲んでいた。たがいに説明せずとも、第三句の意味するところは読みとれた。

落ちる花は信長を指すだけでなく、源氏物語の「花散里《はなちるさと》の巻」に記された悲恋をも浮かび上がらせているのだ。

連歌師の技倆は恐いほどきわだっていた。

帝に寵愛されている女官と密通した光源氏は、右大臣に叱責されて命まで狙われる。そして思い悩んだ末に須磨の僻地へ去ることを決意する。最後に一目だけでも逢いたいと、光源氏は彼女のもとを訪ねる。その季節が、愛宕百韻が詠まれたのと同じ五月雨のころなのだ。

それだけではない。

光源氏の没落を早めた敵役の右大臣は、どう見ても居丈高な信長を暗喩していた。現に信長が朝廷から授かっている官位は右大臣であった。

（連歌の技におぼれた紹巴どのは危険水域を越え……）

好機が至れば、挙兵して暴君を討てと激励したのではないだろうか。

あながちまちがった推論ではない。紹巴が放った言霊にいざなわれ、光秀は二巡目にしたためた句で堂々と決意表明をしていた。

月は秋　秋はもなかの　夜半の月

これもありふれた月夜の情景描写だが、熟考すれば源氏再興に立ち上がった源《みなもとのより》頼朝《とも》が、初秋のころ敵将平《たいらのかねたか》兼隆の館を夜襲した故事にちなんだものだとも読みとれる。

油断につけこんで夜討ちをかけ、容赦なく標的を打ち倒して天下を奪い取る。

そんな勇壮な場面も目に浮かぶ。

愛宕の連歌会に集まった九人の教養人は、それぞれが故事来歴の知識を短句でやりとりし、主客の光秀へ熱い檄文を送ったのだと思われる。

似たような教唆を宗仁は師の千宗易からうけていた。

紹巴が連歌会で詠んだ練達の第三句は、東山文化を受け継ぐ千宗易の意をうけたものだとも想起できる。

そうした読み解きはすべて妄想の産物かもしれない。

しかし愛宕百韻が信長の目にふれたなら、連歌会に出席した九人はまちがいなく首をはねられるだろう。

三

古田織部邸を辞した宗仁は、せかされるように五摂家の一つである近衛前久の屋敷へと向かった。

織部もあわただしく家を出て、摂津高槻城へと馬を走らせた。そこは義兄中川清秀の居城であり、近畿管領たる明智光秀の組下として毛利討伐の準備をしているはずだった。

（もし千宗易門下の光秀さまが、茶友の中川清秀どのや高山右近どのたちと連動しているならば……）

丹波と摂津から同時に京へ攻め入って本能寺を挟撃できる。

そこに光秀の娘婿である細川忠興《ほそかわただおき》が一枚加われば、まさに鉄壁の備えとなるだろう。中国遠征の援軍として束ねられた近畿一円の武将たちは、ことごとく明智光秀の縁者であった。

織部と懇談したことで、いっそう光秀への疑念が深まった。里村紹巴の度をこしたはしゃぎぶりも見逃せない。

折しも都の上空には北山しぐれが飛来し、ぱらぱらと雨が降りだした。宗仁は濡れるがままに歩を速めた。

（連歌師の紹巴どのを後援している近衛卿なら……）

愛宕百韻の真相が判るかもしれない。

陣参公家衆と呼ばれている近衛前久は、根っからの数寄者であった。目新しい茶の湯や連歌などを習得し、また次代の英傑と目される戦国武将たちにも入れあげてきた。越後の名将上杉謙信を戦神として崇拝し、その影響で馬術を体得して遠駆けを好んだ。しかし期待を寄せた謙信は、四年前に病死していた。

上洛した信長の資質を最初に認めたのも近衛卿だった。本願寺攻めにも愛馬を馳せて参陣し、丘上で合戦模様を観望した。

だが最近は、たび重なる信長の暴挙に嫌気がさしたらしい。

太政大臣となった近衛卿は、少しは分別がつくようになったようだ。自邸で少人数の茶会をひらき、畿内の武将たちを招いて新たな政局を模索している風だった。

そして、座の中心にはいつも千宗易がいた。

光秀や臣下の斎藤利三も顔を出し、濃茶を喫したあと密談にふけっていた。宗仁も誘われたが、深入りするのを避けた。

通り雨が過ぎ、昼下がりの五条通はじっとりと暑気に包まれた。

立ちどまった宗仁は、手ぬぐいで脇汗をぬぐった。

このまま直進すれば四条の本能寺へと行き着く。洛中の寺院の多くは掘割で囲まれ、それなりの防御施設となっている。

信長は入京すると、二条の妙覚寺に泊まることが多かった。今回催す大茶会では百人ほどの来客がみこまれるので、四条西洞院にある本能寺を宿泊所としたらしい。

以前このあたりには商家が立ちならんでいた。しかし前京都奉行だった明智光秀が、住民らを千本通へ移転させて町全体を土居で囲いこんだ。東門、西門、南門の三か所を出入り口とし、木戸番を常駐させて警戒にあたった。

寺内の客殿には大広間や茶室もあり、信長専用の豪奢な殿舎が建てられた。さらに数十頭の馬が乗り入れできる厩舎と、銃器の弾薬庫まで造られた。寺というより、西洞院通の前方に見える本能寺は城郭そのものだった。

碁盤の目状の古都の通りは、まっすぐ四方に延びているので見通しがよい。だが、いったん戦になって攻めこまれると目標物はすぐに発見されてしまう。

宗仁は不吉な想念に憑き動かされた。

（中国遠征にむかう光秀さまが、亀山から軍を洛中へ発すれば……）

本能寺に居る信長は、一瞬で破砕されてしまうだろう。

寺を増改築したのは光秀自身である。攻め入る進入路も熟知しているはずだった。土居に囲まれた寺院内で、どこにも信長の逃げ場はないのだ。

しかも護衛は、安土城から引き連れてきた前髪の小姓たちだけである。京都在番の馬廻り衆三百騎は、洛中各所の宿舎に散らばっていた。

懸念が深まり、宗仁はうつろな表情で四つ辻に立ちつくした。

どんな場合でも傍観者の立場をつらぬいてきたが、愛宕百韻が醸し出す毒気にあてられ、すっかり行き暮れてしまった。

「源三郎どの、いかがされました」

背後で、澄みきった声音がした。宗仁を親しく通り名で呼ぶ者は、大先達の千宗易しかいない。

ふりむくと、やはりそこには師の温顔があった。

偶然の邂逅ではなく、運命の綾なす出逢いだと宗仁は感じた。

「このような日に、このような場所でお目にかかるとは……」

「神仏のお導きとでも言いたそうですね。それにしても顔色が悪すぎます。さ、これを口に含まれよ」

僧体の師は、頭陀袋《ずだぶくろ》から丸薬をとりだした。

すなおに受けとった宗仁は、気付け薬を口に入れて噛み砕いた。口中にサッと苦みが広がり、それが脳天にまで届いて正気を取り戻した。

薬効ではなく、師の慈愛に接したことで一気に頭痛が薄らいだようだ。

「もう大丈夫です。いつもわたくしが思い迷っているときに、宗易さまは目の前にあらわれますね」

「人の出逢いこそ、茶の湯の真髄なれば」

「はい。こうして洛中の四つ辻で顔を合わすのも、前世からの決まりごとのようにも感じられます」

「宿命からはだれも逃れられないのです。暦において五月二十九日は、大凶の『久《キュウ》病蘇未能《ビョウソスルアタハズ》』となっております」

「つまり『命も今や危うき状態なり』ですか」

「北東の鬼門から出入りするのは鬼だけとはかぎりません」

師の言葉の裏には、かならず隠喩がひそんでいる。

都に出入りする鬼とは、戦に明け暮れる武将たちにちがいなかった。宗仁は指を折りながら一人ひとり名をあげていった。

「たしかに本日は上様が上洛して本能寺へ宿し、嫡男の信忠さまや弟君の有楽さまも二条の妙覚寺へ入られました。安土城で接待を受けた徳川家康さまも京都入りし、豪商の茶屋四郎次郎どのとご一緒に堺へ遊興に向かわれ、四国征伐の総指揮官である丹羽長秀さまも、早朝に一万五千の兵をひきいて大坂へ出立されたとか」

「源三郎どの。あなたの行き先は、たぶん近衛前久さまのお屋敷。ここでわたくしと逢ったことで道順も変わる」

「運命が変転するとでも」

宗仁が小首をかしげると、師の横流れした両目がいっそう細くなり、薄茶色の瞳に霊気が宿った。

「このまま共に本能寺にまいりましょう。ほら、西洞院通の向こうに見えているではありませんか」

「わたくしめも、今夜は上様から茶の湯係として召されておりますが。宴席を準備中のお昼時にお伺いするのは……」

やはり気が進まない。謀叛の雰囲気が漂うなか、前日からどうふるまえばいいのかわからなかった。

「立ちどまってはなりませんぞ、源三郎どの。乱世は一寸先は闇。ためらわず前に進むべし。たとえ危うき状態であっても」

師の誘いを、むげに断ることはできない。

ここで背を向ければ、今後千宗易一門の茶人として生きていけない気がした。

「……ご一緒いたします」

「なれば同行二人で」

千宗易は軽くうなずき、雪駄をシャラシャラと鳴らしながら西洞院通を歩いていった。

四

四条本能寺の周辺には町屋が少なく、畑や竹藪ばかりである。

寺院を要塞化するため、町人のほとんどは千本通に移転してしまった。空き地となった場所には雑木が生い茂り、遠目から見ると森林じみた風景になっている。

わずかに南門のあたりだけが繁華だった。武家屋敷が建ちならび、京都所司代村井貞勝の屋敷も南門の近くにあった。

師と同行する宗仁の足どりは重い。

信長は本能寺で三泊する予定だと聞いている。今夜から茶坊主として殿舎で働き、信長だけでなく多くの来客をもてなさねばならないのだ。

南門の近くまで来ても商人らが行き来するだけで、警護の者たちの姿は見当たらなかった。

供連れが異様に少ないのは、昔の悪癖がぶりかえしたからであろう。これまでも信長は何度か少人数で移動し、刺客たちに襲われてきた。

そのつど奇蹟的に脱出したので、懲りた様子などなかった。

おのれの強運を信じ、不死身ぶりを他者に見せつけたいという欲望にかられているのかもしれない。

（支配者はみな……）

やることが子供じみている。

だからこそ、何の躊躇もなく敵対者たちを皆殺しにできるのだ。

その一方、まるで玩具を欲しがる幼児のように、信長は茶道具集めに熱中していた。

今回の上洛は朝廷との交渉が主目的だった。しかし、それを忘却したかのように大茶会での展示に夢中になっている。

同行の師が歩調を合わせ、思いだした風に言った。

「信長公の上洛を前にして、近衛前久卿が公家として最上位の太政大臣の座を明け渡しました」

「例の三職推任《さんしょくすいにん》ですね」

「さよう。武田氏が滅び、毛利家も恭順の姿勢を見せ始め、信長公の天下統一は確実なものになりつつあります。このままでは帝をないがしろにする恐れもあり、朝廷は懐柔策として、太政大臣、征夷大将軍、関白の三職のいずれかを授けると申しでました。よって近衛卿は職をしりぞき、太政大臣の座を空白にしたのです。その返答の期日が数日後に迫っております」

地獄耳の宗仁だが、朝廷と信長のせめぎ合いがそこまで行っているとは知らなかった。

立ちどまって師に問いかけた。

「宗易さま。もしかすると、上様はわざと朝廷からの三職推任の返事を先延ばしにしているのは」

「三職では物足りぬと思っておられるのかもしれませぬな。畏れ多くも正親町天皇を追い落とし、玉座を強奪しようと考えているのかも。それでこそ本当の天下統一」

「まさか、そこまで……」

宗仁は否定しきれなかった。

織田信長の存在はかぎりなく大きくなっていた。西洋の宣教師たちにむかって、「我こそ神なのだ」と真顔で宣言したこともある。

宣教師らは仰天し、「彼は恐ろしいほどの無神論者だ。宇宙の創造主も霊魂の不滅もまったく信じていない」と、信長の印象を母国のイエズス会へ書き送ったという。

武将の大言壮語ですまされる問題ではなかった。戦に勝ち続けるうちに精神が異様に自己肥大し、だれの手にも負えない怪物めいた様相を呈している。

千宗易が歩をとめて語り続けた。

「古来より朝廷が敬われているのは、天上を支配しているからです。人々の暮らしは、すべて季節の移り変わりの中で営まれ、田植えや稲刈りも暦を基準として成り立つ。しかし、増長した信長公は陰陽寮が毎年編纂する暦にまで異議を申し立て、近衛卿らは困惑しきっております」

「西洋では太陽暦だとか」

「ええ。現実を重んじる信長公はそこを突いたのです。極東のわが国が使う太陰暦では閏年《うるうどし》の際に、ある月を二回もくりかえさねばなりませんし」

「きっと宣教師たちから仕入れた知識でしょうね」

「ご本人が帝を凌ぐ霊力を手中にするには、暦作成の特権を剥がし取るのがいちばん手っ取り早い。怪しげな陰陽道など、もはやだれも恐れなくなる」

「長く続いた古怪な世は終わりを告げ、都の闇にひそむ魑魅魍魎《ちみもうりょう》のたぐいも消え失せてしまうことに」

「仮に信長公の直言を朝廷が受け入れて暦の作成を放棄すれば、たちまち天皇の尊厳は地に落ち、人々は新たな天上の支配者を待望することでしょう」

「……それは」

織田帝の誕生を意味している。

宗仁は、ゾッと身の毛がよだつ感じがした。

信長が心身に有する野望の規模はけたはずれだった。

(右大臣などの三職は、まったく眼中になく……)

万物を支配する天帝をめざしているらしい。非道、傲慢、残虐と、どれほどむごい言葉を連ねても本質をとらえることはできない。

魔王信長と呼ぶしかなかった。

そして有力公卿たちの狼狽ぶりをよそに、魔王信長は上機嫌で茶会の支度にいそしんでいた。

しかし今回は茶の湯に親しむ集いではなく、いわば信長が蒐集した無数の茶道具の空前絶後の大展覧会だった。開催にあたり、茶頭の千宗易や他の茶匠らも名茶碗をいくつも信長に進呈していた。

信長は官位を無視し、席順も公卿と商人を同列に扱うつもりらしい。茶会の主客は博多の貿易商島井宗室だった。

西国の毛利は降伏寸前であり、馬関海峡を渡って九州を平定したあとは朝鮮半島へ軍船を向け、さらには大陸へ侵攻して大帝国を築くと高言している。他国への侵略を潤滑に運ぶには、海外貿易で巨万の富を得た島井宗室を先導役として使う必要があった。

それには器量の大きさを示さねばならない。

わが身の安全確保は二の次だった。数千の将兵たちで本能寺の警護を固め、その中で茶会を催せば臆病者のそしりをうける。

五条から一町ほど歩き、四条本能寺の南門が間近に見えてきた。通行人がまばらになり、商家は早くも表戸を閉めかけている。

宗仁はつとめて明るい口調で言った。

「いやはや。上様が上洛されると、用心深い都の商人たちはみんなドブ亀のように首をひっこめます」

だが、師はきびしい表情をゆるめなかった。

「都だけでなく、庶民の暮らしを圧迫しては、わが国の文化がすたれるばかり。自由貿易港として栄えてきた堺も、信長公の直轄領となってからは衰亡の一途をたどっております。貿易での利益はすべて吸い上げられ、せっかく世に広まった茶の湯までも、こうしてお一人が名物茶器を独占されて」

「されど、本能寺大茶会の開催を上様に進言したのは、茶頭の千宗易さまだと聞きおよびますが」

「そう、わたくしです。もしかすると正親町天皇も名器見たさに本能寺へと来訪するやも知れず、武辺者ぞろいの警護団を大勢集めるのは、茶会にふさわしくないと申し上げました」

「ですが……」

それは巧妙に仕掛けられた罠だとも感じられる。

近畿管領の明智光秀が軍兵を束ね、まさに中国遠征に出立する当日に本能寺の茶会は開かれようとしているのだ。

しかも信長は茶頭宗易の助言を受け入れ、少人数の護衛だけで身のまわりを固めていた。嫡男信忠も何の警戒心も抱かずに近場の妙覚寺に宿泊している。

謀叛人からすれば、これ以上の好機はない。

わずか数千の兵を洛中に向ければ、織田家の頭領と跡継ぎを一挙に葬り去ることができるのだ。

（そうした絶好の状況をつくりだしたのは……）

シャラシャラと雪駄を鳴らし、都大路を行く初老の茶匠であった。宗仁は訊かずにはおれなかった。

「愛宕百韻の風聞はご存じですか」

「知っております。連歌会を主導した里村紹巴どのから直接に話を聞きました。九人の参加者が互いに知恵をふりしぼり、大いに盛り上がったと。筆記された連歌集は、きっと後世まで語り継がれるはずだと」

「その断片が早くも都に伝わり、明智光秀さまが披瀝した『ときはいま天が下しる五月かな』の発句が、天下転覆の決意を示したものではないかと噂されておりますが」

「そうとしか読めませんね」

茶頭の千宗易がずばりと言った。

意表をつかれた宗仁は、まじまじと師の横顔を見た。

「天才連歌師の紹巴さまも……」

「すべて承知の上で第三句を付けたと言っておられました。連歌会はお座敷芸だと軽んじる人もいますが、そこは《言葉の戦場》にほかなりません。いったん記した句は、放たれた矢と同じくけっして元には戻らない。連歌会を催した光秀さまが、発句にこめた闘魂は本物だとわたくしは思います」

「では、今後どうすれば」

「見守るしかありません。矢はすでに放たれたのです」

「しかし……」

「源三郎どの。信長公のお側近くにいるあなたができることは、すべてを見届けることだけです。そして何が起こったかを、わたくしに代わって各地の門下生たちに知らせる。それが歴史の傍観者として生きてきた茶人としての役目でしょう」

含蓄に満ちた言葉だった。

宗仁はまたも行き暮れ、雨上がりの青空に懸かった淡い虹を悩ましげに見上げた。

ゆっくり視線をもどすと、右脇にいたはずの師の姿は消え失せ、本能寺の土居だけが長々と連なっていた。

第七章　光秀謀叛

一

宗仁は宿坊で眠れぬ夜を過ごした。

自分が置かれている立場を知り、あらためて身震いするほどの恐れを感じたのである。

千宗易の指摘はそれほどに息苦しかった。

師の言う「信長公の身辺で起こる事変」とは、いったい何を意味しているのだろうか。また果たすべき「茶人の役目」からは逃れきれないのか。

宗仁は重圧に押しつぶされそうになっていた。師の霊気にあてられ、何やら心身を操られているような気がする。

（……今度こそ傍観者ではいられない）

そんな強迫観念にとらわれた。

昨晩、茶の湯係として召し出された宗仁は、そのまま本能寺の御殿内に泊まった。

隣の控えの間では小姓たちが寝ずの番をしている。その奥の寝所では主君信長が一人でこもっていた。

明日の大茶会を控えて、信長はいつになく上機嫌だった。夕餉の膳をたいらげて早ばやと床についた。

今のところ、光秀の謀叛心にはまったく気づいていない様子だった。しかし、口の軽い公卿たちが茶会に集まれば、愛宕百韻の一件は信長の耳にも入るだろう。

宗仁は明智軍の動向が気になった。

(亀山城から進発するのは明晩と聞いているが……)

策謀家の光秀が先手を打ち、今夜襲来する可能性もあった。

すでに標的の信長は洛中に入り、少人数の護衛だけで本能寺に泊まっているのだ。連歌の発句で示した光秀の気迫が本物なら、いつ襲ってきても不思議ではなかった。

しかし、しょせん連歌会は数寄者たちの遊興の場にすぎない。

思わせぶりな光秀の発句も、通好みの座興だと思えなくもなかった。明智軍一万三千は亀山から老《おい》ノ坂へむかい、何事もなく三草越《みくさご》えの順路で中国地方へ至るだろう。

そうあってほしかった。

師の千宗易が暗示したように、一介の茶坊主が政変劇を目撃し、歴史の生き証人として立ち回るのは荷が重すぎる。

指令めいた言葉が、次々と耳によみがえってくる。

「事変が起こったら、ただちに各地の門下生たちに知らせよ」

だが、千宗易門下の諸将らの居場所は特定できそうもなかった。

もし『信長打倒』の密議が事前にまとまっていたなら、首謀者の光秀だけでなく、細川忠興や高山右近などの高弟たちも行動を共にしているはずだ。

（本能寺に襲来する謀叛人の群れの中に……）

きっとかれらの姿はあるだろう。

宗易十哲に数えられる茶人の大半は外様大名で、主君信長になにがしかの遺恨を抱いていた。

前日逢った古田織部も、急ぎ摂津茨木城へと馳せ戻った。城主中川清秀の与力として、彼もまた謀叛人の中に身を投じたのかもしれない。

門下生の中で、居場所がはっきりしているのは織田有楽《うらく》だけだ。兄を敬愛する有楽は、なにがあろうと信長の味方だった。織田家の後継者たる信忠と一緒に室町薬師町の妙覚寺に宿泊していた。

さらにもう一人。

羽柴秀吉軍の参謀として高松城攻めに加わっている黒田官兵衛の存在も見逃せない。

これまでも手紙をやりとりし、たがいに情報を交換し合ってきた。

師の言う「各地の門下生」とは、誠実で士魂あふれる軍師官兵衛のことにちがいなかった。

（しかし、光秀さまの決起を真っ先に官兵衛どのに注進すれば……）

利するのは、光秀と出世を競ってきた秀吉であった。

仮に信長が横死したなら、臣下の秀吉は弔い合戦を仕掛けることができる。

非は明智光秀にあった。どれほど信長が残虐でも、やはり主殺しの罪科は消しがたい。どんな言い訳も通らないだろう。

人の行く末が見える千宗易なら、そのことは充分に理解しているはずだった。何の目算があって秀吉を後援しようとしているのだろうか。

師の言葉にはかならず裏がある。

宗仁は思考をめぐらせた。

（……信長打倒が主眼の今回は）

一番弟子の光秀を、師は言葉巧みに教唆したようだ。

本人は表には出ず、近衛前久卿や連歌師の里村紹巴らを使って謀叛をそそのかしている風に映る。

宗仁自身も操作されていた。主君信長のゆるしがたい蛮行を師に吹きこまれ、胃腑が爛れるほどの嫌悪感に包まれた。

卓越した信長の能力には畏敬の念を抱いているが、部下に対する侮蔑的な言動は側で見ていても気分が悪くなる。また敵対者に対する残虐な殺し方は常軌を逸していた。信長が通ったあとには無数の死体が転がり、その後始末をつけるのが宗仁の主任務となっている。獄門にかけられた敗将たちの怨念が乗り移って、いつしか信長の顔を見るのも嫌になった。

そうした心中の苦悩を、師匠筋の千宗易は微妙に刺激してきた。

備中に在陣している黒田官兵衛や、丹波の斎藤利三たちとの文通も、当初は師から申しつけられた用件を両者に伝えるところから始まったのだ。

いわば宗仁は師の代筆者であった。

上り調子の秀吉と光秀に、宗易本人が意思表示するのではなく、いったん側近の者たちを通して伝達するという回りくどいやり方を続けている。

師は手紙は書くが、茶道の秘伝書を書き残すことを嫌う。

侘び茶の心得を、流麗な文体で伝書として記したのは高弟の山上宗二であった。それによって、文人武将たちのあいだで千宗易の名は高まったのだ。

弟子たちの筆によって、自身の神意に満ちた行状記を書き残す。それは新宗教を興した開祖たちがよく使う手法であった。

（わが師は、光彩よりも陰影を好み……）

卑怯とも思えるほど用心深い。

いつも座の中心に在りながら、見事に存在を消していた。

徳川家康を招いた堺の茶人たちとは一線を画し、信長が催す本能寺の大茶会からも身を遠ざけようとしている。

どちらの茶会記にも『千宗易』の名は記帳されず、たとえ天正十年六月一日にどんな大惨事が起ころうとも、後できっちり現場不在の証明ができる。

宗仁は、師の底意をちらりと垣間見た気がした。

信長暗殺が成ったとしても、首謀者の明智光秀が権力を奪取できるとはかぎらない。激しい地殻変動が起き、各地に布陣している織田家の有力武将たちは覇権を争うことになる。

その一番手は、毛利攻めの総大将羽柴秀吉であろう。

擁する兵数がずばぬけていた。

戦は数で決まる。五万近い秀吉の軍兵は圧倒的だった。真正面から戦えば、一万三千にすぎない明智軍は瞬殺される。

装備も士気も他を引き離している。毛利の支配下にあった敵領を次々と征討していくなかで、寄せ集めの羽柴軍はしだいに地力をつけ、いまでは負け知らずの常勝軍団となっていた。

遠方にある秀吉だが、いちはやく情報を得さえすれば光秀を打ち負かす可能性が高かった。

（どうやら用意周到な師は……）

有能な光秀と勝運の秀吉に二股をかけたようだ。

さらに深読みすれば、それ以上の狡猾な秘策を講じているとも考えられる。信長に次ぐ潜在的な実力者は、織田譜代衆の豊臣秀吉や柴田勝家ではなく、同盟者の徳川家康にほかならない。

その家康を京から引き離し、堺へいざなったのは地元の豪商や高名な茶匠たちだった。たとえ家康の身に危難が降りかかったとしても、脱出路はいくらでもあった。堺港から船を漕ぎ出すもよし、背後にそびえる伊賀の山路を越えさえすれば、家康一行は難なく帰路につける。

明智光秀。

羽柴秀吉。

徳川家康。

世に鳴り渡る英傑ぞろいである。

（……そして、だれが勝ち残ったとしても）

千宗易は罪に問われることはなく、窮地を救った恩人として新政権の中核へ足を踏み入れることになる。

震えがとまらず、宗仁はふとんの中で身をすくませた。

二

長い一日が始まった。

宗仁は庭先の井戸水を汲み上げ、眠気ざましに頭からかぶった。

それから顔見知りの小姓たちに頼み、のびかけた頭髪をきれいに剃り上げてもらった。茶坊主として務める際は、さっぱりした禿頭でないと信長の機嫌を損ねてしまう。

しかし、そうした僧侶めいた頭部のおかげで、修羅場で命びろいすることになろうとは夢想だにしていなかった。死魔は忍び足で本能寺に迫っていたのだ。

信長は今朝も機嫌が良かった。

本日の大茶会は、中国征伐と四国攻めの出陣祝賀を兼ねていた。ほぼ勝利は確定しているので、あとは器量の良い小姓たちを引き連れて戦勝地めぐりをするだけだった。

輿《こし》に乗った公卿たちが本能寺に詰めかけ、祝意をあらわす熨斗《のし》鮑《あわび》などの進物を届けた。古来からの因習や魔除けをまったく信じていない信長は、進物をすべて返却した。

茶坊主として立ち働く宗仁は、貧乏公家たちを哀れに思った。

（上様が欲しいのは……）

銭百万貫でも買えぬ稀代の名茶碗なのだ。

宮廷の儀式用に使う海産物など見向きもされない。現職の大納言や中納言が次々と挨拶しても、上座の信長は横柄な態度をくずさなかった。

来賓の近衛前久卿があらわれた時だけ親しげな笑みを浮かべ、甲州征伐について声高く語りだした。

わざとらしい尾張なまりがきつくなった。

「前久どの、よからァず。まずは余の話を聞くだぎゃ」

「拝聴いたそう。麿の好物は戦話ですよって」

近衛卿が膝をのりだした。

宗仁は安堵した。噂話より戦話の方がずっと危険が少ない。信長が武田家の滅亡を語り聞かせているかぎり、公卿たちは愛宕百韻について告げ口ができないのだ。

敗勢の武田勝頼が逃げまどう様子《さま》を、信長はかん高い声で愉快げに話した。

「武田騎馬隊も鉄砲の前では絶好の標的だのん。鍛えぬかれた騎馬武者も足軽らァの放った鉄砲玉に狙い撃ちされ、落馬したところを長槍で串刺しにされただわ。主将の武田勝頼は百戦百敗。部下に裏切られた主ほどみすぼらしいものはない。次々と背中から斬りかかられ、女房子供を連れて逃げまどっとったでや」

近衛卿以外は、みんな居心地の悪そうな顔をしていた。

文弱で怠惰な公卿たちは体を動かすのが苦手で、蹴鞠ぐらいしかしたことはない。殺伐とした血まみれの戦話など聞きたくもなかったろう。

やっと武田征伐の長話は終わった。だが次に信長が話しだしたのは、朝廷が独占する暦の編纂についてだった。

「怪しげな陰陽寮など無用の長物だぎゃ。めぐり来る閏年《うるうどし》の何たるかも知らず、明日の望気もあてられぬ者が、暦を作るなどお笑いぐさだのん。前久どの、いかが思われる」

「暦は関知してはおらぬゆえ、どうかご容赦を。その件は天文や陰陽道をもって仕える土御門家《つちみかどけ》の管轄やよって」

近衛卿はやんわりと返答を避けた。

さわらぬ神に祟りなしである。周囲の公卿たちは目を伏せ、三職推任について切りだす者はいなかった。

端座する公卿たちに茶を注いでまわりながら、宗仁は胸をなでおろした。

(この重苦しい雰囲気では……)

愛宕百韻を話題にはできないだろう。

臣下に裏切られた勝頼をあざ笑った信長に対し、光秀謀叛の話を持ち出せば激昂するのは目に見えている。

場合によっては、この場で成敗される恐れもあった。来賓の近衛卿が、ちらりと宗仁に目で合図した。

察した宗仁は、筆頭小姓の森蘭丸に小声で言った。

「名物茶器三十八種は、客殿の広間に整っております」

「よし、頃合いだな」

蘭丸がこっくりとうなずいた。

小姓といっても、森蘭丸の序列は例外だった。

主君への忠誠心が篤く、美姫と見まごうほどの好男子である。どんな場所へも同行する寵臣なので、織田家の重臣といえども、いったん蘭丸を通さねば信長に面会することができなかった。

身辺警護と右筆を兼ねる筆頭小姓は、織田軍団の人事権まで握っているという噂だった。彼にうとまれた臣下は首がとぶ。また彼が側にいなければ信長の躁鬱状態はいっそうひどくなるようだった。

ある意味、主君信長の生死を握る人物であった。

じっさい信長と直接言葉を交わせる者はかぎられていた。茶坊主の宗仁などは茶を適温にするだけの役目で、信長とはめったに顔も合わせなかった。

よほど相性がよいのが、信長も蘭丸の進言だけはすなおに聞き入れる。

「よかろう。場所を替えるだわ」

着座していた信長が、すっと立ち上がった。

座談の席はおひらきとなり、四十人ほどの公卿たちは表御殿から客殿へと足を運んだ。その中の近衛前久《このえさきひさ》、一条内基《いちじょううちもと》、二条昭実《にじょうあきざね》、九条兼孝《くじょうかねたか》、鷹司信房《たかつかさのぶふさ》は、摂政や関白に任ぜられるべき五摂家の貴人であった。

かれらの目的は信長のご機嫌伺いではなく、めったに目にすることのできない名茶碗を見物し、眼福にあずかることであった。

宗仁の表看板は京の茶人である。案内役をまかされ、公卿や博多の豪商島井宗室たちを先導して客殿へとむかった。

茶会というには、あまりにも大規模で客人も多すぎる。また展示物の質と量は空前絶後の豪華さだった。信長は日本中から総ざらえした名物茶道具を一か所に集め、惜しげもなく本能寺で開示したのだ。

客殿の襖はすべて取り払われており、客人たちは見通しのよい各部屋を自由に巡回できた。

四面の壁を飾る掛け物は、唐から伝わった山水画の名品ばかりだった。また高価な青磁の花入れには、季節花の白い山百合が生けられていた。そこには何の趣向もないが、名品が放つ香気が濃密に漂っていた。

床にしつらえた横長の違い棚には、千鳥香炉、火屋香炉、松本茶碗、珠光茶碗、高麗茶碗、蕪なし花入、切桶水指　締切水指、宮王釜、田口釜、犬山灰かづき天目など、名の知れた天下の逸品がずらりと並んでいる。その中でも、公卿らが凝視したのは《九十九茄子《つくもなす》》の茶入れだった。全員が立ちどまって吐息をもらした。

「おう、これは稀なり。目の保養じゃな」

しかし、見た目はさほど冴えない。

小ぶりで茄子の形をした濃紺の茶入れだった。客人たちが思いを馳せたのは、九十九茄子にまつわる数々の謂《いわ》れであった。

（……公卿たちが興奮するのも無理はない）

宗仁も高ぶりを抑えきれなかった。

出来の良い茶入れは、金閣寺を建てた三代将軍足利義満が最初に買い入れ、長く足利宗家の者が愛用してきた。

八代将軍義政のときに流出し、稀代の名器は巷をさまよったという。公家から豪商、豪商から数寄者大名へと持ち主が変転するたびに値段が上がっていき、ついには一千貫にまで高騰した。

落札したのは悪名高い松永久秀だった。

裏切りをくりかえし、大仏まで焼却した久秀は、信長に臣従する際に九十九茄子を献上して数万石の領地を手中にした。

だが、生来の謀叛癖は幾つになっても治らない。

しだいに不満をつのらせた老将は信長にそむき、天下一の茶釜《古天明平蜘蛛》に火薬を詰めて自爆したのだ。

かつて極悪人が愛《め》でた茶入れと茶釜は、こうして伝説の茶道具となった。平蜘蛛のかたちをした茶釜は粉砕され、茄子形の茶入れだけがこの世に残されたのである。

(いまでは数万貫の銭を積み上げても……)

手に入れることはできないだろう。

大悪党の松永久秀と親しかった宗仁は、いっそう小ぶりな茶入れに恋慕の情を抱いた。可憐な九十九茄子の中には、茶葉と共に老将の洒落っ気が混じっている気がした。

茶の湯に関われるのは、ひとにぎりの富裕層だけである。

庶民や貧乏公家は手がだせない世界だった。豪奢な展示品を見た宮中の廷臣たちは、信長の有するけたはずれの経済力に圧倒されていた。

(信長の持つ権力とは……)

言い換えれば金力であった。

どんな豪商や有力大名も、覇王信長が安土城の金蔵に蓄えた財宝の前では卑小な存在でしかない。

案内役の立場を忘れ、宗仁は客殿内に陳列された名物茶器に酔い痴れていた。浮遊感に包まれ、足が地につかない感じだった。

（……これ以上の大茶会は二度と行われることはないだろう）

宗仁はそんな気がした。

夢心地の中で陥った不吉な予感は、翌日に現実のものとなる。

明智光秀の夜襲をうけて本能寺は焼け落ち、名物茶器三十八種は持ち主の織田信長と共に地上から消え去った。最強の権力者であれ、天下の名品であれ、かたちあるものはかならず滅するのだ。

宗仁は気ぜわしく広間をまわり歩いていた。

死角となった奥部屋で、近寄ってきた近衛卿に声をかけられた。

「宗仁、よいところで顔を合わせた」

「これは前久さま……」

「ちとまいれ。話があるゆえ」

「すぐにまいります」

顔見知りの客人らを先に行かせ、近衛卿と連れ立って二人で裏庭にでた。たがいに言うべきこと、聞くべきことが山積している。

老松の樹下で立ちどまった近衛卿が先に尋ねてきた。

「昨日、千宗易どのと逢《お》うたそうやな。何を言うておられた」

どうやら師は、昨日は洛中をめぐって茶の湯仲間たちと会合を重ねていたようだ。

宗仁はありのままにこたえた。

「本能寺での茶会の有様をちゃんと見届けよと」

「それだけではないやろ」

「はい。何事かが起こったら、ただちに茶友たちに知らせよと」

「やはりそうやったか。麿も同じことを言われた。先読みのできるお人やよって、それなりの下準備をしてはったんやな」

「はい。茶事と同じく一分の隙もございません」

「そのくせ、ご老人は妙に大胆不敵や」

「年を重ねるにつれ、千宗易さまはより活動の範囲を広げられたようで」

「まるで人変わりされたみたいや。逢うたびに麿も尻に鞭を入れられておる」

「そういえば愛宕百韻における明智光秀さまの発句について、卿はどのようにお感じでしょうや」

逆に問いかけると、近衛卿が眉をひそめた。

「迷いぐせのある光秀どのは、言い逃れのできないところへ自分を追いこんだらしいな。もう後戻りはでけへん」

「師の見立てもそうでした」

「わが屋敷によく出入りする里村紹巴が、『少し興にのりすぎました』と言うておった。連歌会で光秀どのを諭すつもりが、読みようによっては激励するような第三句になってしもうたと」

「早くも自己保身の弁明ですか」

「連歌師が政事《まつりごと》に口をはさんではまずい。それにくらべ茶人の千宗易どのは動きがつかめぬ。信長公に名器披露の茶会開催を勧めたにもかかわらず、ご本人は姿をあらわさず雲隠れしておる」

「では、卿も千宗易さまの居場所をご存じないのですか」

「たぶん、二条通にある明智の別邸やろ」

「まさか……」

わずか二町しか離れていない近場で、師は京都留守居役の明智の重臣と密談しているのだろうか。

宗仁は、続きの言葉をぐっと胃腑に飲みこんだ。

事は予想以上に切迫している。近衛卿が信長の『武田征伐』の戦話にのったのは、話題が他にそれるのを恐れたからだった。口軽な公卿たちの幾人かは、すでに愛宕百韻の件について知っていたろうが、それを切りだす機会を近衛卿が封じたのだ。

(だが、明智さまの謀叛劇が成就すれば……)

信長に追いつめられている朝廷は受難から救われる。

最小限の武力しか持たない天皇家は、都への乱入者たちを戦わせて共倒れを狙い、それでも勝ち残った武将には官位を授けて手なずけてきたのだ。

主殺しの大罪人である明智光秀も、帝の忠臣として報奨されるにちがいない。

そして逆賊の汚名は織田信長が背負うことになる。

元太政大臣の近衛前久は、古今の英傑たちの戦歴を語ることを生きがいとしてきた。それだけでは物足りず、ついには茶頭千宗易のくわだてに加担し、みずから歴史を動かそうとしているかのようだった。

「言うてみたら武将たちの戦《いくさ》は玉の取り合い。先に帝を奉じた者が天下を握り、取り損ねた者は逆臣に落ちる。どっちゃに転んでも朝廷は安泰や」

「そやけど、尊皇家の明智さまが敗れたときは」

「信長公が恐いよって、麿は遠くへ逃げる」

「……いずこへ」

「徳川家康のところへ身を寄せようと思う」

近衛卿は避難場所まで想定していた。馬術を体得した陣参公家衆なら、京を脱出して三河にまで長駆できるだろう。

やはり出自の悪い秀吉を頼る気にはなれないようだ。

今の時点で信長に次ぐ実力者は、老獪な徳川家康であることは衆目の一致するところだった。

そして重大な視点に宗仁は気づいた。

（たとえ信長の身に何が起ころうとも……）

京の豪商茶屋四郎次郎に誘われ、無警戒のまま堺で遊興している家康はきっと生きのびるだろう。

織田の直轄領となった堺は、貿易の利権さえ信長に奪われようとしている。千宗易もそのことに憤慨し、朱印船貿易家の四郎次郎も危機感をつのらせていた。畿内の豪商たちは連携し、家康の台頭を後押しすべく動いているようだ。

信長の恐怖政治には限界がある。

都の公卿や商人たちが待ち望んでいるのは、伝統と協調を重んじる太平の世なのだ。

苦労人の家康ならそれができる。

三

客殿での名器拝観が終わり、屏風で囲われた三畳ほどの空間で薄茶がふるまわれた。茶の湯の席で身分差はない。

それが茶道の根幹だった。広間をしきる小さな囲いは八か所あり、茶坊主が点てる茶を公家や町衆らは入り交じって喫した。

なごやかな雰囲気の中で、点前座の宗仁は持ち場での役目を着実にこなしていった。静謐な濃茶の席とちがい、薄茶の点前では継起的な時間進行が優先される。複数の客人たちが順繰りに一碗を廻し飲みするので、一定の秩序を保たねばならない。茶人の腕一つでなごやかな席にも、重苦しい雰囲気にもなってしまう。

茶事に慣れた宗仁は、余裕をもって薄茶の席をしきった。

だが、脳裏に去来するのは師の後ろ影だった。

(……どこで何をなさっておられるのか)

気が安まらなかった。

近衛卿が言うように二条の明智家別邸にいるのなら、千宗易の立場は危ういものになる。

愛宕百韻が露見したあかつきには、罪科は連歌会に参加した明智光秀や里村紹巴だけでなく、謀叛教唆の仕掛け人として捕殺されかねない。

だが光秀が迅速に動いて主君を討ち果たせば、信長打倒の名参謀として諸方から賞賛を浴びるだろう。

どんな状況下でも揺るがない。

それが茶の湯に通じる様式美であった。千宗易も礼節を守って手堅く一歩ずつ階段を上がってきた。

老境にさしかかり、やっと茶頭になった師が危険をともなう博打めいた行動を本当にとるのだろうか。

(広く目配りができ、いつも人の裏をかく師なら……)

大事な日に、他家に身をひそませているとは思えなかった。

もし場所を選ぶとすれば、だれにも察知されない山奥の庵がふさわしい。

宗仁の推察はそこに落ち着いた。

広間での茶事を終えた招待客たちは、ぞろぞろと本堂へと移った。広い畳部屋には三汁七菜の本膳料理が用意されていた。

破格の食膳だった。

庶民たちの食事は一汁一菜であり、公家であってもふだんは一汁二菜だった。内陸の京都盆地において、刺身や焼き魚を口にする機会などめったになかった。

一の膳には鰻の白焼きやあぶり帆立がだされ、二の膳では冷菜のかぶら漬けに九条ねぎの味噌だれ、梅雨時に生える貴重な丹波の早穫れ松茸などが、膳をにぎわした。

そして本膳では口直しの栗の甘露煮、瀬戸内から取り寄せた明石鯛の膾《なます》まであしらわれていた。

「ほっぺたが落ちるとは、まさにこのことか。新鮮な明石鯛にお目にかかったのは十数年ぶりじゃな」

貧乏公家たちは絶賛し、山海の珍味を見苦しく食いあさった。

だが豪勢な本膳料理をふるまった信長は、食事の場に姿をあらわさなかった。飲食に夢中な客人たちは、亭主役の不在にまったく気づいていない。

常人とはちがう感覚を持つ信長は、いつも孤独だった。

(喜怒哀楽の情が人一倍激しい上様は……)

名物茶道具の展示会を終えて、気鬱の波にのまれているようだ。

勘働きの利く宗仁はぬるめの茶を入れ、盆に載せて表御殿へと運んだ。

「上様。お茶を持ってさんじました」

「おう、宗仁か」

上段の間で信長が生返事をした。

すでに高揚感は失せ、張りのない声音だった。

主君が茶を飲み終わるまで、茶坊主の宗仁は部屋隅で待っていなければならない。

ありきたりな言葉で場をつないだ。

「本日のにぎわい祝着しごくに存じます。名物茶器を前にして御客人たちは目を見張り、茫然自失の有様でした。本膳料理もことのほか好評で」

「どうでもよい、そんなことは」

「口が過ぎました。おゆるしくださいませ」

「そなたに怒っているわけではない。帝が本能寺へお出ましにならなかったのが不思議でたまらぬ」

「帝は、ご自分の意志では動きづらいお立場ですし」

「きっと食い意地の張った公家たちの入れ知恵であろう。余と親しくなれば、やつらの立場も危うくなる」

「そうだと思います」

「正親町天皇は、ずらりと並べられた天下の名器を見たくてたまらなかったはずだ。お忍びで本能寺に来たかったにちがいない」

「御意のとおりにございます」

間髪を入れず、宗仁は相づちを打った。

信長の口惜しさがよくわかった。

千宗易の言を受け入れ、荒々しい武辺者らを遠ざけて、公卿と町衆たちだけでかためた茶会であった。

しかし、警戒心のつよい正親町天皇はじっと禁裏にこもったままだった。

（上様は蒐集した貴重な名品を……）

貧乏公家たちに見せびらかしたかったわけではない。

正親町天皇の前に名物茶器を飾ってお褒めの言葉をいただき、場合によっては秘蔵品を献上するつもりだったようだ。

篤い尊皇家としての一面を見せつけられ、信長の全体像がぼやけてきた。

帝をないがしろにする傍若無人な逆臣でいてほしかった。そうでなければ光秀の謀叛心を宗仁が秘匿する意味がない。

都人は、だれもが帝を神と同様に崇敬している。

下京の町衆である宗仁も例外ではなかった。正親町帝が座しているからこそ京都は繁栄を享受できるのだ。

（……もし万世一系の血筋が途絶えたり）

帝が行幸して遷都が行われたりすれば、不便な山間の京都盆地は見る間に衰退してしまうだろう。それは奈良の急激な没落ぶりを見ても明らかだった。

天皇在《あ》ってこその京の都であった。

傍観者の宗仁が、光秀の側に立って動いているのも、信長が玉座までも狙っていると師に聞いたからである。

王権奪取はゆるしがたい蛮行だ。

宮廷と折り合いのよい明智光秀に肩入れするのは当然だと思っていた。だが、その光秀も信頼するに足りない変節漢だった。

美濃の土岐氏につながる明智一族は、信長の侵攻をうけて各地に離散したという。流浪人となった光秀は、越前の朝倉義景を頼ってその臣下となった。

そんな折、十三代将軍足利義輝が、逆臣松永久秀らによって謀殺され、弟義昭が越前にまで逃れてきた。

（どうやら大悪党の松永久秀は……）

いつも歴史の転換点に登場するらしい。

これを天運と感じた光秀は、凡庸な朝倉義景を見限り、義昭を奉じて信長のもとへと走った。かつて故郷の美濃を奪い取った侵略者に、「足利世襲政権の後継者である義昭さまを押し立て、京へ攻め上るべし」と献策したのである。

信長は足利義昭一行を受け入れた。そして光秀が立てた戦略どおり、隣国の浅井長政などを撃破して上洛を果たした。

光秀の先主朝倉義景も討ち取られ、一条戻橋で獄門にかけられた。刑場のむごい仕切りをまかされたのは、ほかならぬ宗仁自身だった。

田舎大名の信長は、だれよりも先に入京して名を轟かせた。また光秀の朝廷工作により、傀儡《かいらい》の足利義昭も十五代将軍となった。そのころから義昭は自分の立場に不満を抱き、大国の毛利へ接近しはじめた。

だが側近の光秀は、またしても主筋の足利義昭を見捨てた。上り調子の織田信長の属将として生きる道を選んだのだ。

その後のあざやかな躍進ぶりは、宗仁もよく知っている。

しかし二度三度と主君を破滅に追いこんだ光秀が、酷薄な裏切りの常習犯であることはまちがいなかった。

時代の風を読み、まわりの状況を見て迅速に行動を起こす。自分の利益だけを追求し、恩人に離反することもいとわない。

それが流浪人の明智光秀の生き方であった。

愛宕百韻における『信長打倒』の高言は当然の帰結であり、おごそかな自己確認だったのだと思われる。

本能寺の大茶会は夕刻に幕をとじた。

だが、茶坊主の雑務はたくさん残っていた。夜会に訪れる予定の者も多い。かれらが到着する前に、玄関口や広間を模様替えしなくてはならない。

昼間に来訪した公家たちは三職推任を決めたがっていた。だが、信長はまったく取り合わなかった。そればかりか朝廷の専権事項である暦作成について詰問され、後難を恐れて黙りこんでしまった。

結局、無能な廷臣たちは貴重な名品を眺め、本膳料理を堪能しただけで帰っていった。

近衛卿だけが自分の意志で動いていた。本能寺の西門まで見送りに出た宗仁に、そっと耳打ちしたのだ。

「何が起こるかわからへんで。この道順や。覚えときなはれ」

あの時は曖昧にうなずいたが、いまとなってはありがたい指摘だったと思える。西門の横合いには雑木林が広がっている。高い土居を乗りこえれば姿をくらませやすい。

(万が一、夜襲があった時には……)

脱出路はそこしかなかった。

宗仁は本能寺の境内をゆっくりと歩いてまわり、西門へ至る最短の経路を自分の足でおぼえた。

日暮れ時になって、妙覚寺に宿泊している織田信忠がやって来た。京都所司代の村井貞勝も同行していた。

信忠は御殿内で信長と懇談し、父子で酒盃をかたむけた。隣室から特徴のあるかん高い笑声も洩れてきた。

控えの間にいる宗仁は、ほっと胸をなでおろした。残虐な暴君もやはり人の子であり、人の親なのだ。

（……父性愛のつよい上様は）

不出来な嫡男を溺愛している。

美濃岐阜城主の信忠は、実戦の場ではいつも父の側について軍配さばきをじっと見つめてきた。

信忠が出動するのは敵が敗走した時だけだった。

そのため、逃げ遅れた大勢の女子供たちばかりを殺害することになる。名の知れた豪将を討ち取ったことなど、これまで一度もなかった。

今回は一子の三法師を自領に残してきたらしい。叔母にあたるお市の方と三人の娘たちも同じ岐阜城で暮らしている。その濃密な家族構成からしても、信忠が織田家の後継者であることはまちがいなかった。腹違いの弟たちは幾人もいるが、信長は嫡子信忠だけに指揮権を分与していた。

控えの間の襖がわずかに開き、その隙間から茶友の織田有楽が手招くのが見えた。どうやら信忠の臣下たちにまじって本能寺まで来たらしい。

こっくりとうなずき、宗仁は廊下外に出た。

「有楽さま、ご一緒に来訪されておられましたか」

「織田家の冷や飯食いなれば、親に叱られた童子のごとく顔を伏せて本能寺の門をくぐった」

「おたわむれを」

「父織田信秀の十一男で、なおかつ卑しい妾腹じゃ。長兄の信長公への挨拶もままならぬ。訪問の記帳もせなんだ」

顔を合わせるなり、お得意の卑下自慢がでた。

他者を圧迫しない気軽な話しぶりだった。魔王信長と似たところは高い鉤鼻《かぎばな》だけだった。

「お声が響きます。廊下の奥で話しましょう」

「あいかわらずの気配りですな、宗仁どの」

「茶などだれでも点てられます。いつも主人のご機嫌をうかがい、見え見えのお追従《ついしょう》が茶坊主の心得なれば」

小声で話しながら、二人は廊下のどんづまりにある暗所で立ちどまった。燭台の明かりもここまでは届かない。

穏やかな声調が一変し、有楽が太く押し殺した声で言った。

「伝えておきたいことがある」

「お聞きいたします」

「つい先ほど、拙者宛に茶友の古田織部どのから早飛脚の書状が届いた。短い書面で、愛宕百韻について少しだけ触れられておった。もし変事が勃発した際には、義兄の中川清秀と共に信長公のもとへ真っ先に馳せ参ずると」

「で、その件を誰かに」

「怪文書かも知れず、まだご子息の信忠どのにも知らせてはいない。変に騒ぎ立て、本日のめでたい茶会をぶちこわす勇気は拙者にはござらぬ」

「それはよかった……」

宗仁の背に冷たい汗が流れ落ちた。

送られた密書は織田家への忠誠心を明記したものであった。先が読み切れない古田織部は、同じ千宗易門下の織田有楽を巻きこみ、信長と光秀に二点張りしたようだ。そうしておけば、どちらが勝ち残っても後難は避けられる。

それは千宗易と似たような図式であった。

けれども師はさらに上を行き、両者のほかに羽柴秀吉と徳川家康を加えた四点張りの安全策を講じていた。

有楽が探るように言った。

「すでにご存じなのでしょう。親しい光秀さまの真情を」

「まったく知りません。愛宕百韻という言葉も、いま初めて耳にしました。いったい何のことですか」

必死に気持ちを押し隠し、宗仁はわざと間延びした声調でこたえた。

やさしくて気の善い茶友だが、織田有楽はまぎれもなく信長の弟であった。愛宕百韻の実相について教えるのは、あまりにも危険すぎる。

有楽は深追いしてこなかった。

そして、茶友はふだんどおりの洒脱な表情をとりもどした。

「取り越し苦労でしたね。なればいまの話は聞かなかったことにしておいてくだされ。なにせ信長さまはどこで怒り出すかわかりませんし」

「畏れ多いことを申されますな」

「知らぬが仏でござる」

「一つお尋ねしてよろしいですか」

「何なりと」

「師の居場所がつかめないのです。堺での家康さま歓待の茶事にも姿を見せず、また本能寺の大茶会でも記帳のあとがありません。茶会記に名が載ってこそ茶人の名は広まるものなのに」

「茶頭の千宗易さまが、大事な催しを二度も欠席するのはよほどのこと。拙者が知っているのは、このところ京での滞在先は呉服商の亀屋栄仁宅ということだけ」

「えっ、亀屋に」

「栄仁どのは好人物ですし」

「しかし、ここから目と鼻の先にいながら……」

なぜ本能寺の茶会へ来なかったのだろうか。

体調不良とは考えられない。昨日逢ったとき、師は顔色もよくて壮者のような健脚ぶりを見せていた。

それにしても意外な居場所だった。明智家の別邸や山里の庵ではなく、本能寺に近い下京の商家通りで、師はことの成り行きを見守っていたのだ。

亀屋栄仁は名の通った町衆だった。祭りや盆供養の折には寄付金を惜しまなかった。京では茶屋四郎次郎につぐ豪商である。

最近は侘び茶に没頭し、千宗易を自宅に招いて直接に手ほどきをうけているらしい。宗仁も茶会で何度か顔を合わせたことがあった。亀屋の祖父は三河出身なので、徳川家康ともつながりが深かった。

（……師の言動にはかならず裏がある）

もし亀屋栄仁宅に身をひそませているとすれば、かえって光秀の謀叛劇は進行している可能性が高い。大店《おおだな》で呉服をあつかう栄仁は政商ではなく、実直な京の町衆だった。諸方の目を避けるには絶好の潜伏場所であった。

これ以上の長話は、たがいの身を危うくする。

宗仁はふっきるように言った。

「有楽さま、ではこのあたりで。茶の湯係は気の安まることがございませぬ」

「そうであったな」

「愛宕百韻については、黙っておられるほうが無難かと」

「そのつもりでおる。むやみに藪を突けば毒蛇が出てくるかも知れぬでな」

「いずれまた」

話したりない表情の有楽と別れ、宗仁は長い廊下を歩いて控えの間にもどった。

すると警護役の森蘭丸がきつい横目を走らせた。

「宗仁どの、お役目をおろそかにしてはなりませぬぞ」

「私事に時間をとられ、申し訳ありません」

「茶坊主とて、まさかの時には上様の楯となって立ち働くこともございますれば」

「お言葉、肝に銘じておきます」

年下の筆頭小姓に、宗仁は深ぶかと頭を下げた。

四

信長は幾つになっても子供っぽさが抜けない。

悪童のように勝負事を好み、壮年になっても相撲や囲碁への好奇心を失わなかった。

そうした爽快な場面を垣間見るたびに、宗仁は信長への愛憎が揺れ動いた。

(上様は良き父であり……)

文化面でも最高の後援者だった。

能や狂言にくらべ、地味で面白みのない茶の湯がここまで栄えたのも、信長が惜しみなく金銭を注ぎこんだからであろう。

安土城内で相撲興行を催したときには、土俵上で仏壇返《ぶつだんがえ》しの大技を決めた若者を激賞して臣下の列に加えたこともあった。今夜も囲碁名人の鹿塩利賢《かじおりけん》を本能寺に召し出し、寂光院本因坊で修行中の日海という若い僧侶と対局させていた。新進気鋭の日海は、囲碁好きの者たちからは『本因坊』と呼ばれている。

名人と本因坊は数局打ち、正式な棋譜が記された。

主催者の信長は黙って戦況を眺めていた。

二局めが終わったとき、嫡男信忠が静かに一礼して席を立った。そして五十人ほどの近臣たちを引き連れて宿泊所の妙覚寺へと帰っていった。来たときと同じように、京都所司代の村井貞勝も本能寺をあとにした。

いちどきに武者たちが去り、深夜の本能寺を警備しているのは年若い小姓たちだけとなった。

宗仁の不安は増すばかりだった。

(下働きの女中や茶坊主も三十人ばかりいるが……)

もし夜襲をうけたら足手まといになるだけだろう。蘭丸が言うような楯となって主君信長を守り抜く気概など、だれも持ち合わせてはいなかった。

白熱の対局が終わり、碁打ちの二人は本能寺を辞した。

宗仁が部屋の後かたづけをしていると、寝所へむかう信長がめずらしくねぎらいの言葉をかけてきた。

「ご苦労であった。明日は自宅へもどってゆっくりと休め」

「はい」

例によって短くこたえ、その場に平伏した。

今日にかぎって信長の良さだけが見えてくる。招待客を手篤くもてなし、公家や町人のわけへだてなく対等に接していた。

恩情がすなおに身にしみた。

癇性な主君だが、宗仁に対しては当たり散らしたことなど一度もなかった。それどころか獄門をこなすたびに、仕事に見合うだけの金子を下げ渡してくれた。茶人としてより、葬祭業者としての力量を認めてくれているようだった。

（……いまなら、まだ間に合う）

一瞬だが、『光秀謀叛』の顛末《てんまつ》を注進しようかと思った。

しかし、そうなれば逆臣明智光秀だけでなく、千宗易門下は一網打尽となってしまう。寝所へ入る信長の後ろ姿を、宗仁は黙って見送った。

また眠れぬ夜がやってきた。

宗仁は手燭をかざして庭にでた。夜間だと寺内も深い森のように感じる。洛中はどっぷりと闇に沈み、土居の外側に一片の灯りもなかった。

手燭の先に見えるのは、淡い自分の影法師だけだった。不吉な黒影は、まるで亡霊のように怪しく揺れ動いていた。

宿坊にもどっても、やはり寝付けなかった。

燭台の灯は消さず、茶坊主の装束のまま床に横たわった。処刑前夜の囚徒のような気分だった。

（……謀叛か、それとも従属か）

光秀の心情がつかみきれない。

戦国武将は、だれしもが天下制覇の意欲を胸に秘めている。

怜悧で計算高い光秀なら絶好の機会を見逃さないだろう。織田信長とその嫡男信忠を一挙に討ち取れるのは今夜しかないのだ。

しかし、教養人は自分の限界を知りすぎている。

朝廷との折り合いはうまくつけられるが、群雄たちを蹴散らして服従させるだけの蛮勇は持ち合わせていない。

(光秀さまのご器量は……)

天与の超人的な資質を持つ信長に遠くおよばない。

流浪人の光秀はどこかしら陰鬱で、人を惹きつける魅力にかけていた。本人もそのことに気づいているらしい。しきりに茶会や連歌会を催して客人を集め、また美しい娘たちを有力武将のもとへ嫁がせて閨閥づくりに励んでいた。

だが秀麗な面貌と分別くさい語り口は、無学な武将たちと相容れないものだった。気位の高い美濃浪人は、かれらにとって腹を割って話せる相手ではなかった。

まだしも秀吉のほうが男としての愛嬌があった。

天性の人たらしである秀吉は、先輩の丹羽長秀と柴田勝家から一字ずつ拝借して、『羽柴』の姓を名乗っていた。織田家重臣の二人は悪い気はしなかったろう。

臆面もなく人に媚びることができる羽柴秀吉は、信長の寵臣として毛利討伐の総大将にまでのぼりつめた。

後塵を拝した光秀は、今回の中国遠征では秀吉の下について命令を受けなければならない。それは光秀にとって耐えられない恥辱であろう。

このままでは信長に見捨てられ、高野山でのたれ死にした佐久間信盛の二の舞になりかねなかった。

寝床の宗仁は妄想が高まり、薄明かりのなかで大きく目を見ひらいた。

(しかし、逆転の一手は残されている!)

主君信長を暗殺し、宿敵秀吉を討ち破るのだ。

近畿管領の立場を利用すれば、本能寺で信長を襲殺したあと、すぐさま毛利と連盟し、さらには畿内の有力武将たちを束ねて秀吉を挟撃できる。

怪しい想念が最高潮にまで達した。


その時、宗仁は軍馬がひしめく騒音を耳にした。

「……来た!」

口に出して言い、床から起き上がった。

サッと障子を開け放った。

土居の外側には無数の松明《たいまつ》や高張り提灯《ちょうちん》が掲げられ、本能寺の境内を照らしだしている。目をこらすと水色の桔梗紋がざわざわと夜風になびいていた。

「夜襲か」

まぎれもなく明智光秀の旗印だった。

妄想は現実となった。

裏切り者は何度でも裏切る。それが人という厄介な生き物の定めなのだ。裸足で庭先に下りた宗仁は、そのまま御殿内へと駆けこんだ。

変事に気づいているのは、寝ずの番をしていた筆頭小姓の森蘭丸と数人の従者だけだった。

手槍をとりだした蘭丸は、信長の寝所へ向かおうとしていた。

宗仁は蘭丸の袖をきつく握った。

「森さま。外に軍馬がひしめいております」

「わかっておる。旗指物を見たか」

「無数の桔梗紋がたなびいております」

「やはり光秀か」

蘭丸が歯噛みした。

忠義心の篤い若者のこめかみには、青い静脈がくっきりと浮き出ていた。どれほど怒っても、謀叛人の動きは止められない。本能寺を取り囲む数千の松明は叛乱兵の数を示していた。

宗仁はしっかりと伝えた。

「敵数は五千から一万。本能寺は完全に包囲され、蟻の這いでる隙もございません」

「こちらは三十人足らず。もはやこれまでか……」

「あきらめてはなりませぬぞ、森さま」

「とにかく上様に知らせねば」

注進するより先に、白い寝間着姿の信長が寝所から出てきた。どこにも焦りの色はなく、しごく冷静な物腰だった。

「キンカン頭めがやりおったな。騒がしさに目をさまし、窓外を見れば明智の旗に取り囲まれておったわ」

境内で銃声が轟いた。叛乱軍が激しい殺意をこめて鉄砲をつるべ打ちしていた。

蘭丸がその場に平伏した。

「申し訳ありません。警護の役目をおろそかにして」

「だれも悪いわけではない。不意打ちは避けられぬ」

「いったい、どういたせばよいものか」

「……是非におよばず」

信長の面貌からは生気が消え失せ、早くも諦念がきざまれている。

これほどやさしい表情を、宗仁はこれまで一度も見たことがなかった。人の価値は死にぎわで決まる。天下一の差配者として織田軍団を仕切ってきた信長が最後の命令を発した。

「女中と茶坊主は一団となって逃げのびよ。光秀は世間体を気にするので殺生にはおよぶまい。小姓らは名を惜しめ。余と共に戦い抜くのだ。蘭丸、弓をかせッ」

短く、的確な指令だった。

非戦闘員たちを先に逃し、わずか三十人ほどの近臣だけで戦おうとしていた。遺言もなければ、助勢を求めることもしなかった。

近場の二条妙覚寺には、嫡男信忠が四百人の将兵と共に宿泊している。しかし、救援に来れば多勢の明智軍に包み切りにされるだけだろう。

信長はいつも即断即決である。逆臣の光秀を罵ることもなく、本能寺の夜襲を『どうでもいい』の一言でかたづけたのだ。

「上様……」

宗仁の涙はとまらない。

その残虐さだけに目を奪われてきたが、暴君信長こそ真の英雄だった。

ちらりと宗仁に目をやった信長は、うっすらと照れ笑いした。そして何も言わず、弓を手に表御殿の広縁へと歩いていった。

宗仁は信長の下命を果たすべく、廊下奥の女中部屋へと走った。

とかく女どもは眠りが深い。すっかり寝入っていて、まったく外の騒音に気づいていなかった。掛け布団を剥ぎとって怒鳴りつけた。

「起きろ！　夜盗たちが襲来したぞ。命が惜しくばついてこい。寝間着のままでよい、急ぐのだ」

「……はい」

うつけた返事をして、二十名ほどの女中がのろのろと床を離れた。

宗仁は叱りとばした。

「ぐずぐずするな！　置いていくぞッ」

どうにか女中たちを一団にまとめ、廊下づたいに広い御殿内を迂回した。台所口から出て西門へむかおうと思った。

廊下の曲がり角で、ばったりと小姓たちに出くわした。見ると、森蘭丸が負傷した信長に手をかしていた。

「森さま、いかがされました」

「上様が広縁から矢を放って迫る叛乱兵たちを射殺《いころ》したが、鉄砲で狙い撃ちされて右足を負傷された」

出血がひどく、信長の顔面はすでに土気色だった。

それでも気迫を失わず、蘭丸の手を払いのけて壁にもたれかかった。

「腹を切る。だれも入ってくるな」

「ですが……」

「寺院に火を放て。者ども、地獄で逢おうぞ。余は《六天魔王織田信長》なれば」

簡潔に言い残し、右足をひきずりながら独りで奥の仏間に入っていった。

主命には逆らえない。

小姓たちは引き止めることもできず、茫然と見送っていた。

間もなく薄煙が廊下の外へもれてきた。自刃まぎわに信長が仏壇の蝋燭を蹴倒したらしい。

見る間に邸内に火が燃え広がった。

小姓の落合小八郎が手燭をかざして言った。

「これより火薬庫に突入いたします。お女中がたは早く逃げのびられよ」

「おれも行く。地獄で上様に逢おう」

精悍な大塚又一郎も朋輩と手をとった。小姓たちはそれぞれ死に場所を決めた。

われにかえった宗仁は、そばの蘭丸に一礼した。

「ご武運をお祈りいたします」

「もし脱出できたら、信忠さまに知らせてくれ」

それだけ言って、信長の寵臣は手槍を小脇に抱えて広縁のほうへ駆けだした。

御殿内には煙が充満しはじめた。宗仁は咳きこみながら女中たちを引き連れて台所口から庭へ転がりでた。

泣き叫ぶ女どもの声を聞きつけ、明智兵たちが集まってきた。取り囲まれて四方から白刃を突きつけられた。

（……ここが行き止まりだったか）

しかし、観念できない宗仁は言い逃れの弁明をした。

「わたくしは寺の茶坊主として宿泊しておりました。下働きの女中たちも同様です。争いごとには何の関わりもございませぬ」

「見たところ禿頭の僧体だが、見逃すわけにはいかぬ。指揮官の斎藤利三さまに判断を仰ごう」

「えっ、斎藤さまが……」

宗仁は思わず敵将の名を口にしてしまった。

本能寺を襲った叛乱軍の先鋒は親しい茶人であった。もしかすると信長襲殺の首謀者は、明智家参謀の斎藤利三なのかもしれないと思った。

聞きとがめた年かさの明智兵が、宗仁を荒々しく引っ立てた。

「怪しい奴め。女たちにまぎれて脱出しようとしているのではないか。こっちへ来い、首をはねとばす」

「どうかおゆるしを」

命乞いをして助かった者などこの世に一人もいない。だが、宗仁は争乱の中の傍観者として必死に食い下がった。

その時、甲冑《かっちゅう》のこすれる音がした。

暗闇の中から長身の武将が立ち現れた。よく通る声で刀をふりかぶる将兵らを一喝した。

「女子供や僧侶は斬るな。それが明智の軍法だ」

そんな軟弱な軍法など精強な明智軍には存在しない。

かつて比叡山の焼き討ちを任された光秀は、逃げまどう僧や妻子たちを容赦なく皆殺しにしたのだ。それをわかっていながら、利三はあえて明智軍の正義を口にした。

プンと芳《かんば》しい白檀《びゃくだん》の匂いが漂った。出撃の際、鎧兜《よろいかぶと》に香を焚きしめるのは、おのれの死を決した者だけだ。

夜襲の先鋒を受け持つ斎藤利三が、ゆっくりと近づいてきた。

宗仁と目が合った。しかし、利三は初見のふりをして問いかけてきた。

「茶坊主なら、織田信長の居場所を知っておるであろう。正直に話せば、女中たちと一緒に解放する」

「すでにお腹を召されました」

「あの信長が……」

利三の視線が宙にさまよった。

だれも倒せないはずの暴君が、みずから命を絶ったことが信じられないらしい。いつも冷静沈着な利三は、信長の死を聞いて逆にうろたえていた。

本能寺襲撃の狙いはただ一つ。

信長を殺すことだった。

襲撃がわも信長を討ち取る確信が持てず、手探りの状態で境内へ侵入してきたようだ。それがあっさりと成就し、途方に暮れた表情になっていた。

戸惑った利三が再確認した。

「それはまことか。信長は自害したのだな」

「はい、うそいつわりはございませぬ」

「信じよう。で、遺した言葉は」

「……是非におよばずと」

「それだけか」

「上様は助勢も求めず、遺言すらありませんでした」

「……何たる男だ」

涙を見せまいとして、斎藤利三は歯を食いしばっていた。

明智の名参謀はひたすら信長を恐れ、また憎んでいた。けれども、だれよりも深くその神意に畏敬の念を抱いていたらしい。

六天魔王は、みずから地獄へ去ったのだ。

先鋒としての使命を果たした利三は、燃え尽きたように立ちつくし、次の命令が出せずにいた。

信長の首を獲らねば謀叛が成功したとは言い切れない。

だれにでもわかる重大事を、虚脱した利三は失念している風だった。

功をあせる明智兵がしびれを切らした。

「斎藤さま、御殿への突入をお命じくだされ」

「……おう、信長の御首級《みしるし》だな」

「たとえ自刃の後であっても、信長の首をはねた者は報賞がいただけますな」

「もちろん出る。光秀さまは丹波国を半分割譲すると申されておった。信長めの死体を回収し、玉座を奪おうとした逆臣として一条戻橋で梟首《きょうしゅ》する。早く行け」

すっきりと言い終わった利三は、その場でなにやら思いついたらしい。熱っぽいまなざしを宗仁にむけてきた。

政権交代を公《おおやけ》に都人たちに知らせるには、暴君信長の首を刑場にさらすのが一番てっとりばやい。

信長自身も、強敵の浅井長政や武田勝頼を打ち倒すたびにそうやってきた。一条戻橋の刑場を仕切ったのは、ほかならぬ宗仁であった。

(……まさか上様のご遺体をこの手で)

獄門にかけねばならないのか。

想像するだけで全身に悪寒《おかん》が走った。たとえ自分の命と引き換えても、その指令には従えない。

宗仁はやっと覚悟が定まった。

「先に申しておきます、斎藤さま。ここで上様付の茶人として死ぬのなら本望でございます。さすれば『獄門宗仁』の悪名も消えましょう」

明智兵たちは首級を求めて御殿へ殺到し、利三のまわりには人影が失せていた。

「宗仁どの、お心はわかっております。勝ち戦におごって、難儀なことを強要する気持ちは毛頭ありません。同門争わず。それが千宗易一門の掟でござる」

「かたじけない」

「兵たちも高ぶっており、お女中がたを手ごめにしようとする不心得者がおるやもしれず、拙者が同行いたす」

利三は本来の清明さをとりもどし、西門まで先導してくれた。

門外には賊軍がびっしりと詰めていた。本能寺周辺は桔梗紋の旗指物で埋めつくされている。目分量で数えても兵数は優に一万を超えていた。

嫡男信忠の手勢は四百足らずである。父の弔い合戦をしかけても、明智鉄砲隊の一斉射撃をうけて蜂の巣にされてしまう。

（このまま推移すれば……）

信長を討ち果たした賊軍は官軍に変身し、明智光秀が天下に号令を発するだろう。

宗仁の懊悩をよそに、勝利を確信した斎藤利三が桔梗紋の箱提灯を余裕ありげに手渡してくれた。

「お持ちなされ。明智の紋章さえあれば、洛中の木戸は無事に通り抜けられます」

「では、すでに……」

「大通りの木戸はすべて押さえました」

「さすがですね」

茶坊主の習性で、敵将におもねった。

一夜にして京の都は完全封鎖されていた。脇道を抜けるか、山越えの間道を踏破するしか脱出策はない。

利三が諭すように言った。

「明朝から織田の残党狩りを行います。ご安心めされ。残虐な信長とちがい、光秀さまは罪のない百姓町人たちをむやみに殺したりはいたしません」

「お言葉を信じます。さりながら、気になることが一つだけあるのですが」

「どうぞ。立場はちがえど、われらは茶の湯の同志ゆえ」

「師の千宗易さまとお逢いになられましたか」

「……逢いました」

短く言い置き、背をむけて寺院内へ戻っていった。

思慮深い斎藤利三は日時を伝えなかった。師と逢ったのが前日なら二人の密謀は明らかだが、十日前なら単なる師弟の語らいですむ。微妙な言葉の綾だった。

そばでたむろしていた女中たちが宗仁の背後を指さした。ふりかえると、本能寺が夜空をこがして燃え上がっていた。

「あっ、火の手が……」

あたりに延焼し、大火となって京洛を焼きつくす恐れがあった。

「行くぞ。焼け死にしたくなかったらついてこい」

宗仁は女どもを引き連れ、二条通りの木戸を抜けて鴨川へとむかった。炎に追われると、人は本能的に川辺へと逃げるらしい。

二条河原までたどりついた宗仁は、気の強い女中頭に言い渡した。

「これから先はそなたの判断に任せる。安土にもどりたいなら一致団結して山越えをせよ。上様のご恩を忘れず、石にかじりついてでも生き残れ。さ、これを分配して使え」

持ち金のすべてを女中頭に渡し、宗仁は土手道を走り出した。

五

疲れを感じる隙もなかった。

やらねばならないことが山積していた。どれから手をつけたらよいのか判断に迷った。

幸い、妻子たちは山科の隠れ里に避難している。下京の店に帰るのは後回しにした。ふと蘭丸の言葉が耳によみがえり、土手を駆け降りて二条妙覚寺へと急いだ。嫡男信忠に真っ先に注進することを優先した。

明智兵は明らかに数を増している。

斎藤利三ひきいる先鋒隊につづいて、光秀の本隊も洛中へ乱入してきたらしい。明智陣営には『信長自刃』の報が伝わっているらしく、総勢一万数千の将兵らは早くも各所で勝鬨《かちどき》を上げていた。

同じ区域にある二条御所近くまで来た時、大筒を撃ったような炸裂音が続けざまに聞こえた。

地響きがするほどの激しい爆音だった。宗仁は四つ辻に立ちどまって左辺の本能寺を見やった。

殿舎の裏手から、巨大な花火を打ち上げたような閃光が幾筋も上昇していた。

御殿裏の弾薬庫が火炎に包まれて爆発したらしい。

小姓たちは百倍をこえる明智兵と果敢に渡り合った。最後は弾薬庫にこもって自爆し、敵兵らを地獄の道連れにしたようだ。

若く秀麗な寵臣たちは主君信長に殉じた。

宗仁は、泣くより先に深い安堵感に包まれた。

（……これで上様の御首級は刑場にさらされることはないだろう）

火薬が発火すると数千度の灼熱となる。水分の多い死体は枯れ木のように燃え尽き、骨まで粉々になってしまう。

葬祭業にたずさわってきた宗仁は、火事で亡くなった者たちを始末したことが何度もある。焼死体はどれも男女の区別さえつかなかった。

信長の首を逆賊として一条戻橋にさらさないかぎり、明智光秀は勝利を確定できない。

主君信長の死に立ち会った家臣らは、ほぼ全員が死んでしまった。生き残っているのは、女中と茶坊主だけだった。

「信長が死んだ」という証言だけでは天下はくつがえらない。

かならず信長生存説が流布し、逆に光秀は追いつめられていくはずだった。

死んでもなお魔王信長は光秀を苦しめつづけるのだ。

気をとりなおし、箱提灯の火を吹き消して妙覚寺へ向かった。

すると、山門前に織田の将兵たちが隊列を組んでいた。緊急事なので甲冑《かっちゅう》を装着する時間の余裕がなかったらしく、寝間着姿で太刀や槍を握りしめている者も見うけられる。

妙覚寺に宿泊していた信忠たちは、本能寺の異変に気づいて出動態勢をとっていた。

怪しまれないよう、宗仁は大声で名を呼んだ。

「織田有楽さまはおられませんか！　お知らせしたいことがあってまかりこしました。返答してくだされ」

暗がりの一団の中から、飄然と有楽が姿をあらわした。

「おう。生きておったか、宗仁どの。先ほど京都所司代の村井貞勝どのが駆けこんできて、本能寺夜襲の報は聞いておる」

「重ねて報告いたします。半時ほど前、明智兵たちが本能寺へ襲来いたしました。上様は弓を放って応戦したあと、部屋にこもって御自害なされました」

だけ仰せられて」

「……兄君が死んだと」

「はい。御嫡男信忠さまへの遺言などはなく、われら茶坊主や女どもに逃げのびろと
「こまった。どうすればよいものか」

いつも洒脱な有楽も狼狽し、頭を抱えこんだ。

宗仁は傍観者に徹し、さりげなく言った。

「いったん安土へ逃げればよいのではありませんか」

「それはできぬ。主君を討たれ、一戦も交えずに京から脱出したとあらば、織田一門の名折れとなる」

「数の上でも勝ち目はないでしょう」

「そのとおりだ。だが武士の一分は捨てられぬ。信忠さまと話し合ってくる」

有楽の足どりは重かった。

特徴のある鉤鼻だけ見れば、信長にいちばん似ているのは戦知らずの有楽であった。

日ごろは温厚な茶人としてふるまっているが、兄信長の死を聞いて織田の荒ぶる血が騒ぎ出したようだ。

選択肢は二つしかない。

逃げるか、それとも戦うかである。

町人の宗仁には理解しがたい侍魂だった。すでに主君信長は自刃している。信忠の一隊が本能寺へ救援に向かう必要はない。それよりも早く京を脱出し、安土で待機している織田の本隊を束ねて明智軍と戦うほうが利にかなっている。

（弔い合戦という御旗を立てれば……）

信忠軍のほうが圧倒的に有利だろう。

大坂に在陣する丹羽長秀は織田の忠臣である。彼がひきいる四国征伐隊一万五千と示し合わせれば、京に留まる光秀を挟み撃ちにして一撃で葬り去ることができるはずだった。

しかし、それは損得勘定にしばられた都の商人としての判断であった。いつの場合も、侍どもは理屈に合わない行動にでる。

東山の稜線がうっすらと浮かび上がり、京都盆地に微光が差しこんできた。

ほどなく馬上の織田信忠が信じられない号令を発した。

「われらはこれより二条御所へと入り、誠仁親王《さねひとしんのう》を奉じて不忠者の明智光秀を撃滅する！」

喊声は起こらなかった。

かれらが向かう先は死地であった。

四方を浅い堀で囲われた二条御所は無防備だった。元は二条家の庭園だったが、信長が買い取って誠仁親王に献上したのだ。そして皇族たちの保養地はいつしか二条御所と呼ばれるようになった。堀から門に跳ね橋が架かっている。盗賊らの侵入は防げるかもしれないが、戦となれば軍兵たちに簡単に打ち破られてしまうだろう。

茶友の有楽が近寄ってきて別れを告げた。

「これにて人生の幕引きといたす。さらばでござる」

「なにとぞ御身大切に。では、これで」

一礼し、宗仁はさっと背を向けた。

死地へ同行する理由はどこにもない。

主君信長は、宗仁に逃げのびよと言った。その最後の命令に従って行動すると決めていた。何としても生き抜くことが、商人としての忠義の証しであった。

明智兵が充満する京洛において、桔梗の紋章入りの箱提灯は通行手形である。灯はともさず、しっかり右手に握りしめて下京の自宅へと急いだ。

本能寺の火災はいくぶん弱まっている。周囲の雑木林が防火の役割を果たし、町屋への延焼は食い止められたようだ。

軍馬が行き交い、織田家にゆかりのある者たちの屋敷は次々と襲われた。民家に分宿していた信長直属の馬廻り衆たちも、あえなく明智兵に斬殺されていった。

斎藤利三の指令が伝わっているらしく、町衆に刃をむける者はいなかった。剃り上げた頭も幸いし、宗仁は各所の木戸をたやすく通り抜けられた。五条通まで来たとき、この近くで呉服商を営む亀屋栄仁のことを思いだした。織田有楽の言によれば、師の千宗易は弟子筋の栄仁宅にひそんでいるらしい。

横道に入った宗仁は、早足で呉服問屋へとむかった。

明け六つが過ぎても、商家通りの表戸は一軒も開いていなかった。洛中の争乱を避けるため、角地に建つ亀屋の木戸もかたく閉じられている。

かまわず宗仁は戸を叩いた。

「亀屋はん、起きてはりますやろ。戸を開けてくだされ。下京の長谷川宗仁でございます」

「あっ、長谷川さまですか。いまお開けいたします」

すぐに返事があった。どうやら店内で聞き耳を立て、外の様子を探っていたらしい。

表戸を半開きにした若白髪の番頭がぺこりと頭を下げた。

京都では他家の敷居はあきれるほど高い。めったに内へは入れず、敷居越しに用件を話すのがしきたりだった。

宗仁は顔見知りの番頭に問いかけた。

「早朝からほんまに申し訳ありまへんな。ご主人はご在宅でしょうか。千宗易さまがらみの事でまいりました」

「それやったらもう大丈夫でっせ。明智の兵隊たちが町を封鎖する前に、主人の栄仁は早駕籠を仕立てて堺へと向かいましたよって。一刻も早く家康さまに注進せねばと」

「それはよかった。で、師の千宗易さまは……」

「あては何も存じまへん。あんさんも外を出歩いてると、大怪我をしまっせ」

そう言って、若白髪の番頭はぴしゃりと木戸をしめた。

宗仁は商家通りで思案に暮れた。師と逢って指図を仰ぎたいと切に願っても、茶匠の後ろ姿は遠ざかるばかりだった。

大事変の起こった前後、宗仁の前を行き過ぎる者たちの大半は千宗易門下の茶友たちだった。

筆頭弟子の明智光秀は謀叛し、その組下には高山右近と細川忠興がいる。しかも忠興の正室は光秀の娘であり、ガラシャという洗礼名を持っていた。さらに古田織部は義兄の中川清秀のもとへと走った。信長襲殺の先鋒をうけもった斎藤利三も同門の茶人で、兄信長を殺された織田有楽も『千宗易十哲』に数えられている。

(……世間はせまく、人の立ち回る曲輪は)

あまりにも小さすぎる。

それが宗仁の実感だった。限られた輪の中で人々は連帯を深め、また敵対してうごめいているのだ。

京の呉服商亀屋栄仁も、そうした小さな曲輪の内で必死に自分の役割を演じようとしている。尾張出身の祖父の代から縁があったらしく、栄仁は徳川家康を資金面でも後援していた。

（本能寺の変を知った栄仁は……）

窮地の家康を救うべく、すぐさま早駕籠を手配して明智の包囲網を突破したらしい。忠臣にもまさる命がけの行為であった。

亀屋栄仁の注進により、家康は自領の三河まで落ちのびるだろう。脱出路も用意されているはずだ。商人たちのやることは、武家とちがって緻密だった。

光秀は大魚を逃した。

そのつけは後になって重くのしかかってくるだろう。

だが、どう考えても亀屋栄仁の行動は素早すぎる。

初めから光秀の叛乱を予測し、早駕籠を用意していたとも思える。それにまた、裏から操作していた人物がいるのではという疑念も払拭できない。

宗仁が行き惑う曲輪とは、すなわち千宗易が創り上げた幽玄な茶の湯の世界であった。奥深く薄暗い空間で人と人とが絡み合い、耐えがたい宿縁の中でもがいていた。

織り込まれた運命の縦糸をほぐすことはだれもできないのだ。

朝陽を顔面にあびた宗仁は立ちくらみを覚えた。ろくに睡眠もとらず、洛中を走りまわってきたので疲労困憊《ひろうこんぱい》していた。残る気力をふりしぼり、よろめきながら家路をたどった。

（……まだ、なすべきことが一つ残っている）

その思いで一杯だった。細糸で手足を動かされるあやつり人形のように、ふらつく足どりで前へ進んだ。

店前の通りに番頭の辰次が立っていた。

相手も遠目に宗仁の姿を発見し、早足で駆け寄ってきてからだを支えた。

「心配しましたで、旦さん。本能寺が焼け落ちたと聞いて、もうあかんやろとあきらめかけてました」

「表にいたら危ない。中で話そう」

辰次の肩をかりて店へ入り、内から心張り棒を支《か》った。

十数人の使用人たちを土間に集め、宗仁は店主としての指示をだした。

「知っての通り、京の都はまたも戦場となった。応仁の乱と同じように長びくかもしれん。町人は逃げるが勝ちや。荷物をまとめて生まれ在所へ帰りなされ。給金は一年分を前渡しするので、田畑でも買ってのんびり暮らすんや。脱出は早いほうがええ。半日遅れると逃げ場がなくなってしまう。別れの挨拶などいらん、急ぐんや」

番頭の辰次が言葉を引きついだ。

「言うとおりにしなはれ。旦さんの足手まといにならんように、それぞれが工夫して実家へ帰り着くんやで」

泣きくずれる手代や飯炊き女を叱りつけ、大金を持たせて店から追い立てた。

その間、帳場にすわった宗仁は書状をしたためた。光秀の謀叛、信長の横死もはっきりと記した。自分が見聞きした事実をすべて伝えようと思った。

宛先は、備中高松城外に在陣する黒田官兵衛であった。物品を運ぶ商人なればこそ、争乱時であっても手紙を遠方へ届けられる。

官兵衛もまた、千宗易門下の茶人であった。羽柴家参謀の彼に知らせれば、秀吉も独自に動き出すだろう。

師の思惑どおり、これで家康と秀吉は出そろった。

怪しい曲輪の中で、宗仁はやっとおのれの役目を果たし終えた。

本能寺の変はいまだ進行中だった。

けれども、黒幕とおぼしき初老の宗匠は一度も現場に姿をあらわさなかった。

第八章　利休切腹

一

織田信長は死んだ。

そして、傍観者の宗仁はそれを間近で見届けた。旧弊な世を独力で打ち破った風雲児は、定命の五十年を待たず、四十九年の苛烈な生涯を閉じたのである。

討ったのは近畿管領の明智光秀だった。

隙を見せれば臣下であっても襲い来る。それが武将としての心得であり、戦国の世の慣《なら》いであった。

光秀は本能寺で主君信長を殺し、嫡男信忠をも二条御所で亡き者にした。父子を同時に殺害することが謀叛の主眼であり、精鋭ぞろいの明智一党はきっちりと急襲を成し遂げた。

(無敵と思われていた巨大な織田一門を……)

美濃浪人の光秀は、わずか一撃で壊滅させたのだ。裏切りの常習犯だからこそできた鮮やかな下克上だった。

宗仁は、おのれの足場を見失いかけていた。

使用人たちを送り出すのに時間をとられ、また備中の秀吉陣営へ手紙を送ることに手間取り、京から脱出する機会を逃してしまったのだ。

出入りの飛脚から「信忠戦死」の報を聞かされ、そのことも密書の末尾に書き加えた。二条御所にこもった織田の残党は、明智鉄砲隊の銃撃を浴びてあっけなく瞬殺されたらしい。

勝ち戦で勢いづいた明智兵は掃討作戦を開始した。

しかたなく下京の商家に番頭の辰次と共に居残った。時折、表戸を叩く者がいたが心張り棒は外さなかった。外部との連絡を断ち、宗仁は店奥のせまい女中部屋で仮眠をとった。

緊張がほぐれず、切れぎれに見た夢はすべて悪夢だった。

ふいに背中をゆり動かされ、宗仁はがばっと跳ね起きた。本能寺での夜襲がよみがえり、血走った目であたりを見まわした。

ふとんの脇には辰次が控えていた。

「旦さん、大丈夫でっか。目が真っ赤ですよ」

「あ、すまん。いま何時《なんどき》や」

「こんな非常時でも、ちゃんと明け六つの鐘が鳴りました。よほどお疲れやったらしく、ほぼ丸一日寝てはりましたで」

「外の様子はどうなってる」

問いかけると、辰次が顔をしかめた。

「どないもこないもあれしまへん、ひどい有様です。あたりは血の池地獄ですわ。さっき近辺を見回ってきましたら、織田兵の首なし死体が四つ辻に山積みになってました。掻き切られた首はぜんぶ光秀さまのところへ運ばれ、本能寺の焼死体と一緒に首実検が行われたらしいです」

「きっと信長公の首を探してたんやろ」

「一条戻橋の刑場はそのままです。どなたさまの首もさらされてまへん」

「最後の詰めが甘かったな」

宗仁は、光秀のあせりが手に取るようにわかった。

いさぎよく黄泉路《よみじ》に旅立った信長は、おのれの首級《しるし》など現世に遺さなかった。燃え落ちた本能寺の焼け跡を探しても、見つかるのは灰色の骨片だけであろう。

辰次は声をひそめて話を続けた。

「残党狩りを終えた光秀さまの本隊は、列をなして近江方面へと進発しました。洛中に残っている明智兵は三、四千ほどです」

光秀は兵を進めたのだろうか。

「なぜ近江へ……」

宗仁の予想は完全に外れた。近畿管領の明智光秀は立場を利用し、摂津へ入って高槻の高山右近や茨木の中川清秀と合流するものだと思っていた。

だが、店の番頭の読みのほうが現実味があった。

「お金の問題とちがいますやろか。戦には軍資金が必要ですし、近江安土城の土蔵には金銀が貯めこまれてますやろ。信長公のお命を奪った光秀さまが、次に奪うのは相手の財産」

「お前の言うとおりやな」

「在京の明智兵はまばらですし、いまなら都から脱出できます。旦さん、どないしはりますか。山科の別宅へ行かはったほうが安全なのでは」

「毒を食らわば皿までや。こうなったら京の町衆として、大事変の真っ只中でちゃんと決着を見届けたる」

「ほんなら、あてもご一緒しますわ」

辰次の笑顔が心強かった。

洛外の八木村からやって来た若者は、いつしか画人として立つことをあきらめ、いまでは葬祭業を手伝ってくれている。最近では、獄門の仕切りもすべて辰次に一任していた。

表戸を激しく叩く音が聞こえた。次いで、助けを求めるようなかすれ声が女中部屋までとどいた。

「宗仁どの、戸を開けてくだされ。けっして怪しい者ではない、連歌師の里村紹巴でございます」

争乱時に思いがけない人物が訪ねてきた。

茶人を表看板とする宗仁にとって、ひとまわり年上の紹巴は大先達であった。宮廷に出入りする連歌師は公家文化の推進者であり、数寄大名の相談役でもあった。

あの愛宕百韻を主導したのも、連歌師の里村紹巴だった。

思い返してみれば、それが発端となって本能寺の変は決行されたとも言える。

「辰次、表に行って戸を開けてあげなさい」

「はい、すぐに」

立ち上がった辰次は、小走りで玄関口へとむかった。

心張り棒を取り外す音がした。辰次は遠慮して帳場に残ったらしい。噂の連歌師が一人で女中部屋に入ってきた。

すっかり憔悴しきっていた。発する声も、いつものような艶がなかった。

「しばらくここにかくまってくださらんか」

「どうされたのです、里村さま」

「虚実混淆《きょじつこんこう》。連歌会の余興のつもりであったが、言霊《ことだま》が発する力によって血まみれの惨劇へと変じました」

「……ときはいま天が下しる五月かな。明智さまの運命を決する発句となりましたね」

「花落つる池の流れをせきとめて……。わたくしの詠んだ第三句は諫めるための文言でしたが、深読みされた光秀さまは本能寺へ夜襲をかけられた」

「里村さま、いまさらそれは弁明にはなりませんぞ。信長公を討ち取った明智さまは、結果的に次代の天下人になりつつあります。さすれば、あなたも新政権の側近として取り立てられることに」

宗仁は皮肉まじりに言った。

すると老練の連歌師が、消え入りそうな声でこたえた。

「滅相もない、争いごとはこりごりです。わたくしは一介の連歌師で満足しております。昨日、光秀さまから呼び出しをうけて死にそうな難事を申しつけられました。二条御所にこもった織田の残党を撃滅する前に、荷輿《にないごし》を用意して御所内におられる誠仁《さねひと》親王《しんのう》を御移座《ごいざ》せよと」

「知りませなんだ。そんなことがあったとは」

「言われたとおり従者らに荷輿を担がせて上の御所へと親王さまにお移りいただいた。直後に総攻撃が始まり、隣接する近衛前久邸の屋根上に上った明智鉄砲隊が発砲して銃弾の雨を降らし、無防備な二条御所にいた信忠さまたちは皆殺しとなった」

「なぜ近衛邸に」

「よくわからぬ。もしかすると、明智軍を自邸に引き入れたのは前久さまご本人かもしれぬ。いったいだれが味方で、だれが裏切り者なのか判断もつかず……」

宗仁はうなずき、老連歌師の言葉の接ぎ穂をした。

「それで、まったく政治信条のない茶坊主のわたくしの所へまいられたのですね」

「すまぬ。そのとおりじゃ」

当代随一の文筆家は、がっくりとうなだれた。

無駄だとわかっていながら、宗仁は師の行方を尋ねた。

「六月一日以降、千宗易さまの居場所がわからないのです。旧友の里村さまなら何かご存じでは」

「宗易どのは、いま話した近衛邸に昨日までおられたのではないか。もちろん直接逢ったわけではなく、噂にすぎないが」

それも本当だとは思えない。知人たちから聞いた師の所在場所は、すべて噂話の域をこえていなかった。

近衛卿によれば、師は明智の京都別邸にひそんでいることになり、織田有楽は呉服商亀屋栄仁宅だと言い、里村紹巴は近衛邸が怪しいと申し述べた。

話は近衛卿から始まり、一巡して近衛卿へと戻っただけだった。

（つまり千宗易さまの在所を……）

知っている者は一人もいないのだ。

光秀の謀叛劇が進行し始めた直後から、師は忽然と姿を掻き消してしまった。

紹巴が自嘲ぎみに言った。

「齢《よわい》を重ねるほど判断が鈍り、前が見えなくなる。礼節を知る光秀さまを好ましく思ってきたが、いまは怜悧さだけがめだってくる。味方も少なく、とても天下統一を成せる人物とは考えられぬ。後援する相手をまちがえたかもしれぬな」

「お気持ち、よくわかります。こうして上様が亡くなってみると、良い面ばかりが思い出されて。あれほど壮大な夢を持った快男児はほかにありませぬ。天下統一どころか、大陸侵攻を果たして世界征服の夢まで語っておられました」

しかし、信長は今生に何の未練もみせなかった。

光秀の謀叛を知ると、まるでぬるめの茶でも飲み干すようにさっさと腹を切った。

神仏の慈悲や魂の不滅など全く信じていない虚無の男は、文字どおり万物の根源としての無に還ったのだ。

二

京の変報は、さまざまなかたちで周辺へ広がっていった。

武家の伝令よりも、運搬を業務とする商人たちの情報伝達のほうが数倍も速かった。

計算高い光秀は、信長襲殺後の流れも読みきっていた。本能寺が焼け落ちた直後、数通の書状を諸方へ書き送った。備中で羽柴秀吉と対峙している毛利氏へ『信長横死』を知らせ、協同歩調をとろうとしたようだ。だが、密書をたずさえた使者が行路をまちがえて遅延したらしい。

本能寺の変をいちはやく備中へ知らせたのは、宗仁が派遣した早飛脚であった。羽柴秀吉も書状に目を通したにちがいない。

事変の四日後。六月六日に備中の黒田官兵衛から京の宗仁のもとへ返書が届いた。手紙が明智がたの手に渡るのを心配したらしく、時候の挨拶だけが記されていた。

軍師官兵衛らしい心配りだった。

返書の内容から察すると、宗仁が送った変報は六月三日深夜に備中にまで到着していたようだ。出入りの飛脚たちに倍付けの銭を支払ったので、不眠不休で山陽道を駆け抜けたらしい。

（……これでやっと肩の荷がおりた）

宗仁の胃痛は少しおさまった。

親しい茶友に京の争乱を知らせ、相手から返事をもらう。考えてみれば、それだけのことである。宗仁は、自分が為したことをまったく重大視していなかった。

織田の残党狩りは二日前に終了し、大通りに散乱していた死体は町衆たちが協力して片づけた。

あたりに漂っていた腐臭もしだいに薄まり、発足した明智新政権はそれなりに京の都を統治していた。

結束力の強い明智兵は軍律を守っている。金品の強奪や婦女子への暴行は皆無だった。安心したらしく、宗仁宅に身をひそめていた里村紹巴も昨晩遅く自宅へと帰っていった。

ひさしぶりに気の晴れた宗仁は、五条の呉服商亀屋栄仁宅へ足をむけた。商家通りを行き交う者もちらほらいるが、どの店の表戸もまだ閉まったままだった。

「すんまへん、また訪ねてきました。下京の長谷川宗仁です」

心張り棒の外れる音がして、今回は若白髪の番頭が店内へ入れてくれた。

「おいでやす。どうぞ、中へ」

どうやら相手も聞きたいことがあるらしい。

表戸をくぐった宗仁は、その場で話を切りだした。

「えらい騒動でしたけど、少し落ち着いたようですな。その後、堺へ行かれたご主人は帰ってきはりましたか」

「いいえ、戻ってまへん」

「そんな硬い表情では話しにくい。都の商人同士やし、おたがいにちゃんと受け答えして情報交換といきまひょ。よろしいな」

「承知しました」

「亀屋栄仁どのは、家康さまにお逢いできたのですか」

「実は、ついさっき主人から手紙が届きました」

「無事でよかった。堺にいたほうが安全やろし」

「そうとも言えません」

「えっ、何か起こったとでも……」

大きく息を吐いたあと、亀屋の番頭が事の顚末《てんまつ》を語りだした。

「手紙によれば、家康さま御一行は六月一日に堺の寺院めぐりをしたあと、当地で一泊されたそうです。翌朝、信長公に挨拶すると言って都へもどりかけた時、河内の宿で手前どもの主人と出くわし、そこで初めて京都異変を知ったとか」

「栄仁どのはお手柄でしたね」

「そこで終わったらよかったんやけど。何とそのまま家康さま御一行と行動を共にして難所の伊賀越えを」

「無茶だ。都の商人が命を張るなんて」

「ほんまに無茶ですわ。明智兵の追尾も激しく、途中で何度も落ち武者狩りに遭うたとか。穴山梅雪ちゅう武田の遺臣は農民らに殺され、御一行は命からがら岡崎城までたどり着いたと記されてました。あきれてしもて、ものが言えまへん」

「いや、ご立派です」

宗仁は胸が熱くなった。

亀屋栄仁は逃走資金を用立てただけでなく、危険を冒して最後まで賞金首の家康に随行したのだ。

(醜い裏切りが頻発する武家社会とちがって……)

太刀を持たない商人たちには誠心がある。商取引の中で、一度でも信用をなくせばだれも相手にしてくれなくなる。

信義こそ商人の通行手形だった。

いったん肩入れした家康を、土壇場で見捨てるようなまねを亀屋栄仁はしなかった。何の見返りも求めず、持ち合わせた金と命を家康に託したのだ。

それにくらべ、武家ほど自己中心的なものはない。

名高い忠臣であっても、存亡の危機に立てば平然と主君を裏切る。またどれほど厚遇されても、隙を見せれば明智光秀のように襲いかかる。荒ぶる魂のままに謀叛をくりかえすのだ。

そして宗仁自身も、商人と武家の間を揺れ動く身勝手な振り子であった。

亀屋の番頭が、答えようもない問いを投げかけてきた。

「これから先、どないなりますんやろ」

「さっぱりわかりませんわ。ほな、これで」

軽くいなして亀屋から立ち去った。

じっさい大事変の渦中にいると、逆に真相が見えなくなる。

一瞬で生死が入れ替わる現場では、野火に追われる小動物のように風上に逃れるしかないのだ。

いま最も風上にあるのは近衛前久の屋敷であろう。

近衛卿は明智光秀が京都奉行を務めていたころからの茶の湯仲間で、朝廷との橋渡し役をしていた。今回の二条御所攻撃の際も、自邸の門を開けて明智兵を招き入れたと聞いている。

（謀叛癖のある武家よりも……）

公家のほうがずっと始末が悪い。

信長に招かれたかれらは、本能寺で名物茶道具を観覧したあと、山海の珍味を馳走になった。だが、その翌朝には、信長に叛《そむ》いた光秀にひれ伏して手助けまでしているらしい。

宗仁は焼け落ちた本能寺を見たくなかった。

日を重ねるにつれ、志なかばに倒れた織田信長への追慕の念が深まっている。西洞院通を右折し、大きく鴨川べりから迂回して近衛前久《このえさきひさ》の屋敷へとむかった。

二条御所に隣接する近衛邸の表門には数名の番卒が立っていた。

僧体の宗仁は、門前でへりくだって低頭した。

「下京で薬問屋を営む長谷川と申します。近衛前久さまにお取り次ぎを願えませんか」

「よし、入れ」

若い明智兵は面倒くさそうにあごをしゃくった。

門をくぐると、邸内にも三十名ほどの兵士が駐屯していた。近衛邸は明智軍の重要拠点になっているようだ。

いつものように小柄な従者があらわれ、宗仁は屋敷の離れ座敷に通された。

上座にすわった近衛卿が、生あくびをしながら言った。

「宗仁か。そろそろ来るころやと思うておった」

「ご無事でなによりです」

「護衛の武者どもがうるそうてかなわん。夜まで騒ぐのでおちおち寝てもおられぬ。今日はいったい何の用事や」

公家らしい浮世離れした応対に、宗仁は苛立ちを覚えた。

標的となった信長だけでなく、今回の凶変で多くの知人が死んだというのに、五摂家の貴人は何事もなかったような顔をしていた。

敬語を忘れ、きつい声調となった。

「別に用事などありません。茶友の生死を知りたいだけです。このお屋敷の大屋根が、明智軍の鉄砲やぐらとして使われたという話は本当ですか」

「ほんまに驚いたわ。明智兵が勝手に屋根へ上がって、お隣の二条御所めがけてバンバンと鉄砲を撃ちよった。頭上から狙い撃ちされた信忠軍はひとたまりもなく全滅や」

「では、茶の湯仲間の有楽さまも……」

洒脱な茶人からは、妙覚寺の門前で永遠《とわ》の別れを告げられた。信長の弟である織田有楽は、最後に侍魂をみせたのだ。

あれ以来、有楽の名はぷっつりと途絶えていた。彼の首を獲ったとて、大した手柄にはならないのだろう。

だが、近衛卿の言葉は意外なものだった。

「あのお人は当てにはならんで。誠仁親王を上の御所へ御移座するため明智軍が包囲をといた折、混乱に乗じて脱出したそうや。最後まで戦うと高言しておきながら、自分だけ逃げ出してしもた」

「有楽さまは生きておられるのですね」

「光秀もこの話を聞き、『逃げの有楽』やと笑うておられた。追撃もせず、見逃してやったみたいや」

「お二人は、同じ千宗易一門ですし」

「同門争わずか」

「わたくしも有楽さまにいっぱい食わされました」

妙に愉快だった。腹の底から笑いがこみあげてくる。あんな修羅場で、織田有楽は大見得を切ったあとにこそこそと逃げ出したのだ。

卑怯というより微笑ましかった。

生きのびてくれたことが何よりも喜ばしい。『逃げの有楽』という蔑称は、数寄者の彼にとって最もふさわしい呼び名であった。

古今の武将たちを評定するのが大好きな近衛卿が、いまになって急に明智光秀を持ち上げた。

「麿が思うに、光秀はまさに智将やな。信長父子を倒したあとの処置も見事やった。わずか一日で都の全権を握り、正装に着替えて御所へ参内してきよった。悪逆非道な朝敵を殲滅したという文書を帝に奉呈し、お褒めの言葉を頂戴したくらいや」

「正親町天皇まで巻きこむとは……」

「たしかに強引すぎるな。そのあと光秀は、敵対する中国の毛利氏と四国の長宗我部氏に使者を送り、同盟を申し入れよった。さらに越後の上杉氏にも密書を送り、柴田勝家軍を挟撃すべしと提案したとか。本能寺の夜襲は単なる思いつきやのうて、壮大な計画やったんや」

「そうかもしれまへんな。光秀さまは、本隊をひきいて近江へ向かわれたとか」

「六月二日の午後、京を出た光秀はいったん居城の近江坂本へ着き、琵琶湖一帯の諸将を味方につけ、その総数は三万を超したらしいで。それだけの兵力があれば、信長の後を継いで天下に号令することもできるはずや。五日には悠々と安土城へ入り、信長が秘蔵していた金銀宝玉を接収して新参の将兵らに分け与えたという。兵も軍資金も充分にそろってるんや」

「他の武将が黙ってはいますまい」

「いや、信長が殺された時点であらかた勝負はついてる。織田の筆頭家老柴田勝家は鈍重やし、関東管領の滝川一益は武蔵野の湿地で立ち往生しとる。四国攻めを任された丹羽長秀は大坂に在るが、居城の佐和山城を明智軍に奪われ、帰るべき場所もない。麿の予測では百日以内に明智政権が樹立されるやろ」

「お言葉を返して恐縮やけど、やはり主殺しの罪科は重いのではありまへんか。織田の譜代衆はぜんぶ敵にまわりますやろ。それに兵数だけでいうたら羽柴秀吉さまのほうがずっと多いし、実力だけ見れば徳川家康さまが一番なのでは」

宗仁が両将の名を口にすると、みるみる近衛卿の顔が青ざめた。

「二人の情報を持ってるのやったら聞かせてくれ。麿の耳に入ってくるのは明智軍の勝利ばかりやよって。秀吉と家康の動きしだいでは、光秀政権も砂上の楼閣となるかもしれへん」

話の主導権は宗仁に移った。

何の修飾もなく、事実だけを列挙した。

「師の千宗易さまに指示され、早飛脚を使って京都の異変を秀吉さまの陣営へ知らせました。思いのほか早く、六月三日の深夜には備中まで届いたようです」

「わずか一日半で！」

近衛卿の声が裏返った。商人たちが諸国に張りめぐらせた緊密な連絡網を、武家や公卿たちは知らなかったらしい。

「さっき五条の呉服商亀屋さんを訪ねてきました。番頭の話では、ご主人の栄仁どのは六月二日に京を脱出し、堺におられた徳川家康さまに本能寺での変報を届け、そのままご一緒に伊賀越えをして四日には岡崎に着いたとか」

「家康までが……」

「無事でおられます。軍兵を召集して国境をかため、時と場合によっては上洛してくるのでは」

「家康一行は、まだ吉野の山中でさまよってると思っていたが、早くも戦闘態勢とはな。京の呉服商ふぜいが出しゃばったまねをしおって。それにまた、そなたの書状が先に備中の秀吉のもとに届いたなら、光秀の送った使者は羽柴軍に捕殺されてる。毛利との連盟など絵に描いた餅同然や。きっと悪知恵のはたらく秀吉は毛利をだまして講和し、山陽道を逆流してきよる」

「商売の売り買いは一瞬で決まるもの。前途のない明智光秀さまは売り。それが商人の勝負勘です」

「光秀を買っているのは麿だけか」

　思惑の外れた近衛卿は、気の毒なほど落ちこんでいた。

三

天正十三年七月。紀伊雑賀党《きいさいがとう》を撃ち破り、京へ凱旋した秀吉は天下の政務を執り行う関白に就任した。貧相な猿面の小男は、五摂家筆頭の近衛前久《このえさきひさ》の猶子《ゆうし》となり、『藤原秀吉』と名を改めた。

同年九月。もうひとり改名した者がいた。

『千利休』

それが茶頭千宗易の新たな名称だった。

耳慣れぬ利休とは居士号であった。かつて織田信長が安土城大茶会を行った折、禁裏の正親町天皇を招こうとした。だが、催し物の総責任者千宗易は堺の鮮魚商にすぎない。とても帝のそばに近寄れる身分ではなかった。

そのため僧侶として務めることになり、帝から利休という居士号を勅賜されたのだ。正式な官位ではなく、世俗の身分を超えるための一時的な処置だった。

号の意味するところは、『名利共ニ休ス』の古事からきているらしい。しかし、信長の側近くで茶の湯係にいそしんでいた宗仁は、ちがう見方をしていた。

とかく政治の中枢に接近しようとする老茶匠に、『名利を追わず休んでいろ』と信長が釘を刺したのではないだろうか。

勅賜の号はそれほどに重い。

名声を博した利休は、津田宗及や今井宗久を一挙に追い抜いて天下随一の茶頭に上りつめた。

けれども、信長が存命中には宗易の名で通していた。秀吉の治世となって、徐々に利休の名を前面に押し出してきたのだった。

かつての信長の威光は凄まじく、老練な利休ですら首をすくめて恐懼していた。

そうした一件を知られまいとしてか、世間には九月の禁中茶会の後見を務めた功により、『利休居士号』を帝から勅賜されたと広言していた。老茶匠は、堺の鮮魚商上がりという過去を消したがっていた。

正式に千利休と名乗った翌月には、なんと抗戦中の島津氏へ和解勧告の書状まで送りつけた。一介の茶人が、南九州の支配者を諭そうとしたのである。

あまりにも高慢すぎる態度だった。信長の時代なら、その場で成敗されていたろう。

なぜか、秀吉は鷹揚な態度で見守っていた。

千家秘伝の茶法を相伝してもらうため、政治好きな利休の動きを黙認しているらしい。

（静謐な侘び茶の完成をめざしながらも……）

俗世での私利私欲は人一倍強い。

それが千利休という不世出の天才の実相であった。

弟子筋の宗仁も大きく変化をとげていた。黒田官兵衛の口添えで秀吉の臣下となり、正式に京都所司代の官吏に任命された。

あれほど敬遠していた武家となり、宗仁はやはり腰が落ち着かなかった。

下京の店は番頭の辰次に譲り渡した。山科から妻子を呼び寄せ、伏見の武家屋敷で一緒に暮らし始めた。

長男の守知はすぐに慣れたが、古女房は堅苦しい武家暮らしを嫌っていた。夫婦喧嘩のたびに憎まれ口を叩いた。「立身出世など望んでおりません。商人の妻として嫁入りしたのに、なぜこのように危険な毎日を送らなくてはならないのか」と。

宗仁も望んで八百石取りの武家になったわけではない。破格の出世は、備中の秀吉陣営へ送った手紙がもたらしたものだった。

夕食後。書院にこもった宗仁は、文箱《ふばこ》をあけて黒田官兵衛と取り交わした手紙をひさしぶりに読み返した。

いまも季節ごとに官兵衛との文通は続いていた。

これまで自分が出した十数通の手紙は相手がたにある。その中の一通が、本人だけでなく多くの者たちの運命を激変させたのだ。

情報が秘める破壊力は凄まじかった。

本能寺の変が起こった直後、明智光秀が送った密書は毛利に届かず、宗仁が早飛脚に託した手紙は一日半で秀吉のもとへ渡った。

それだけの差だった。

しかし、いったんひらいた時間差は埋めがたい。その時点で光秀の勝運は剥がれ落ちていた。

いつの場合も、戦《いくさ》は先手必勝なのだ。光秀が安土城の金蔵を打ち破り、家来たちに手づかみで報奨を分け与えていたころ、すでに衰運は始まっていた。

（……賃金の支払いを前渡しするのは）

最も愚かな商法だと宗仁は思っている。安直に金が手に入ったら、我慢して奉公する気持ちなど失せてしまう。

安土城内で金銀を懐に入れた新参の将兵らは、家族の待つ故郷へ逃げ帰ったという。一時は三万を超えていた兵数は激減し、明智軍は一万数千余となってしまった。

光秀は将としての限界を露呈しはじめていた。

一方、宗仁からの書状に目を通した秀吉は、おのれの天運を最大限に活用し、疾風怒濤の快進撃をみせた。すぐさま高松城主清水宗治を自死させ、しっかり勝利を確定した後で毛利と和議を結んだ。そして四万五千の羽柴軍は、京へ向けて一斉に走りだした。

主君信長は、一瞬の魔風に吹かれて落命した。

もはや織田軍団内の序列は意味をなさない。

筋目からすれば羽柴秀吉は譜代衆の下位に在るが、軍事力だけみれば大軍団の総大将である。その貧相な顔つきが幸いしてか、軍団内でも敵が少なかった。

信長父子の死後は、真っ先に弔い合戦をしかけて逆臣光秀を討伐した者が次代の覇者となれる。

軍師官兵衛はそう考え、利休一門の回路を使って諜報戦をしかけたらしい。

官兵衛は馬を馳せて山陽道を長駆し、摂津の高山右近や中川清秀らと直接逢って熱弁をふるった。怜悧な光秀に味方しても最後には裏切られると。そして秀吉につけば、かならず勝ち残れると説き伏せた。

『光秀討伐』の流れの中で、娘婿だった細川忠興も秀吉に従った。さらに大坂に在陣していた丹羽長秀が呼応し、一万五千の兵をひきいて討伐軍に合流した。

そこで勝負はついていた。

一万三千の明智軍は精鋭ぞろいだが、三倍を超す討伐軍を打ち破るほどの力量はない。光秀は負けると判っていながら、武将としての投了図を作りにいったようだ。

京と大坂にまたがる天王山の麓で両軍は激突した。猛烈な銃撃戦となったが、数と装備にまさる討伐軍が明智鉄砲隊を撃滅した。

敗将の明智光秀は逃げ切れず、落武者狩りの農民中村長兵衛に竹槍で突き殺された。首は粟田口にさらされ、主殺しの謀叛人として名を残すことになった。

『三日天下』と嘲笑されたが、じっさいには十二日間も天下の実権を掌握していた。

本能寺夜襲の先鋒を受け持ち、信長を自害にまで追いこんだ斎藤利三は天王山でも善戦した。しかし味方が総崩れとなり、地元の美濃まで落ちのびたが、そこで力尽きて捕殺された。

生死転瞬。

宗仁は思い返すたびに、人の運命の危うさを感じる。

（あの夜、指揮官の利三どのが見逃してくれなかったら……）

本能寺から脱出できず、信長と共に死んでいたろう。

そうなれば備中の秀吉のもとへ『京都凶変』の報は届かず、逆に光秀の密書が毛利がたに先に渡ったとも推測できる。秀吉は備前で孤立し、関白になるどころか、毛利の逆襲に遭って討ち取られていたはずだ。

だが、斎藤利三の厚情が裏目にでた。

光秀の手からするりとこぼれ落ちた天下は、秀吉の足元へ転がっていったのだ。

（……不運はだれの身にも降りかかるが）

希少な幸運は少数の者にしか行き渡らない。

二条御所から脱走した『逃げの有楽』は、秀吉の関白就任の際に従四位下侍従に任ぜられた。それもまたささやかな幸運にちがいなかった。武士の風上にもおけない卑怯者だが、有楽はだれにも嫌われないという特技を持っている。

飄然と行方をくらました有楽は、しばらく堺の茶人たちのもとを転々としていた。その後、信長の二男信雄《のぶかつ》をたよって尾張へとむかい食客として厚遇された。

嫡男の信忠は京で闘死しているので、織田家の頭領は信雄だった。成り上がりの秀吉の下で働くことに不満を持った信雄は、徳川家康にすり寄った。

織田の後継者として申し分ない。東海に勢力圏をひろげた家康は信雄を奉じ、畿内政権を樹立した秀吉に戦いを挑んだ。野戦に強い徳川軍は、長久手の草原に秀吉軍を誘い出して迎撃した。

だが当の織田信雄が臆病風に吹かれた。叔父有楽の進言をうけ、秀吉と単独講和を結んでしまった。

大義名分をなくした家康は恭順の姿勢をみせ、なしくずしに戦は終決した。

軍師官兵衛の手紙を読み返してみると、長久手の戦いの仲介役は織田有楽だったようだ。戦には弱いが弁は立つ。秀吉と家康の間を身軽に行き来できるのは『逃げの有楽』しかいなかった。

賤ヶ岳の戦いで強豪柴田勝家を倒し、実力者の徳川家康が長久手で膝を屈したことで、秀吉は唯一無二の天下人となった。

そして織田有楽は、口先ひとつで官位を授かった。

（だれが最後まで生き残るのか……）

宗仁には見当もつかなかった。

親しい茶の湯仲間だけとってみても、生死の境界線はきわめて曖昧だった。勝ち上がるかと思えた明智光秀は天王山で敗れ去り、粟田口に梟首された。秀吉に味方した中川清秀は、賤ヶ岳の攻防戦に従軍して無念の死を遂げた。中川隊は敵中に放置され、捨て駒として使われたのだ。

それは秀吉による謀殺ともいえる。軍才のある中川清秀はめざわりだったのかもしれない。義弟の古田織部はからくも死地から逃げのびた。

毛利と通じ、信長に反旗をひるがえした荒木村重はいまだ生死不明だった。旧摂津領主は一族郎党を見殺しにし、身内だけで遁走した人でなしであった。

善人は若死にし、ずるい者ほど長命だった。

『逃げの有楽』のように、荒木村重がひょっこりと返り咲くような気がしてならなかった。

最も不可解なのは、侘び茶という幽玄の世界をとりしきる千利休であった。

枯れ細った老人はいつも何事かを画策し、早めに戦乱をかわして弟子筋の武将たちが修羅場でうごめく様を遠望していた。

使い放題に弟子たちを操るが、師はけっして窮地に陥った弟子を助けることはなかった。

（……もう二度と近寄るまい）

茶人の表看板を下ろした宗仁は、そう心に誓った。

四

関白となった秀吉は、信長から受け継いだ茶の湯政道をさらに推し進めた。

茶の湯はしだいに格式を高め、社交の場ではなく武家の儀式めいた様相を呈してきた。親しい仲間が集い、気軽に一碗の茶を喫する楽しみなど消え失せてしまった。

秀吉は大物武将たちを招く折、かならず茶頭の利休に接待役を任せた。利休そのものが古く貴重な秘蔵品であった。

茶席に利休の姿がないと、諸将たちはおのれの卑小さを思い知る。そのため利休が勧める雑器を言い値で買い求め、ご機嫌をとる者まであらわれた。

師の利休と距離をおいた宗仁は、めったに茶会に顔を出さなかった。京の税務を一手にとりしきり、過不足のない能吏として地道に務めていた。

信長付の茶坊主として、これまであらゆる歴史の現場に立ち会った。また一条戻橋の刑場を管理して、名高い武将たちの無惨な死に顔も嫌になるほど眺めてきた。

（だが、いったん武家となって秀吉政権に従属すると……）

まったく身動きがとれなかった。

とくに経理を担当する事務方は、加点より失点を少なくすることが出世の早道だった。商人であったころのほうが、まだしも冒険心があった気がする。宗仁はおのれの凡庸さを再認識した。

秀吉の官位好きはとまらない。

天正十四年十二月。宮廷工作が功を奏し、秀吉は太政大臣に任ぜられて豊臣の姓を賜った。路傍の暗闇から這い上がった流浪人は、次々と職と名を変え、ついには天下人の『豊臣秀吉』となった。

翌年。豊臣秀吉は九州へ遠征し、二十万を超える大軍で島津氏を圧倒した。日向根《ひゅうがね》白坂《じろざか》の会戦で敗れた島津義弘を降服させ、半年に渡る九州征伐は終わりを告げた。

豊臣家の威風は西日本全域を席捲し、残る敵対勢力は小田原の北条氏と奥州伊達氏のみとなった。

そんな折、宗仁の前に思いがけない人物が現れた。

謀叛人の荒木村重である。髷《まげ》を落とした僧体だが、精悍な顔貌には昔ながらの性根の荒さが残っている。

毛利領へ逃げこんだ村重は、千利休の高弟として遇され、高名な茶人として何不自由なく暮らしてきていた。

信長の死後は平然と畿内へまいもどり、茶器の目利きなどをして荒稼ぎをしているらしい。まだしも落魄の身の上ならゆるせたが、以前と変わらぬ横柄な物腰が無性に腹立たしかった。

宗仁は座敷には通さず、控えの間で応対した。

茶もださなかった。

「招かれざる客というわけですな。じつに面白い」

下座にすわった村重が、例によって親しげな笑みを投げかけてきた。

誘い笑いにはのらず、宗仁はずばりと言った。

「あなたのせいで、有岡城に取り残されたお女中たちは皆殺しとなった。宣教師たちも、これほど悲惨な処刑は見たことがないと嘆き悲しんでおりましたよ」

「キリシタンどもが何を言おうと勝手。拙僧は読経ざんまいの日々を送り、死者を弔うことを忘れてはおらん」

「村重どの。無念の思いで死んでいった者たちは、そんな詭弁では浮かばれませんぞ」

「待たれよ。わが名は荒木村重にあらず」

「では何と……」

「道糞《どうふん》と申す。文字どおり道ばたの糞《くそ》でござる。足で踏んだ糞に文句を言っても始まりますまい」

「なるほど。ひどい腐臭がしますね」

織田有楽と同じ卑下自慢であった。

宗仁は辟易《へきえき》した。女子供まで犠牲にして、おのれ一人が生きのびた男は道に転がる馬糞以下の存在であろう。

すると、道ばたの糞がやんわりと切り返してきた。

「お武家姿が板についておられる。何の軍功をもって秀吉さまの臣下となり、八百石取りのご身分になられたのでしょうや」

「あなたと同様、わたくしも異臭ぷんぷんの俗物なれば」

「それもまた面白い。こうして遠慮なく語り合える茶友は、長谷川宗仁どのだけじゃ。わが与力だった中川清秀は罠に落ちて賤ヶ岳で戦死いたし、高山右近もキリシタンにかぶれて離反。また三宗匠と呼ばれていた津田宗及や今井宗久も急落し……」

「老いてなお健在なのは、千利休さまお一人にて」

「有力大名たちも顔色をうかがう始末とか。そのことでお口添えいただきたく、恥をしのんでまかりこした」

村重が居住まいを正して一礼した。

押されぎみの宗仁は眉をひそめた。にわか武士の小役人が有する権益はかぎられている。

「はて、何のことやら」

「新たに作られた『利休七哲』の件でござる」

「そのことは耳にしています」

「七哲の中に拙僧の名が入っておらぬ。ご存じのごとく前名の千宗易時代に広まった十哲では、筆頭弟子の明智光秀どのに次いで二番手に名が挙がっておったのに。謀叛した明智どのが除外されるのは当然だとしても、秀吉さまから助命された拙僧までが七哲の選にもれるとは」

「それは……」

当然だと言ってやりたかった。

どう考えても、荒木村重の犯した罪科は光秀よりも重い。

光秀の場合は見事な下克上である。臣下が主君に打ち勝ったのだ。隙をみせた信長が悪いとも言える。

だが、村重の謀叛は悩乱としか思えない。播磨の三木城攻めのさなか、村重は突如として有岡城にこもって反信長を宣言した。たとえ毛利と通じていたとしても、戦略的には何の効果もなかった。籠城戦を何年続けても槍の穂先は信長に届かない。いずれ消耗して落城するだけだ。どう転んでも、信長を殺すことなどできはしない。一撃必殺で主君を倒す好機にめぐり逢ってこそ、光秀のように急襲が成功する。しかも村重は、叛乱の途中で逃亡してしまった。そのため、残された荒木一党はことごとく成敗されたのだ。『読経ざんまいの日々』などと言っているが、宗仁の見たところ、村重の面相からは悔恨の情などみじんも感じとれなかった。

俗世に未練たっぷりな中年男は、茶人として名を残そうとあがいていた。

「七哲の一人とされる高山右近など小僧っ子だ。奴に茶の湯をしこんだのは拙僧だ。そのことは宗仁どのもご存じのはず」

「知りません。もう利休一門とは離れた身ですので、残る六哲がだれなのかさえも憶えてはおりませぬ」

「ならば聞かせよう。秀吉さまの甥の豊臣秀次どのは順当としよう。なにせ近江四十三万石の領主だからな。だが、他の者たちはまったくもって合点がいかぬ。利休門下で新参者の古田織部。父利家のずるさを引き継ぐ前田利長。本能寺の変で二条御所から遁走した織田有楽。同じく安土城から脱走した蒲生氏郷《がもううじさと》。義父明智光秀を見捨てた細川忠興《ほそかわただおき》。みんな美意識のない軟弱者ばかりではないか。だれ一人として本物の茶人はおらぬ」

「いやはや、恐れ入りました」

宗仁はこらえきれずに笑いだした。

あまりの口の悪さにあきれはて、胸奥のわだかまりが霧消してしまった。

魔王信長に真正面から対抗した村重は、いまだ摂津の風雲児としての気概を失ってはいなかった。その迫力は、裏切り専門の大悪党松永久秀と重なっている。かつて二人は天王寺砦で同じ釜の飯を食ったことがある。宗仁もまじって歓談したが、あれほど痛快な一時はなかった。

密談めいた雰囲気の場で、久秀はしわばった笑顔をむけ、「裏切りこそ男の本懐」だと言い放った。

史上最高の極悪人は意気軒昂だった。

老将の夜話に聞き入る荒木村重は、少年のように目を輝かせていた。話の輪の中にいた宗仁も胸の高まりを抑えきれなかった。

そして確信犯の松永久秀は当然のごとく信長にそむき、居城の天守閣で自爆死した。村重もまた、何かに取り憑かれたように反旗を掲げた。

常識人の宗仁は、破天荒な二人が好ましかった。こうして村重と語らっていると、あの日と同じように善悪を超越した爽快感が伝わってくる。

だが今の立場は大きく異なっている。

皮肉なことに、茶人が表看板の宗仁は武家となり、勇猛な武家だった村重は茶人として生きていた。

すっかり気をゆるした宗仁は、ふと思いだした風に言った。

「村重どの、なぜ謀叛を」

「それはこちらから訊《き》きたいせりふだ」

「あいかわらず、強気ですね」

「そうではない。いったい何が起こったのか、自分でも理解できないでいる。幽暗の中をさまよっているうちに、なぜか急にとめどなく憎しみが高まり、気がつけばやみくもに剣先を信長公に向けていた。まったく訳がわからぬ」

「もしかすると、だれかに教唆されたのでは」

「それほど影響力のある傑物はそばにはいなかった。松永久秀どのもすでに敗死していたしな。いや、あと一人……」

「その人物は」

「……わが師、千利休」

村重が、かっと赤濁りの両目を見ひらいた。

旧友と再会した十日後、宗仁は伏見代官に昇進した。知行は二千五百石となり、秀吉の直轄領伏見の統治を任されたのである。

商人上がりなので、税の取り立てはきびしかった。そのことが秀吉の信任を得た最大の理由だったのかもしれない。

宗仁は、領民に酷税を課す悪代官の見本であった。

嫡男の長谷川守知も、筆達者な右筆として宗仁の仕事を補佐していた。豊臣政権の文治派に組み入れられた父子は、戦場から遠く離れた場所で安穏な年月をやり過ごしていた。

その間、豊臣秀吉は天下統一の道を一気に駆け上がっていった。

天正十八年三月。北条征伐においては、直属の軍兵三万五千をひきいて進発し、途中で毛利輝元や徳川家康の部隊と合流して二十数万の大兵団となった。守りを固める敵将北条氏規《ほうじょううじのり》も六万の将兵を関東一円から召集し、小田原城の外郭に東西二十五町、南北二十町に渡る長大な土塁を積み上げて対抗した。

それらの戦況は、秀吉の軍師として最前線で活動する黒田官兵衛からの手紙で知らされた。宗仁のがわにはこれといった情報はないが、律義な茶友は文通を欠かさなかった。

（功績もないのに順調に石高が積み重なっていくのは……）

軍師官兵衛の助力にちがいなかった。

秀吉は長期戦を予想していたらしい。小田原城より高所にある石垣山に一夜城を建て、城内にこもる北条一族を見下ろした。その一方で関八州に点在する北条氏の支城を次々と攻め落とし、氏規の心胆を凍えさせた。

敗報が重なり、力尽きた北条氏規は秀吉の軍門に降った。

死罰だけは逃れた北条一族は高野山で幽閉され、その遺領六か国は先鋒をつとめた徳川家康に授けられた。

北条氏滅亡の報は奥州へも届き、伊達政宗が降伏した。本領の会津の地を明け渡し、伊達一党は米沢へと移った。

完全勝利した秀吉は、小田原征討に加わらなかった石川昭光や大崎義隆などの諸大名の所領を没収して追い払った。それらの領地は忠臣たちに分け与えた。

天下統一を果たした秀吉は、織田信長が行ってきた信賞必罰の掟を踏襲したのである。

受け継いだのはそれだけではなかった。

しだいに猜疑心が強くなり、諸大名の妻子らを在京させて軟禁状態にした。大らかな徳性を失い、失策を犯した臣下たちを手打ちにすることもあった。秘蔵の長剣を何者かに盗まれた折には、警備を担当していた浅野長吉の甥に斬りつけた。一太刀で成敗できず、めった斬りにして出血死させたという。

新たな暴君は、悪しき恐怖政治まで真似ようとしていた。

信長の遺児同士を戦わせて共倒れさせ、かつて同輩だった譜代衆を粛正していった。光秀討伐に功のあった丹羽長秀も難癖をつけて自殺に追いこんだ。

（堺衆の貿易権まで強引に剥がし取り……）

そこからあがる利益を大坂城築城にむけた。

国際貿易港としての堺は終焉し、豪商たちも石山寺本願寺跡地に造成された広大な城下町へと移り住んだ。

こうした事態は、堺の町衆である千利休の構想とは相容れないものだった。豊臣政権下で栄華を極めた茶頭は、不吉な黒い影に覆われつつあった。

天正十九年二月十三日、突如として利休の身に厄災が降りかかった。秀吉の下命によって堺へ追放されたのである。

表向きの理由は不敬罪であった。大徳寺の改装に大金を寄附した利休は、雪駄履きした自身の木像を金毛閣上に安置した。しかし大徳寺の山門は帝の勅使だけでなく、秀吉もその下をくぐる。見ようによっては、堺の町衆身分の者が貴人を足蹴にする図柄に映る。不敬であると追及されたら言い逃れはできない。

だが、大徳寺山門の改装は二年前に終わっていた。その時は何も問題は起きてはいない。利休の最大の後援者である豊臣秀長が急死した直後、木像事件は表沙汰になったのだ。

秀吉の実弟である豊臣秀長が亡くなったことで、利休は豊臣政権下での足場を失ったらしい。人事にまで口をはさむ老茶匠を疎ましく思っている者は大勢いたようだ。心ない讒言《ざんげん》が秀吉の耳に入り、利休は堺で蟄居《ちっきょ》の身の上となった。

秀吉の怒りはおさまらず、その火の粉は伏見代官を務める宗仁にも降りかかった。宗仁の前歴を知る秀吉から命令書が送られてきたのだ。

「利休の木像を一条戻橋で獄門にかけよ」と。

前代未聞の処刑だった。

これまで無数の罪人をさらし首にしてきたが、木像を磔《はりつけ》にするなど考えもつかなかった。共に魂のない死体と木像だが、異様さにおいては木像の磔のほうが強烈だった。

残虐非道な信長ですら、このように陰湿な処刑はしたことがない。

下京の店を譲った辰次が、今回も刑場を仕切ってくれた。

仏具商の主人として貫禄を増した辰次が、戻橋のたもとでそっと耳打ちした。

「あきまへん。秀吉さまは邪鬼にならはったみたいですな」

宗仁は黙ってうなずいた。

大望のない者が権力をにぎると物狂いにとらわれるらしい。天下布武を掲げた信長とちがい、秀吉には何の展望もなかった。その日の気分で臣下を罰することに快感を覚え始めたようだ。

辰次と別れて一条戻橋を渡りきると、堀川のしだれ柳の下に茶友の古田織部が立っていた。

織部は順調に出世し、山城国西ヶ原三万五千石の領主となっていた。しかし理詰めの語り口は変わらなかった。

「宗仁どの。あなたに逢うには刑場に行けばすむとか」

「利休さまの受け売りですね」

「さよう。師は弟子たちの個性をまんべんなく調べておられた」

「最近は不義理をしております。まさか師の木像を獄門にかけるとは思ってもみませなんだ」

「川越しに眺めても、木像の磔《はりつけ》は不気味だ」

「木像ですんでよかったではありませんか」

感じたままに言うと、織部の顔から血の気が引いた。

「いや。三日後に利休さまは当地にて磔と決まりました」

「二度までも……」

七十歳の老人を獄門にかけるとは邪鬼にほかならない。

織部が口惜しげに言った。

「利休さまは堺から京へと呼びもどされ切腹なさることに。弟子筋の尼子三郎左衛門らが検死するとか。秀吉さまの勘気を恐れ、堺へ追放された折も、知人らはだれも見送りには来ませなんだ」

「お恥ずかしかぎりです。わたくしも刑場の下準備などがあって」

「良いのです。宗仁どのにしかできない見送りかたがある。どんな偉人も、罪に問われたら最期にはあなたのご厄介になるのですから。よろしくお頼み申します」

「これを訊いておかねば利休さまを彼岸へは送れません」

明智光秀の謀叛に気づいたとき、宗仁は真っ先に古田織部邸を訪ねて相談した。けれども織部は謀叛を否定し、同じ美濃土岐一族の流れをくむ光秀の底意を隠そうとした。

あるいは、もっと大事な人物をかばったのではないだろうか。

「お尋ねいたす。本能寺の変において、千利休さまの果たした役割とは」

「……死の大茶会。その後見役、いや総責任者でござる」

「して、秘伝の点前は」

「利休さまが考案した一畳半の薄暗い茶室。そこで弟子筋の武将らと懇談すれば、自分の意のままに操ることができる。相手の人格を変革し、その後の行動を統制するのもたやすい。糸で人形をあやつる傀儡師《くぐつし》のごとく」

「では明智光秀さまや荒木村重どのも……」

せまく薄暗い茶室で、『信長謀殺』の暗示をかけられたのだろうか。

そういえば、再会した村重は「幽暗の中をさまよっているうちに信長への殺意がめばえた」と述懐していた。

備中にいた秀吉も、精神を遠隔操作されていた疑いがある。

しかし、傀儡と思えた秀吉はしだいに覚醒し、ふいに利休に襲いかかったようだ。

織部が先に言った。

「動機はわからぬ。今回の死罪決定も利休さまが隠れキリシタンであったとか、ご息女を秀吉さまの側室に出すのを拒んだためだとか、たがいの美意識の差だとか、まことにもって姦《かしま》しい。本能寺の変も同じことだ。だれが事件の黒幕であっても、歴史の流れは変わるまい。利休さまは不敬の義があって自刃に追いこまれ、信長公は本能寺で明智軍に襲殺された。それが二つの事件の根幹であり、ほかのことは枝葉にすぎまい」

「そう申される織部さまも疑わしいではありませんか。本能寺の変では師と同じく二股をかけて勝ち残り、賤ヶ岳の戦いでも義兄の中川清秀さまを敵中に置き去りにして生きのびたとか。そして、何故か今度はだれもが見放した利休さまに忠誠を尽くされている」

「何の不思議もない。未完成の侘び茶の世界を受け継いでいくのは、この古田織部だからだ。堺へ追放されるまぎわに京の利休屋敷に招かれ、一畳半の茶室にこもって二人きりで濃茶を喫した」

「師独自の人格操作ですね」

「公家文化の和歌はいつか滅びるが、新興の茶の湯は千年先まで吾国《わこく》の精神基盤として隆盛すると。自分はその捨て石になると」

「ご託宣なら、九年前にわたくしも師から聞きました。一条戻橋で獄門にかかる時には死に化粧をしてくれと。われら二人も、いつの間にか利休さまの術策に落ちていたようですね」

時の権力者の庇護がなければ歌人も茶人も至芸を発揮できない。多くの敗者たちが歌集に名を残したように、千利休は千年後まで圧制者と戦った茶聖として崇敬されるだろう。

三日後。京に護送された千利休は自分で茶を点て、粛々と最期の一碗を喫してから腹を切った。

遺体はすぐに一条戻橋へと運ばれた。宗仁は絵師としての筆さばきをみせ、青黒く面変わりした利休の死に顔に薄紅の色彩をほどこした。

礫になった実物の利休は枯れ細り、すっぽりと魂が抜け落ちていた。そこにあったのは、頬紅をさした七十歳の老人の遺体だった。


利休の死を境に、長谷川宗仁は迷妄からさめたように活動を開始した。

商人としての勘をとりもどし、高価な《ルソン壺》を買い付けようと秀吉に進言した。その後も海外貿易の提唱者として秀吉に重用されるようになった。フィリピン総督と条約を交わすため、外国船に乗りこんでマニラに渡航したこともあった。

それらの業績により、美濃一郡を拝領した長谷川宗仁は、嫡男の守知に家督を譲って隠居した。

美濃長谷川藩一万石。

それが歴史の傍観者として、戦国の世を行き過ぎた男の最高到達点であった。

《了》

あとがき

天正十年（一五八二）六月二日未明。日本史上最大の英雄である織田信長は、本能寺で逆臣明智光秀に討たれた。

それは動かしがたい事実である。けれども主殺しの光秀の犯行動機には諸説あり、多くの歴史作家たちが《本能寺の変》をテーマにして書きつないできた。そして今回、非才のわたしもその例にならった。

何よりも不可思議なのは、戦歴を重ねてきた信長ほどの傑物が少人数の護衛で寺院に宿泊していたことだ。そして、ほぼ無抵抗で討ち取られてしまっている。

これを信長の失策と見る者は多い。好機を逃さず光秀は兵を返して京都四条本能寺へと殺到し、主君を殺害したのだと。

はたしてそうなのだろうか。

私見だが、信長はけっして油断していたわけではない。ただ身辺で多発する裏切りに麻痺していたのだ。

下克上の乱世において、謀叛は日常茶飯事であった。一度も他者を裏切らず、勝ち残った武将をわたしは知らない。

暗く卑怯なイメージでとらえられる謀叛は、じつは戦国武将たちの正統な戦法だったのだと思われる。

あえて偽悪的に言えば、裏切りこそ『男の本懐』だったのではないだろうか。また大きく逸脱して、泥棒作家ジャン・ジュネ風に修飾すれば、逆説的に『裏切りは美しい』のではなかろうか。現に乱世を懸命に生き、他者をあざむき、散っていった戦国武将たちの躍動感は何にもまして魅惑的だ。

それを物語の中核に据え、本能寺の変にからむ謀叛人たちの群れを活写してみたいと思った。破壊と新生、混沌と統一、そうした酷烈な時代の渦の真ん中にいたのは、まぎれもなく織田信長であった。見方をかえれば、彼自身が周囲の人々を奈落の底へひきずりこむ大渦巻きだったともいえる。

名高い戦国武将らは、ことごとく大渦にのまれて運命が激変した。臣下の豊臣秀吉や同盟者の徳川家康は一気にのし上がり、それぞれに新政権を樹立した。

一方、強運の信長に刃向かった勇者たちは容赦なく惨殺された。恐怖政治はさらに多くの敵を生み、何度も執拗に命を狙われた。しかし、そのつど信長は奇蹟的に凶刃をかわして相手を打ち倒してきたのだ。

考えてみれば、本能寺の変もその中の一つにすぎない。

明智光秀の謀叛は、けっして想定外の変事ではなかった。

信長はこれまでも味方の離反行為に幾たびも遭遇してきた。けれども本能寺で夜襲をうけた際、強気な信長が脱出を試みずに自刃したのは、おのれの天運を見限ったからだとしか思えない。

そして本編の語り手の長谷川宗仁は、茶坊主としてその暗殺現場に居たのである。そのほか多くの英雄たちの死にざまに接した歴史の生き証人でありながら、彼は傍観者としての立場をつらぬいた。

そのため、彼の歴程を知る人は稀だろう。

下京の寄合い町衆で、茶の湯や画業だけでなく、町内の葬祭などを一手にこなす才人だったらしい。信長の下命をうけ、朝倉義景や武田勝頼などの死体を一手にあつかい、一条戻橋で獄門にかけたのも宗仁なのだ。いわば安土桃山時代の《おくりびと》であった。

歴史上、名前が浮上するのは一度きりだ。高松城攻めに専念していた秀吉のもとへ、まっさきに飛脚を送り、『信長死去』の密書を届けた人物こそ長谷川宗仁だった。

この一通の書状が天下の形勢を大きく揺るがせた。

備中に布陣していた秀吉はすばやく毛利がわと講和し、兵を反転させて中国大返しの離れわざをみせた。さらに情報戦で光秀を圧倒し、多くの友軍を募って明智軍を撃破したのだ。そのため遠地の北陸にいた柴田勝家は大きく出遅れ、堺で遊興していた徳川家康も三河へ逃げ帰るのが精一杯だった。

主君信長の仇をとった秀吉は、なしくずしに天下人となった。

多くの属将らが論功行賞にあずかったが、その中には茶人長谷川宗仁もまじっている。戦場で一片の手柄も挙げたことのない京の文化人は、士分に取り立てられ伏見代官に任命された。

一介の茶人が、備中へ届けた密書の価値を、天下を獲った秀吉はだれよりも知っていたのであろう。

さらにもう一人、豊臣政権下で高名な茶人が栄達をとげた。後世において茶聖とも尊称されている千利休である。

ひたすら侘び茶の完成をめざしていた利休が、いったい何によって秀吉の信任を得たのだろうか。そのターニングポイントは、やはり本能寺の変にあると思われる。

利休は宗仁の師匠筋にあたり、秀吉とも昵懇の仲だった。また信長を殺した明智光秀は、茶の湯の世界では利休門下の筆頭弟子であり、他の有力武将たちも門下生であった。そのほか多くの茶友たちが本能寺の変が起こる以前に謀叛し、主君信長と戦って敗れ去っている。

歴史というものが、積み重なった偶然の産物ならば、後世のわたしたちが空想の羽根を大きく広げてもゆるされるだろう。

そう、利休が怪しい。

彼がひらく風雅な茶会は、言い換えれば謀叛人たちの密談場所だったのかもしれない。

信長や秀吉と同じく、利休も乱世の人なのだ。一見すれば戦とは最も縁遠い初老の茶人だが、隠然たる政治力と激しい闘争心を有していたようだ。

信長が発案した《茶の湯政道》は秀吉に受け継がれた。側近となった利休は、茶事を通じて諸大名たちを手なずけていった。政権の心臓部ともいえる人事権まで掌握していたふしもある。

どうやら枯れた風貌の老人は、来客を茶室で心地好くもてなし、同時に自在に操ることが何よりも好きだったらしい。

秀吉も年長者の茶頭を頼り、「内務のことは利休に任せる」とまで言った。

だが、そうした信頼関係は長くは続かない。天下人秀吉の怒りにふれ、千利休が自刃させられたことは誰もが知っている。その罪状にも諸説あるが、主君への裏切りというキーワードが裏にひそんでいるとしたら、本能寺の変もちがう局面が見えてくる。

一つ提示したい。

大物の標的が襲殺された夜は、なぜか決まって茶会が行われている。信長が本能寺に宿泊したのも、そこで茶会を開催するためだった。寺院内で高価な茶道具を展示し、招待客と歓談したあと寝所へ入った。

明智軍が本能寺を襲ったのは、その数時間後である。

どこかで似た話を見聞きしたことがないだろうか。

まったくの余談だが、日本人が最も好む赤穂浪士の討ち入りも、時代や動機はちがっていても、その手口はとても似通っている。前夜に茶会がひらかれていて、散会後に敵役の吉良上野介は四十七士に討ち取られた。

標的を襲う際には、相手がその現場に居ることが必須条件である。その意味合いでは、茶会開催の主人だった信長も上野介もみずから死魔を招いたことになる。

そして、どちらの場合も茶人が大きく関わっている。深読みすれば、かれらが情報をもらしたとも考えられる。

では、茶人とは何者なのか。

辞書では、『茶道に通じた人・風流な人』と簡略に定義されている。

たしかに風雅な物腰に映るが、茶道に縁遠いわたしたちから見れば、きっちりと定められた点前の所作は何となくうさん臭い。

東京オリンピック招致のキャッチコピーとなった『おもてなし』の心も、一期一会を旨とする茶道から派生した言葉だろう。

どの時代にあっても、やはり茶道は政治の世界と密接な関係を持っているようだ。

茶の湯政道は今も生きているらしい。

あとがきから目を通す読者も多い。

わたしもそうした悪癖を持つ一人なので、本編の内容についてはこれ以上ふれないが、最後に本能寺の変の《黒幕説》を少しだけ取り上げてみる。信長と反目していた朝廷やイエズス会は、武力の裏付けがないので除外し、織田家を取り巻く有力大名だけに的をしぼれば、豊臣秀吉と徳川家康の両雄が浮かび上がってくる。

要人暗殺の根幹は、そいつが死んで誰がいちばん得をするのかの一点である。信長が本能寺で横死したあと、主君の仇討ちを果たした秀吉は天下を手中にし、秀吉の没後には実力者の家康が徳川世襲政権を樹立した。

つまり秀吉と家康が、事件の黒幕としてはいちばん疑わしい。

けれども、現代風にアリバイ（現場不在証明）をみれば、両者は完全に白なのだ。事件当日、秀吉は遠方の備中高松城攻めに専念していた。彼が黒幕なら、最も悪い時機に主君を討ったことになる。織田家が滅べば、毛利がたの反転攻勢が開始され、山陽道で孤立した秀吉は逆に殲滅されてしまうだろう。

一方の家康は堺で遊興しており、信長襲殺の急報を聞いた直後に死にものぐるいで三河へと逃げ帰って居城にひきこもった。もし光秀と密謀があったのなら、京へ戻って明智軍と合流しただろうし、もっと早く徳川軍も動きだしていたはずだ。

では、本当の黒幕は誰なのか。

歴史の定説をくつがえすには、明確な証拠物件が必要だが、《本能寺の変》はある種の完全犯罪だと思える。最初から犯人は決まっているのに、数百年後の今日にいたっても事件の奥底が見通せない。

無数の状況証拠を集めて、犯行動機や陰の黒幕を特定するしか方策はないのだ。

傍観者長谷川宗仁の視線で物語を追ったことで、これまでとは異なる事件の実相が浮かび上がったと思う。獄門にたずさわった宗仁は、数多くの戦国武将らの首を一条戻橋にさらし、ついには主君信長や師匠筋の利休の最期まで見届けたのだ。

筆が走って多くの思いこみがまぎれこみ、それはちがうと眉をひそめる識者がおられるかもしれないが、《裏切り》をテーマとした本作の主旨を諒とされ、寛容に読み流していただきたい。

加野厚志

二〇一四年　夏

《主な参考文献》

『下天は夢か』津本陽著 （角川文庫）
『千利休その生と死』加来耕三著 （ＰＨＰ研究所）
『茶道の歴史』桑田忠親著 （講談社学術文庫）
『信長の二十四時間』富樫倫太郎著 （ＮＨＫ出版）
『明智軍記』二木謙一監修 （新人物往来社）
『花鳥の乱』岳宏一郎 （講談社文庫）
『本能寺の変４３１年目の真実』明智憲三郎著 （文芸社文庫）
『利休とその一族』村井康彦著 （平凡社）
『千利休事典』小田榮一監修 （世界文化社）
『本能寺の変』高柳光壽著 （学研Ｍ文庫）
『だれが信長を殺したのか』桐野作人著 （ＰＨＰ新書）
……ほか

本書は当文庫のための書き下ろしです。

編集協力　遊子堂

文芸社文庫

信長の首

二〇一四年八月十五日　初版第一刷発行

著　者　加野厚志
発行者　瓜谷綱延
発行所　株式会社　文芸社
〒一六〇－〇〇二二
東京都新宿区新宿一－一〇－一
電話　〇三－五三六九－三〇六〇（編集）
〇三－五三六九－二二九九（販売）

印刷所　図書印刷株式会社
装幀者　三村淳

ISBN978-4-286-15485-5